Владарг Дельсат

ИЗМЕНЕНИЕ

критерий разумности — 10

2025

Copyright © 2025 by **Vladarg Delsat**

All rights reserved.

No part of this publication may be reproduced, distributed, or transmitted in any form or by any means, including photocopying, recording, or other electronic or mechanical methods, without the prior written permission of the publisher, except as permitted by copyright law.

The story, all names, characters, and incidents portrayed in this production are fictitious. No identification with actual persons (living or deceased), places, buildings, and products is intended or should be inferred.

Book Cover by **StudioGradient**

Edited by **Elya Trofimova & Ir Rinen**

Copyright © 2025 by **Владарг Дельсат (Vladarg Delsat)**

Все права защищены.

Никакая часть этой публикации не может быть воспроизведена, распространена или передана в любой форме и любыми средствами, включая фотокопирование, запись или другие электронные или механические методы, без предварительного письменного разрешения издателя, за исключением случаев, предусмотренных законом об авторском праве.

Сюжет, все имена, персонажи и происшествия, изображенные в этой постановке, являются вымышленными. Идентификация с реальными людьми (живыми или умершими), местами, зданиями и продуктами не подразумевается и не должна подразумеваться.

Художник **StudioGradient**

Редакторы **Эля Трофимова & Ир Ринен**

Седьмое шр'втакса.
Наставник Варамли

Эта раса должна быть уничтожена. Нет никакой причины, по которой Кхрааги могут жить, убивая других. Почти непроизносимые для нормального химана названия и имена, что заставляет нас пользоваться переводчиком, будто отражают звериную натуру этой расы, покорившей почти всю Галактику. Внешне похожие на страшных зверей самого раннего периода развития нашей материнской планеты, Кхрааги полностью переняли их звериный нрав.

Сегодня меня спасает так называемый «обет служения», так что я могу отказаться от мяса... Это очень уважительная причина, на меня как на героя смотрят, а я просто знаю, кем было это мясо, поданное сегодня на стол боевого вождя клана.

Когда-то очень давно на планете Химан жили разные расы, но однажды случилось так, что одна из рас оказалась полностью уничтожена. Проповедовавшие развитие души и разума существа не смогли противостоять подлости. От них остались только книги, песни, изображения, а химан нашли себе союзника в лице звероподобной расы, когтистой лапой держащей Галактику за горло.

Я наставник юного Д'Бола, это детское имя мальчика. Несмотря на то, что похож он на зубастое чудовище, это его «внешняя» форма, а душа еще не зачерствела. У Кхрааги есть способность к изменению тела, отсюда имеется понятие «домашней» формы тела и «внешней». Когда они принимают первую, то очень похожи на нас, разве что зубы выдают. Я наставник сына военного вождя, потому что так требует традиция, ведь ему предстоит понимать других и принимать решение, а химаны — лучшие учителя, несмотря на то, что тело у нас мягкое и боевой формы нет.

Мальчик очень способный, я ему подсовываю литературу древних, отчего он уже начинает задумываться. Ведь его раса очень многих обратила в рабов, а кое-кого разводит в качестве продуктов питания. Осознавать это страшно любому, у кого осталось сердце, только вот в нашем мире сердца и души не осталось почти ни у кого. Но я не посрамлю своих предков и попытаюсь отыскать душу в глубине покрытого костяными пластинами тела. Она должна быть, просто не может не быть.

— Здравствуй, наставник Варамли, — слышу я голос с шипящими интонациями. Ученик готов к уроку. Он уже начал задумываться, что очень хорошо.

— Здравствуй, Д'Бол, — мягко улыбаюсь я, не показывая зубов. — Сегодня мы с тобой поговорим о технике выяснения тайного.

— Вырвать ноги тайному, — оскаливается мой ученик.

— Это неправильно, — качаю я головой. — Оно может погибнуть, и ты лишишься источника информации.

Задумался — это очень хорошо, что он задумался, потому что его отец с длинным непроизносимым для меня полным именем Г'рхышкрамсдрутсхраваг задумываться не умеет. Сейчас. Покажу ему изображения, потом приведу несколько примеров, будем учиться думать. Самое главное — научить логически мыслить, тогда можно будет идти дальше. Сегодня я проверю, умеет ли мой ученик понимать после всего того, что я ему уже рассказал.

— Я покажу тебе, — громко произношу я, поднимаясь с места. — Ты увидишь, почему стоит думать, а не спешить.

— Интересно, — соглашается со мной Д'Бол.

Он еще не знает, куда мы идем. Я выдаю ему переводчик — это прибор, созданный нашими мастерами, он позволяет понять практически любой язык, на котором говорит разумное существо. Уже привыкший к тому, что я ничего не делаю просто так, ученик кладет черный кубик в нагрудный карман, сразу же принимая «внешнюю» форму — выступающая челюсть, полная страшных зубов, горящие красным глаза... Отталкивающее, конечно, зрелище. Но так принято. Я еще научу тебя, малыш, морфировать под совсем нестрашную, похожую на нас форму, только придумаю, как это обосновать.

Идем мы смотреть на то, что станет мясом. Сейчас узнаю, добился ли я хоть чего-нибудь или же все зря. Мы входим в помещение сортировочного блока. Здесь в клетках содержатся отобранные образцы, которых очень скоро подадут на стол. Они знают это, поэтому зрелище такое, что сердцу совсем нехорошо становится. А вот Д'Болу сегодня предстоит взглянуть в глаза живых существ, услышать их голоса...

Если кто-то узнает, меня за такое могут и убить, хотя, скорее всего, убьют «свои» же, чтобы освободить место подле будущего главы клана. Пока что покушений я счастливо избегал, но никто не живет вечно...

Поступил я сегодня правильно: сначала озадачил тем, что допрос — это искусство, затем намекнул на понятие расследования, а теперь покажу ему тех, кто предназначен в пищу. Если я все сделал верно, то для него это будет ударом, а вот если нет, то, выходит, зря... Но я все-таки очень сильно надеюсь на то, что сумел дать ему хоть что-то, сумел научить совсем юного мальчишку, хоть и выглядящего сейчас очень страшно, что смысл жизни не в войне, а совсем в другом.

Я член организации «Зар». Это древняя химанская культура, восходящая к уничтоженным Рианам. В одном слове органично сплетены понятия «право на жизнь» и «искра души». Нас совсем немного, по сравнению с другими химанами, но мы единственные, кто пытается бороться с сородичами, ставшими хуже зверей.

Ничего нет важнее жизни, особенно жизни разумного, а каждое существо достойно свободы и возможности выбирать свою судьбу. Конечно же, нас находят и уничтожают. Если кто-то узнает, что я из «Зара», то умирать я буду очень долго и весьма мучительно, но древние научили нас «конспирации», поэтому организация живет.

Мы идем по гулким каменным переходам, традиционно освещенным факелами, ведь это дом главы клана — мрачный замок, стоящий на самом краю горного массива, будто демонстрирующий силу и мощь совершенно жутких существ, у которых нет души в нашем понимании. У юного Д'Бола она есть, даже, кажется, присутствует нехарактерная для его народа способность чувствовать, но он ее скрывает. Юных кхраагов воспитывают очень жестоко, сильной пульсирующей болью, пронизывающим холодом, яростным огнем, потому они теряют душу, но только не этот малыш.

Д'Бол видит сны. В отличие от любого представителя своей расы, он видит сны, и это помогает ему познавать мир. Хорошо, что он рассказал это мне, а не лекарю, иначе могли и убить, а так он знает: никому нельзя о снах рассказывать. Иногда, правда, он мне повествует о сказочных мирах и необыкновенных существах, но очень тихо, на фоне водопада, традиционно глушащего всю подслушивающую технику.

Что же, впереди маячит окованная железом дверь, а казавшийся бесконечным коридор заканчивается. Путь к сортировке и хранилищу только один, ведь это не жизненно важное место, да и... Кто рискнет напасть на военного вождя?

После посещения сортировки Д'Бол становится серым, что означает аналог бледности у нас. Он, разумеется, слышал и плач, и мольбы, поняв, кого едят подобные ему. Но мой ученик молчит и сдерживается изо всех сил, понимая, что если кто увидит, он проклянет тот день, когда его лапы пробили скорлупу. Длинная морда, полная острейших зубов, застывает камнем, а руки, оканчивающиеся когтями, не находят себе места. Выпустил он когти от эмоций, но сдержал себя.

— Значит, если бы победили они, то сейчас так плакал бы я? — негромко спрашивает меня ученик, принимая «домашнюю» форму.

— Скорее нет, Д'Бол, — вздыхаю я. — Раса

Иллиан неспособна на насилие, они даже защититься не смогли.

— Поэтому к ним так, — осознает он, ведь в понимании кхраагов такие существа разумом не обладают. Для представителей его расы разум демонстрируется на ристалище. — Но...

— Ты понял правильно, — киваю я, радуясь внутренне оттого, что смог что-то изменить.

Что-то шевелится вокруг, как будто готовится очередной передел власти. Ученика, разумеется, никто не тронет, но ему нужно быть готовым, поэтому я дам ему еще немного информации, на самом деле, очень опасной. Я делаю жест, отчего длинная зубастая пасть возвращается на место.

— Я дам тебе понять, — объясняю я Д'Болу. — Мы летим в парк зверей. Там ты сможешь поговорить с ними и убедиться.

— А обоснование какое? — интересуется он, и я чуть не прыгаю от радости.

— Ну как же, ты сам должен понять, что это всего лишь мясо! — громко заявляю я. — Все мясо, кроме рожденных под благословенным светом К'ргсв'дахра!

— Слушай наставника, сын, — из переплетения коридоров совершенно неслышно появляется Г'рхы, таково короткое имя военного вождя клана. Правда, коротко его могут звать немногие, а вне боя так и единицы. — Он говорит мудрые вещи.

— Да, отец, — согласно щелкает челюстями Д'Бол, поняв, что отец подслушивал. — Я должен посмотреть на мясо!

— Катер ждет, — кидает Г'рхы и удаляется, волоча за собой тяжелый хвост в боевой броне.

Хвост начинает расти не у всех и не сразу. Лекари расы выбирают избранных, после чего им стимулируют рост хвоста, но это тайна, а среди молодых считается, что хвост отрастает сам, причем он показатель силы и мощи воина. Старшие клана их не разубеждают, ибо все хорошо, что во имя клана.

Странно, получается, вождь все принял за чистую монету. Это необычно, но, с другой стороны, как раз объяснимо — у него мышление линейное, так что, можно сказать, получили разрешение на любые действия. Быстро спустившись по ступеням бесконечной лестницы, я вижу предоставленный нам на сегодня транспорт. Катер выглядит сильно уменьшенной копией крейсера «Краг'мр», что значит «Тень» в переводе на химанский язык. У нас один язык, универсальный, потому что национальные культуры давно уничтожены, а у кхраагов два — для боя и повседневный, но мы боевым не разговариваем. Д'Болу рано еще, ребенок он совсем, хоть и хочет выглядеть взрослым. Только бы выжил в своих испытаниях...

Верхняя часть обитаемого отсека уходит вверх, открывая три сиденья с отверстиями под хвост, то есть Г'рхы нам свой катер выдал, что уже любопытно. Ученик усаживается первым, рядом с ним и я, сразу же включаясь в управление, для чего мне нужно подстроить кресло. В кораблях кхрааг нет автоматического управления, все нужно делать руками, но Д'Бол до первого Испытания не допущен к управлению, потому катер веду я.

Машина мягко взлетает и, набирая скорость, устремляется в небо. Пойдем по баллистической траектории — так меньше шутников встретим. Механически проверив бортовое вооружение, выставляю щит на половинную мощность. Небо чистое, что для этого времени суток необычно, хотя, возможно, очередной совет собирается...

Я успеваю уйти от первого сгустка плазмы, затем руки Д'Бола приходят в движение — он управляет турельной установкой, я же, подняв щиты, уворачиваюсь от сгустков ярко-белой плазмы. Как-то слишком серьезно за нас взялись, на мой взгляд, это неспроста. Неужели действительно что-то готовится?

— Каархш! — выкрикиваю я в устройство связи, посылая тем самым сигнал о том, что на нас напали. И сразу же двое нападающих становятся пылью, а прямо над нами я замечаю громаду «З'дрога». Целый линкор по-нашему... Значит, все же демонстрация. — Ты отлично сражался, — не забываю я похвалить ученика.

— Благодарю, наставник, — отзывается он, на пальцах показав зонтик.

Все он отлично понимает: нас просто решили держать в тонусе, но после нападения по правилам необходимо возвращаться. Возможно, кому-то было совсем не нужно, чтобы юный сын военного вождя увидел и услышал мясо. На заговор вполне похоже, надо будет доложить. Вот уйдет Д'Бол на тренировку, и доложу военному вождю. Ибо подобные вещи просто так не происходят. Мне все равно, будет жить военный вождь или нет, но Д'Бола жалко. Его в таком случае могут попытаться убить.

Ученик, что характерно, никак свое недовольство срывом планов не показывает. Я притираю катер к посадочной площадке, Д'Бол сразу же вылезает, ожидая меня. Он отлично понимает, что здесь разговаривать еще не стоит, это не наши защищенные помещения, так что просто ждет.

— Д'Бол, — обращаюсь я к нему, — у тебя сейчас тренировка.

— Да, наставник, — кивает он, сразу же направляясь прочь.

Он понимает, что мы поговорим позже, а мне нужно доложить, чем я и собираюсь заняться. Обосновать свои подозрения я смогу, так что некоторое время Г'рхы будет искать заговорщиков и от сына отвлечется. Есть еще вариант, что для упрочения своей власти военный глава отправится на Арену, где его могут и убить. Но вот в таком случае Д'Болу, да и мне ничего не угрожает, ибо обычное у этой расы дело. Правда, только если не будет какого-нибудь нарушения... В любом случае рассказать о подозрениях нужно.

— Г'рхы, — увидев спину военного вождя, спокойно обращаюсь я к нему.

— Вы быстро, — замечает Г'рхы, разворачиваясь ко мне всей мордой.

— Во время вылета на нас напали, — объясняю я ему то, что он и без меня знает. — Есть мнение, что не зря.

— Объяснись, наставник, — он будто оценивает пригодность меня в пищу, и от его взгляда мне становится совсем нехорошо.

— Кому-то очень нужно было, чтобы Д'Бол не увидел тех, кто посмел заступить дорогу расе, не почувствовал их сладкий страх, — объясняю я ему.

Вот тут-то военный вождь задумывается. Если он это сам организовал, то ему кто-то посоветовал так поступить, сам бы он до такого не додумался. А если нет, то ситуация еще интереснее, ибо вот такая интерпретация нападения — очень серьезна. Чуть ли не объявление внутриклановой войны. Что же... Посмотрим, к чему это приведет.

Восьмое шр'втакса. Д'Бол

Наставник считает — что-то происходит вокруг. Он никогда не ошибается, и от этой мысли мне не слишком комфортно, но идти к отцу я все же не рискую. Совсем недолго остается до месяца т'кшракс, когда начнутся Испытания новой ступени, поэтому наставники гоняют меня, как будто прямо завтра убивать начнут. Только с Варамли и отдыхаю.

Сегодня мы все-таки побываем в парке зверей. При этом наставник мне особенное задание дает — послушать зверушек. Я-то их, конечно, слышал уже, а в сортировочной даже и видел, как старшая особь предлагала себя вместо младшей своей копии. Себя, лишь бы младший пожил хоть немного. Меня это заставляет много думать.

Вчерашнее покушение было странным, больше похожим на показательное, — чтобы я засуетился? Испугался? Сын военного вождя клана Гр'саргхма? Вот и мне не верится. Но с какой-то целью нападение все-таки было. Надо подумать, с какой, пока у меня тренировка. На тренировке голова не нужна — тут достаточно быстро работать руками и ногами, ведь сегодня меня учат бою на длинных острых палках. Это не традиционный бой, скорее уличный, но мне он тоже нужен.

— Быстрей! — командует наставник, и сразу же вслед за этим спину пронизывает сильная пульсирующая боль наказания.

Был бы я помладше — кричал бы уже, но мне нельзя показывать на тренировке свои эмоции. Это не Варамли, что для меня ближе отца. Не дай Вр'гсалжхра, кто-нибудь это узнает, но себе я врать не привычен, поэтому отлично осознаю: Варамли единственный, для которого я означаю не статус, не функцию, а близкое существо. Он меня успокаивал в раннем детстве, всегда был рядом, объяснял, а не пугал. Другие наставники добиваются своего болью, усиливающейся на каждой ступени, а Варамли совсем иначе учит. Если бы не мои сны, был бы я тупым, как Г'даж, и злобным, как отец, а так... Сны о других мирах и забота Варамли научили меня прятать внутреннего Д'Бола внутри брони моего сердца.

Пока руки и ноги работают в ускоренном темпе, я раздумываю: какова цель такого нападения? Мотив появления линкора вполне понятен, а вот цель самого нападения... Как меня наставник учит? Сначала нужно подумать, кого хочется заподозрить, а кого нет. Итак, напавшие корабли черные, удлиненной формы, похожие на древние боевые лодки нашей расы. Принадлежат такие клану М'рахкса, считающемуся потомками самых древних Кхрааг. Может, им не нравится факт того, что последние два Завоевания водил мой отец? Да еще как!

Кому может быть выгодна вражда наших кланов? Впрочем, все кланы враждуют, а вот недоверие в бою... Разве что Дрг'шрахст. Во-первых, у них старая обида на отца — в последнем Завоевании он положился не на их мнение, оказавшееся ошибочным, а на слово мягкотелых химан. Это серьезное оскорбление, кроме того, Дрг'шрахст единственные, кто считает союзников недостойными стоять рядом с нами на вершине Массгхра — священной горы нашего народа.

Значит, если это действительно они, то смысл нападения — стравить наши кланы, чтобы мы оказались уничтожены, а затем взять власть в совете кланов. Зачем это может быть нужно? Убить «союзников»? Непонятен мотив именно такого хода. Нужно посоветоваться с Варамли, а пока я замечаю щель в защите, понимая, что она не просто так появилась, и делаю то, что тренирующий меня наставник совсем не ожидает, — резко бью в голову, вкладывая все силы в удар. Громко звенит сигнал окончания боя, в тренировочный зал вбегают медики, но в этот раз они уносят не меня.

Теперь можно возвращаться к тому, кто не хочет меня мучить. Наставник Варамли очень многому меня научил, именно к нему я сейчас направляюсь. Он же меня научил, как не отказаться от еды после того, что я услышал. Мясо бы убили в любом случае, а разделить его судьбу я не хочу, поэтому, пока есть возможность... Ладно, о чем я думал? О том, что кланы стравить хотят.

— Здравствуй, наставник, — совершаю я ритуальный поклон, стараясь не показать, как я ему, на самом деле, рад.

— Здравствуй, ученик, — отвечает он мне таким же полным холода пустыни З'рах'шк'др голосом. Но я вижу, он мне рад, даже очень.

Именно Варамли мне когда-то поведал, что кроме отца бывает еще и мать. Он рассказывал мне о том, что такое настоящая мама, и я плакал оттого, что подобного у меня никогда не будет. Кхрааги рождаются из яиц, отложенных самками нашего народа. Откуда берутся самки, я не знаю, но их жизнь заканчивается, стоит только появиться яйцу — они погибают. Сами или... Я не хочу этого знать. Самку нашего народа я еще ни разу не видел, но вот такую маму, понимающую, ласковую, защищающую, я бы хотел узнать. Жаль, что это невозможно.

— Ты хочешь что-то рассказать, — произносит Варамли. — Пойдем...

Он все понимает и многое чувствует, уж не знаю как. Возможно, это расовая особенность, хотя точно сказать нельзя. Наставник ведет меня к водопаду, там нас не услышат и мало кто увидит. Темный коридор стремится вверх, время от времени попадаются факелы, да в темных нишах кто-то шевелится. Это или стража, или ар'хиды, не самые безобидные членистоногие, но на двоих они точно не нападут — трусливы.

Шум водопада становится все громче, когда мы оказываемся на открытой площадке, и я с ходу начинаю рассказывать наставнику о том, что пришло в мою голову во время тренировки. Как он учил, даю расклад по кланам, заставляя его задуматься, а затем Варамли чуть улыбается, будто поняв что-то иное.

— Подумай, — предлагает он мне. — Нам предоставили катер вождя. Узнать, что в катере мы с тобой, не могли: он никому не любит докладывать. Что это значит?

— Вызов на поединок, — негромко произношу я, понимая, что картина теперь складывается. — Но ведь его там не было!

— Вместо вождя напали на младшего, что по вашим правилам недостойно, — кивает он в ответ. — То есть потеряли лицо, и провокация хлопнулась. Но ты скажи мне, откуда они могли знать, что твой отец готовится вылететь?

— Предатель, — коротко реагирую я, потому что это вообще не задачка.

— Предатель, — соглашается со мной Варамли. — Будем искать?

Я чувствую боевой азарт, потому что это очень интересно — найти того, кто рассказал о вылете катера военного вождя. И тогда, возможно, мне позволят самому вырвать ему горло. Заодно, выяснив, кому он передал информацию, я смогу узнать и того, кто стоял за нападением.

Мы вылетаем в парк зверей, но не просто так. Я беру отцовский катер, попросив переставить его на нижнюю площадку, где никто не увидит старта. При этом проверяю, кто именно у нас сегодня наблюдает за пространством. Смена сейчас другая, поэтому если опять будут сюрпризы, то значить это будет не наблюдающих, а кого-то другого. Именно для этого я делаю по совету наставника так, чтобы никто не увидел нашего взлета.

— Молодец, — коротко хвалит меня наставник. — Правильное решение.

Мне от его похвалы очень тепло внутри делается, именно там, где спрятан от внешнего мира я-настоящий. Сдержав эмоции, склоняю голову, благодаря за похвалу, и устраиваю руки на манипуляторах оружейной системы. В тот же миг меня слегка вжимает в кресло — Варамли стартует жестко, набирая максимальную атмосферную скорость, но не поднимается, а скользит почти над самой поверхностью, полной горных пиков, неожиданно встающих сквозь зеленоватые лохмотья тумана.

— Переводчик для тебя я взял, — произносит он. — Поговорить ты сможешь и свое мнение составить тоже.

— Понял, — киваю я, задумавшись над его словами.

В том, что наставник говорит, обычно смыслов несколько. Один — явный, для соглядатаев, а вот в виду он имеет совсем другое. Я смогу убедиться в разуме тех, кого мы называем животными. Или же нет — но это мой шаг, мое восприятие, в которое наставник вмешиваться не хочет, тем не менее раз за разом показывая мне, что так, как живем мы — неправильно. А за то, что неправильно, рано или поздно следует наказание, я это очень хорошо знаю. Была возможность убедиться. Значит, рано или поздно появится кто-то, для кого зверями будем мы. И вот тогда...

Катер летит, мы не разговариваем — наставнику нельзя отвлекаться, а вот мне думать ничто не мешает. Варамли никогда не решает за меня, не устанавливает жестких рамок, как другие наставники, а объясняет. Он дает мне возможность понять, а не рассказывает абсолютные истины. За это я к нему так отношусь, ведь он для меня очень важен. Важнее отца. И за него я пойду на бой не задумываясь...

Меня бросает вперед на привязных ремнях — мы тормозим, чтобы затем плюхнуться на посадочную площадку парка животных. Защитный кожух сразу же раскрывается, и спустя мгновение мы оказываемся на извилистой тропинке среди высоких деревьев, увитых их младшими братьями. Парк копирует флору Ш'дргмассгхра, нашей материнской планеты, отчего я настораживаюсь — ведь на ней выживают только сильнейшие, значит, могут быть и сюрпризы.

— Посмотри, ученик, — в зарослях, образующих клетки, виднеются чем-то похожие на него существа. — Это аилин. У них острые уши, лицо, напоминающее химан, но более тонкое, они привычны к лесу.

— Странные они какие-то, — разглядываю я существо, зафиксированное ветвями пощелкивающего острыми клыками хищного дерева. Как будто мертвые.

— Он сошел с ума, так что поговорить не получится, — вздыхает наставник, уводя меня от отталкивающего зрелища. — Но даже будь он в своем уме, говорить с нами не стал бы.

— Значит, точно умер, — понимаю я, ведь сошедших с ума что у нас, что у химан уничтожают.

Деревья расступаются, чтобы показать нам загон, в котором шевелятся странные существа с длинными тонкими конечностями и ужасом, замершим во всех трех глазах. Маленькие представители расы прячутся за более крупного. Я их совсем недавно видел на сортировке, поэтому вопрос о том, могут ли разговаривать эти странные существа, не задаю.

— Это у нас иллиан, неспособные к насилию, — в интонациях наставника грусть, я умею отличать уже. — Великие скульпторы, композиторы, стремившиеся к звездам...

Я осознаю, о чем он говорит, ведь именно Варамли научил меня понимать ту красоту, что не выражается в развешанных по ветвям внутренних органах врага. И теперь, достав из кармана кубик переводчика, я подхожу поближе, чтобы спросить их... Я еще не знаю, о чем буду спрашивать.

— Как ты называешься? — интересуюсь я у

представителя иллиан, которых у нас зовут просто «мясо».

— Какое тебе дело, зверь? — спрашивает в ответ старший и больший по размеру из них.

— Я хочу узнать, можешь ли ты разговаривать или просто повторяешь заученные фразы, — объясняю я, пытаясь подобрать правильные интонации.

— И что изменится? — он защищает своими тонкими конечностями младших. — Откажешься от сочного упругого мяса?

Он все отлично осознает, но я все задаю вопросы, понимая, что кхрааги обречены: рано или поздно нам все припомнят. Но также я понимаю, что хочет мне показать наставник: мы могли бы дружить, жить в симбиозе, а вместо этого мы уничтожили тех, кто творил красоту. Если у меня будет возможность хоть что-то изменить, я это сделаю.

Повернувшись к наставнику, я вижу его остановившийся взгляд. Проследив за ним, замечаю еще одну клетку, в которой сидит... химан. Я делаю шаг к клетке, блестящей стальными прутьями. Маленькая по размеру самка химан смотрит на меня со страхом, а наставника будто и не видит, но вот он становится белым. Но химан наши союзники, кто же заключил их самку в клетку?

Я увожу наставника, что-то шепчущего на своем языке. Произошедшее мне непонятно, поэтому я веду его к катеру, чтобы там задать вопросы. Раньше химан не заключали в клетки, почему же сейчас? Наставник в опасности? Надо его спросить.

— Ты прав в своих подозрениях, Д'Бол, — произносит он, когда мы оказываемся внутри катера. — Девочку объявили представителем другой расы, но...

— Но она химан, — киваю я. — Значит, и меня могут так же?

— Могут, — кивает он, и я верю ему, ведь Варамли меня никогда не обманывал.

Значит, нужно еще разобраться, почему химан оказался в клетке парка зверей. И лучше всего это сделать, пока не закончился месяц. Что же, теперь у меня есть чем заняться. И еще мне кажется, что Варамли узнал эту самку, значит, она как-то связана с ним. Может быть, он мне расскажет. Хотя, если знание опасно, то, скорее всего, нет. Одно я понимаю очень хорошо — мы самые страшные звери в этой Галактике. Придет время, и все изменится, ведь так продолжаться просто не может.

Надо будет отцу рассказать об обнаруженной химан в парке зверей. Ведь мы союзники, а если это сделано для того, чтобы вызвать бунт и нападение на нас? Тогда... Получается, что под подозрением у нас клан Дрг'шрахст. Очень похоже на их тактические построения, даже очень. А химан не убрали только по одной причине — не были осведомлены о том, что мы все-таки полетели. По-моему, логично.

Восьмое шр'втакса.
Наставник Варамли

Первое свое желание — бежать — я успешно подавляю.

В клетке в парке зверей сидит Маира — дочь моего друга и соратника. И если она здесь, значит, ее семьи на свете уже нет. Но это вряд ли связано с «Зар», в противном случае меня уже бы схватили. Значит, это внутренние шевеления, передел власти, у нас такое бывает. Не вовремя это, ох как не вовремя, к тому же раньше именно подобного не случалось. В любом случае нужно сидеть в цитадели с учеником и пытаться аккуратно выяснить, что происходит.

Маире восемь, но вот то, что в клетке она одна — это плохо. Выходит, ее одну оставили в живых. Для размножения она еще не подходит по возрасту, получается, цель другая. Хорошо, что мои дети надежно спрятаны: и Брим, и Туар, и Лиара — до них добраться сложно. Но вот факт того, что осталась только девочка... В своих жестоких ритуалах кхрааги ритуально поедают именно женские особи, и с чем это связано, сказать трудно. У них традиция такая, особенно если учитывать, что матерей рода как таковых нет. Маленькие илиан в клетке тоже были самками, насколько я знаю строение их тел. А это означает только одно...

Мы летим «домой». Ученик мой очень задумчив, я же пытаюсь вспомнить, какой ритуал у кхраагов в самом начале месяца шр'втакс, и не могу. Нет никаких специальных событий. Могут продержать до т'кшракса, когда начинаются традиционные Испытания, тогда у нас еще есть время, чтобы понять, что происходит. Мыслей у меня никаких... Маира меня не узнала, но это объяснимо: давно виделись, очень давно, она совсем маленькой была.

Аккуратно заведя катер на посадку, я отмечаю некоторую нервозность стражников внешнего периметра. Значит, какие-то шевеления есть. Нужно обнаружить предателя, который может быть и среди наблюдателей, и среди стражников. Как это можно проверить? Выпустить катер военного вождя... Со мной или со стражником. Но насколько я знаю здешнее руководство — это мертвый номер.

— Предатель должен был послать сигнал, — вдруг произносит Д'Бол, вылезая из катера.

— Правильно, — киваю я. — Подумай, мог ли это быть кто-то из наблюдающих?

Я-то знаю, что нет: там каждый за каждым следит, чтобы в случае чего продвинуться по службе, а неучтенный сигнал — это сразу же повод взять за хвост, образно говоря. Но вот ученик до этого еще не додумался, поэтому мы идем в Зал Наблюдений. Ему нужно увидеть самому, чтобы понять, что предателей тут быть не может по техническим причинам. Эх, Маира, за что тебе это...

Страх заползает холодной змейкой за шиворот традиционного одеяния наставника, но я привычно давлю его. Что же произошло на Омнии? Почему девочка здесь в таком состоянии? Сейчас узнать это невозможно, но тут такая штука... Ее многие знают, ведь семья была довольно публичной. Что подумают и как отреагируют химан, увидев традиционное поедание одной из нас? Только то, что союзники предали.

— Что-то готовится, — негромко произношу я, заходя в темный проход, за которым находится искомый зал.

Ученик ни о чем не спрашивает, следуя за мной. Лишь войдя в Зал Наблюдения, он осматривается — большие экраны, пульты со множеством манипуляторов и работающая смена. Кто-то из младших разворачивается навстречу нам в готовности напасть, но, узнав нас, уже готовится вернуться обратно к работе.

— Они сильно заняты, — замечает Д'Бол. — Значит, могут не заметить, если один из них пошлет неучтенный сигнал?

— Это будет большим подарком нам всем, юный Д'Бол, — скрипучим голосом, в котором звучит предвкушение, реагирует старший смены, все так же не отвлекаясь от работы.

— За пойманного предателя им хорошо заплатят, — объясняю я ученику простую истину. — Могут даже на размножение допустить без очереди.

— Вот как... — я вижу, он ошарашен, но никак это не показывает. — А как тогда узнать, кто послал сигнал?

— А вот как, — усмехаюсь я. — Воины, вчера перед нашим вылетом кто-то послал сигнал.

Слитное предвкушающее шипение обо всем говорит и мне, и Д'Болу. Ну я-то и так это знал, а вот ученик понимает, что теперь проблему предателя можно выкинуть из головы — за ту награду, что им положена, сами все сделают.

— Вот так, ученик, — киваю я. — Нужно уметь не делать все самому.

— Благодарю за урок, наставник, — склоняет он голову, после чего мы покидаем Зал. — И все же...

— Они отследят все сигналы, — объясняю я ему, пока мы идем по гулкому коридору. — И всех, кто мог нас увидеть, после чего поднимут шум, что даст нам возможность увидеть, чьи планы окажутся нарушенными.

Вот о таком варианте мой ученик не подумал, еще раз поблагодарив за урок, а я раздумываю о том, как можно спасти ребенка, понимая, тем не менее, что это сделано для стравливания нас. С таким можно идти к военному вождю, только мне страшно, честно говоря, ведь если он часть заговора...

— Мне нужно поговорить с отцом, — информирует меня Д'Бол.

— Буду ждать тебя где обычно, — реагирую я, даже не пытаясь оговорить его.

Во-первых, это бессмысленно, он все равно поступит по-своему, а во-вторых, он выбрал действительно самый лучший вариант — если Г'рхы участвует в этой провокации, то сына точно не убьет, а меня вполне может.

Ученик отправляется к покоям отца, а я пользуюсь случаем, чтобы запросить информацию с Омнии, нашей столичной планеты. Мне нужно только чтение совершенно определенного канала текстовых новостей, чтобы понять, что конкретно происходит. Для этого я запрашиваю односторонний канал связи через станцию связи. Теперь нужно подождать, ведь важно узнать не только факты, но и их интерпретацию.

И вот тут мне становится нехорошо: исчезновение экскурсионного школьного катера, направлявшегося в музей Космоса. С самых первых строк заголовки кричат об исчезновении детей, причем следов катера не обнаружено, а контроль пространства утверждает, что катер исчез в одно мгновение, пролетая над лесами заповедника. Кто на подобное способен, я знаю, ведь только у кхрааг есть подобное оружие. Но куда тогда делись остальные дети? В катере их не меньше двадцати должно было быть.

Новости показывают мне правоту Д'Бола:

действительно похоже на заговор против нас, причем показанная мне девочка — это именно расчет на мою реакцию, хорошо, что я на нее прямо не смотрел, может сойти за «не заметил». Времени у нас все меньше, а срыв боевого флота против «союзников»... Это наши там, на Омнии, могут думать, что они что-то способны противопоставить кхрааг, я-то знаю: их уничтожат в одно мгновение. Но зачем? Зачем это нужно?

Я смотрю прямо в глаза Г'рхы. Распорядившийся позвать и меня, он сейчас принимает нас в защищенном кабинете, прослушать который просто нереально. Д'Бол рассказывает свои выводы, причем я вижу: он повторяет специально для меня. Военный вождь клана поднимает на меня тяжелый взгляд горящих красным глаз, что означает — он в ярости, но до первого броска определить, что это будет, невозможно.

— Что скажешь ты, наставник? — наконец выплевывает он сквозь сжатые зубы.

— На Омнии внезапно пропал школьный катер с детьми, — спокойно произношу я, хотя вид вождя пугает. — Неожиданно во время полета исчез, и все. Один из его пассажиров обнаружился в парке зверей у нас здесь. Эта провокация была рассчитана на меня, ибо вы верите написанному, а не глазам.

— Это так, — кивает Г'рхы, знающий особенности своего народа. — Дальше?

— Если провести традиционное съедение, химан могут потерять голову, — объясняю я. — Родитель этого ребенка — высокопоставленный химан, а выглядеть это будет предательством. Причем...

Тут мне в голову приходит совсем другая мысль, хоть и связанная с первой. Д'Бол находится на пороге Испытаний. Если поручить ему ритуал съедения, тогда в последствиях можно обвинить... Г'рхы меня не торопит, видя, что я обдумываю.

— Если поручить ученику ритуал, — наконец разжимаю я сведенные судорогой от такой мысли челюсти, — тогда в последствиях виновен клан Гр'саргхма. И это послужит началом.

— Значит, следует ждать повода для ритуала, — понимает военный вождь клана. — И тогда?

— Ритуальный корабль по традиции «Шар'храк»? — интересуюсь я и, получив в ответ жест, означающий согласие, продолжаю: — Нужно учить Д'Бола управлению этим кораблем. Тогда он сможет уйти, а затем вернуться, чтобы сокрушить врагов.

— Отступление... — вождю не нравится эта идея, но он трезво смотрит на своего сына. — Да будет так!

На этом аудиенция заканчивается. Звездолет «Хищник» — он суть могущества кхрааг. Неплохо защищенный, имеет огромную живучесть и самые мощные двигатели, поэтому сможет, пусть и не очень легко, оторваться от преследования. Это, если я прав, а если нет — такое умение лишним точно не будет. С этим согласен и мой ученик, отправляющийся сейчас на ужин. Мне тоже стоит, но перед этим нужно сделать кое-что. Точнее, не сделать.

Каждый вечер я посылаю сигнал домой о том, что со мной все в порядке. Обычный, ничего не значащий разговор. Так вот, сегодня я этого не сделаю, и это будет означать опасность для всех. Вместе с новостями, надеюсь, наши сообразят. У химан есть один секрет, которого не знают наши «союзники». Если я прав, то кхрааги останутся как минимум без вождей всех кланов и их приближенных, ну а если нет, то все будут просто готовы. Если новости не сфабрикованы специально для меня, тогда те, кому нужно, догадаются.

Как это все не вовремя, но чувствую я, что время моей жизни заканчивается. Что же, я прожил неплохую жизнь и ради сохранения своего народа пойду на смерть. На трех из пяти планет заложены заряды — старинная разработка химан, способные детонировать ядро планеты. Лишь раз бывшее в деле, это страшное оружие — самый последний аргумент. Лишь на трех планетах есть представительства химан, а разработка расположена как раз в них. И если...

Все же по какому поводу может быть ритуал? Его же просто так не назначают! Значит, должно произойти что-то, за что кхрааги будут благодарить своих богов. У них есть боги — большой такой пантеон, разобраться в котором очень непросто, но именно их волей да заветами предков обосновывают они свои завоевания. Что же...

— Наставник, что будет правильным сделать? — Д'Бол появляется неслышно, но я не вздрагиваю — привык.

— Иметь при себе оружие и неприметный катер на случай, если придется уходить, —

вздыхаю я. — Хотя это будет лучшим вариантом, а вот на корабле... Там ты будешь не один. По правилам, ты можешь взять с собой наставника.

— Да, наставник, — опускает голову мой ученик.

Я помню, каким он выполз из яйца, как он рос, как плакал в моих руках от жестокого воспитания. Считаю ли я его своим? Пожалуй, да. А как он ко мне относится, для меня не секрет совсем. И вот чтобы Д'Бол выжил, я сделаю очень многое. Если дело дойдет до корабля, то сопровождение я уничтожить смогу, а там ученик не подведет, я верю. Надо ему переводчик положить в карман, чтобы всегда имел с собой, ему пригодится.

— Следи за клановыми новостями, — прошу я его. — Это очень важно.

— Я помню, — кивает мне ученик. — Ты...

— Я всегда рядом, — понимаю я его вопрос. — Что бы ни случилось.

— Благодарю, наставник, — склоняет он голову в ритуальном поклоне.

Ему сейчас нужно на тренировку по управлению кораблем, о чем говорит летная форма незнакомого мне наставника. У его отца слова с делом не расходятся, поэтому Д'Болу предстоит учиться. Я же займусь разборкой вещей, проверкой оружия и моим последним аргументом — двумя плазменными гранатами. Именно ими я надеюсь уничтожить сопровождение, а если смотреть правде в глаза — то конвой, если я все же прав. Нужно быть готовым совершенно ко всему, а пока запросить обновление новостей с Омнии.

Продолжаются поиски детей, при этом второе сообщение — о вывозе урожая бобовых, вроде бы совершенно никак не относящееся к общей панике. Именно это сообщение и показывает мне, что отсутствие сигнала принято и понято. Что же, теперь будем ждать телодвижений неизвестного противника. Вряд ли это клан Дрг'шрахст, там сидят ученые, они-то очень легко могут просчитать, как ослабнет раса в случае всеобщей войны. Причем я вижу приготовления: становится больше воинов, появляются тяжелые катера... Думаю, это видят и другие кланы.

Предположим что-нибудь совершенно нереальное — допустим, из глубин Вселенной пришли те, для кого и кхрааги только мясо. Тогда все логично: ослабить врага, заставить его убивать себе подобных, а потом поставить точку. Только как они тогда воздействовали на других? Нет, не выдерживает критики это предположение.

Действительно, остается еще М'рахкса, у них есть практика боевого безумия, в котором думать они не способны. Но тут опять же непонятно — им это зачем? Жить стало скучно? Нет такого понятия у кхрааг. Совершенно непонятно, если я только не упускаю чего-нибудь. Могу же я упустить? Если, например, заговор в «нашем» клане? Сместить вождя, для чего устроить общую войну? Нет, не настолько у них инстинкт самосохранения отсутствует. Тогда что это все значит, что?

Десятое шр'втакса. Д'Бол

За меня принимаются так, что я и пищать не могу. Наставник-инструктор много раз проходит одну и ту же последовательность действий, пока мои движения не становятся рефлекторными. Всего за день он учит меня самому необходимому, как будто мне завтра уже в бой. А в перерывах Варамли обучает тому, как менять свое тело, как закрыться покровом, если не хочу показывать свое лицо, но девятый день месяца шр'втакс в памяти не остается, он просто пролетает, и засыпаю я совершенно без сил, только и успев омыть себя по завету предков.

Наверное, поэтому снится мне что-то совершенно невозможное — помещение, похожее на комнату учения, но я здесь не один. Я ошарашенно разглядываю тех, кого наставник называл илиан, а рядом с ними и химан. При этом они совершенно не боятся, не проявляют такую привычную мне агрессию. Спустя мгновение я понимаю, что эти существа видят и меня. Отступив к стене, я готовлюсь к бою, но не чувствую с их стороны ни страха, ни желания растерзать меня.

— Юный творец пришел из очень далекого места, — слышу я чей-то голос и, развернувшись, вижу большого илиан, смотрящего на меня очень внимательно всеми тремя своими глазами. — Не бойся, — говорит он мне, — здесь никто не причинит тебе вреда.

— Кхраагам не ведом страх, — заученно отвечаю я, не понимая, что означает мой сон. Я же засыпал!

— Всем ведом страх, — вздыхает этот илиан, а затем рядом с ним обнаруживается химан — как Варамли, но все же чем-то отличающийся. И тут я понимаю: это самка.

— Какой хорошенький! — приветливо оскаливается она, но напасть не хочет. — Ты откуда, ребенок?

— Я уже не ребенок, у меня скоро первые

Испытания, — отвечаю я, не понимая, что происходит со мной.

Мне отчего-то хочется потянуться к ней, но я понимаю — это неправильно. Самка химан делает мягкий шаг ко мне, протягивает руку, за которой я внимательно слежу, а затем происходит то же, что делал со мной Варамли — она меня «гладит». Наставник объяснял: если делают так, то не хотят зла, поэтому я расслабляюсь, в глубине души очень желая, чтобы ее движение продолжилось.

— Хочешь рассказать о себе? — интересуется она моим мнением.

— Нет, но нужно, — вздыхаю я, готовясь к ненависти. На их месте я бы постарался уничтожить кхраага.

— Не нужно, если не хочешь, — качает она головой, и я... Я не знаю, что со мной происходит — как будто внутренний я теперь выходит на свободу, а жесткий Д'Бол прячется внутрь.

И вот этот настоящий я очень хочу им рассказать о себе, но боюсь. Страх ненависти, исчезнувшей ласки заставляет меня молчать, а она, эта самка, не настаивает. Она собирает других вокруг себя, но так, чтобы не отгораживаться от меня, и рассказывает им что-то совершенно непонятное. Я просто не могу осознать сказанного ею: какие-то «миры», «дары», «разум» — эти слова не имеют смысла. Но вот здесь, в этом самом помещении, никто не хочет грызть кого-то, никто не хочет нападать, как будто они все неспособны к насилию, но такого быть не может. Не с химан. Значит, я чего-то не знаю...

Проснувшись, снова погружаюсь в тренировки. Бой на палках почти забыт, зато все больше тренировочного времени в симуляторе управляющего отсека звездолета. Полдня проходит, я и не замечаю как, ну а затем меня ждет наставник. Оценив выражение моего лица, он вздыхает, отправляясь к водопаду, а я вижу вокруг множество воинов, гораздо больше, чем обычно.

— Твой отец готовится к неожиданностям, — объясняет мне Варамли. — Пойдем.

Он видит, что мне есть о чем рассказать, поэтому ведет меня в «наше» место. Он такой же, как химан во сне — признающий мое желание, мое право и всегда готовый подсказать. Может, он специально послан мне из такого же места, как мой сон, чтобы не дать погибнуть тому внутреннему мне? Не знаю, но едва мы приходим туда, где от шума воды почти ничего не слышно, я начинаю взахлеб, торопясь, рассказывать свой сон.

— Говоришь, тебя не испугались, но не настаивали на рассказе? — заинтересовывается наставник. — Они могут быть совершенно из другой галактики или даже...

— Я думал об этом, наставник, — киваю я. — Учитывая, что они говорили о «мирах»...

— Миром мы называем всю нашу вселенную, — отвечает мне Варамли. — И если они говорили о множестве, то... Они могут не знать кхраагов, потому и не боятся.

— Да... — вздыхаю я, а потом решаю поинтересоваться, нашли ли предателя.

— Нашли, — кивает Наставник. — И даже выпотрошили, но он давал сигнал клановому кораблю, пролетавшему неподалеку от резиденции.

— Дрг'шрахст, — утвердительно говорю я, потому что тут, кроме нас, летать больше некому, а у стратегов маршрут неподалеку проходит.

Кивок наставника означает согласие с моими выводами. Значит, у стратегов есть что-то непонятное пока нам. Какой-то тайный план, ради которого можно пожертвовать одним, а то и двумя кланами. Нужно выяснить, что это за план, но как сделать подобное, я не знаю. Возможно, у наставника есть какие-то идеи. А пока...

— Клан М'рахкса объявляет о новом совете кланов, — замечает Варамли. — Это может быть началом, поэтому учись как можно лучше.

— Я понял, наставник, — склоняю я голову и разворачиваюсь к белесой дымке выходного отверстия. Мне хочется просто смотреть на нее, ни о чем не думая.

— Я всегда рядом, ученик, — негромко произносит наставник. — И всегда на твоей стороне.

Так он показывает, как относится ко мне. Что я ему не чужой, а близкий, но я это и сам понимаю: нет у меня никого ближе Варамли. Как бы я хотел его обнять, как в детстве, но нельзя — любое проявление эмоций очень опасно, и прежде всего для него. Я это очень хорошо еще в раннем детстве выучил, поэтому теперь ни за что не рискну подвергать его опасности.

— Наставник, скажи, а не могут в ритуалах использоваться самки, потому что они для кхраагов не имеют ценности? — интересуюсь я, задавая тот самый вопрос, что меня беспокоит последние пару дней.

— Очень возможно, что ты прав, — отвечает наставник. — Пойдем, тебе пора на тренировку.

Мне действительно пора, но, пока мы идем, я задумываюсь о самках нашего народа: почему я их никогда не видел? Существуют ли они? Кто-то яйца несет, значит, точно существуют, но почему я никогда не видел ни одной самки? А вдруг их держат как животных, используя только для оплодотворения? Тогда, если они это осознают, то вполне могут и отомстить. Не может ли за всеми странностями стоять самка народа кхрааг?

Вечером наставник ведет меня в библиотеку. Сам-то он туда доступ имеет ограниченный, а вот обосновывая мое развитие, может читать что угодно. Библиотека — круглый зал, выдолбленный в центре скалы. Освещается он световыми шарами, а книги сплошь рукописные, ведь здесь собрана мудрость предков. И вот в этой мудрости он хочет что-то найти.

— Ты же хотел узнать о самках народа, — улыбается Варамли в ответ на мой вопросительный взгляд. — Прикоснемся к мудрости великого Гмассгхра, возможно, в его работах найдем.

— Я будущий вождь! — восклицаю я так, что эхо гуляет по коридорам. — От меня не может быть тайн!

— Правильно, — кивает он мне, а я замечаю скользнувшую в темный проход тень. Значит, докладывать побежал. Отец пока на нашей стороне, так что пусть докладывает.

— Я думаю, нужно начать с сокровищ народа, — подумав, сообщаю ему. — Если даже они рабыни, то как-то это же в древности обосновали?

— Молодец, Д'Бол, — от этой похвалы меня тянет прыгать, как в раннем детстве, но этого делать нельзя: увидит кто — будет очень больно.

Мы заходим под своды священного зала кхрааг. Здесь собраны манускрипты, написанные на коже врагов, книги, украшенные костями вождей. Я двигаюсь вдоль ряда полок, выдолбленных в камне скалы, осматривая короткие пояснения. Мне нужны сокровища расы, но вот как их найти... Для начала я беру древнейший манускрипт, в котором описывается Легенда о Пришествии.

Эта легенда фактически говорит о том, как из высоких чертогов под сень благословенной К'рг-св'дахра ступили первые кхрааги, неся истинное понимание жизни, а все остальные, населявшие в то время Ш'дргмассгхру, просто покорились. На самом деле, были, конечно, уничтожены, но это, как говорит наставник, детали. Итак... Я усаживаюсь за традиционный каменный стол, разворачивая манускрипт, содержание которого знаю и так.

— Возможно, нужен лекарский трактат, — задумчиво произносит Варамли. — Это если мы говорим о самках, как о сокровище.

— Принеси мне его! — с повелительными интонациями реагирую я.

Теперь он может смотреть что угодно, ведь это я ему приказал. Благодарно кивнув мне, наставник отправляется к полкам, не только опоясывающим зал, но и тянущимся очень высоко, для чего есть подъемник. Именно им Варамли и пользуется сейчас, уносясь куда-то очень высоко.

В легенде я ничего не нахожу, но интересно вот что — описывается пещера, куда должен войти молодой воин, чтобы вынести из него яйцо. То есть самки находятся в пещере и на свет не выходят. Могут ли они относиться к другому виду? Нет, вряд ли, ведь тогда и у нас были бы элементы другого вида. Все же идея того, что ситуация может быть выгодна только самкам, не покидает меня.

С шелестом возвращается подъемник, я поднимаю глаза, чтобы увидеть задумчивый взгляд Варамли. Он жестом показывает — «иди за мной». Я поднимаюсь, аккуратно свернув манускрипт, и, проходя мимо полки, осторожно кладу его на место, двигаясь за наставником. Внезапно он поворачивает направо, будто проходя сквозь стену, но я вижу небольшой проход, сразу заметить который невозможно. За ним открывается зал поменьше, и вот тут уже я не нахожу привычных мне книг, а только пластины из кварца. Тонкие, но очевидно крепкие.

— Возьми эту пластину, — показывает мне наставник. — Посмотри на нее в отраженном свете.

— Да, наставник, — немедленно слушаюсь я и вдруг вижу текст.

«В свете извечной Вр'гсалжхра, когда Ш'дргмассгхра сияет в невидимости, самка отложит яйцо, чтобы быть снова спрятанной от ока кхраага, принесшего ей драгоценное семя». Я читаю и понимаю: у самок вполне может быть свое сообщество, потому что это инструкция о том, как оплодотворять самку, ломая ее сопротивление, ведь пластина говорит, что самки сопротивляются всегда. А это значит — оплодотворение происходит силой, и никак иначе. Как это не похоже на рассказы Варамли о семье! Но тогда понятно, почему она больше никогда не хочет видеть того, по чьей милости пережила боль и муки.

Я возвращаюсь из библиотеки в задумчивости. Раз говорится, что самка сопротивляется всегда, при этом указывается осторожность при фиксации и то, как снимать с нее одежду, чтобы не привести в негодность, то у самок может быть свое сообщество. И если в этом сообществе появился вождь, то... Только им желательно, чтобы мы поубивали друг друга. Хорошо, подозреваемый есть, еще бы теперь понять, как именно они сумели захватить детей союзников.

— Юного Д'Бола зовет к себе вождь! — встречает меня распорядитель. — Наставник, следуйте за своим учеником!

Очень интересно... Уже глубокий вечер, отец в такое время уже спит. Значит, происходит что-то важное, и нужно поспешить. Варамли тоже понимает это, идя чуть позади меня, как предписывают традиции, ведь теперь не я его, а он сопровождает меня. Что-то мне подсказывает, что сейчас я получу ответы на часть вопросов. Интересно, что это будут за ответы?

Темный коридор, где нет ни одной живой души, даже паразитов, заканчивается окованной небесным металлом дверью, за которой находится личная резиденция моего отца. Чтобы войти, мне нужно приложить ладонь к сенсору двери. Если я имею право находиться внутри, то меня пропустит, если нет — отрежет руку. Вот такой режим пропуска у военного вождя. Очень хорошо против заговорщиков работает.

Дверь с лязгом растворяется, пропуская нас с наставником внутрь. Я делаю четыре шага, сопровождаемый потолочной турелью, поворачивая затем направо — в сторону кабинета отца. Он сидит за своим столом, в нетерпении постукивая когтем по прибору внутреннего наблюдения. На мой взгляд, отец скорее озадачен, чем раздражен, поэтому больно прямо сейчас не будет.

— Явились, — рычит военный вождь клана вместо приветствия. — Идите за мной.

Он резко поднимается, отчего стол, составленный из необработанных, на первый взгляд, каменных глыб, слегка покачивается, затем разворачивается в сторону стены. Что-то рыкнув, отец добивается открывания этой самой стены — кажется, что кусок ее просто падает в пол. За ней видна узкая темная лестница, украшенная шипами — путь в тайные темницы. Вот это уж очень любопытно, но не страшно — если бы отец меня в чем-то заподозрил, то просто убил бы, водить меня куда-либо не нужно. Значит, он хочет нам что-то показать.

Если рассуждать логически, остается только предатель. Не тот, которого поймали, а тот, кто на самом деле, ведь наставник считает, что пойман был только исполнитель…

Десятое шр'втакса.
Наставник Варамли

Насколько мне известно, я первый химан, побывавший здесь. Личная тюрьма военного вождя клана представляет собой небольшую камеру за тремя дверьми, обеспечивающими звукоизоляцию. На стене из необработанного камня висит распятый кхрааг без одежды. Он находится без сознания, а тело его носит следы пыток.

— Смотри, сын, — произносит Г'рхы, подходя к пленнику, затем когтистой лапой берется за его первичный половой признак, резко что-то срывая, и я замираю от увиденного.

— Он... Самка? — Д'Бол, как всегда, очень быстро соображает.

Я разглядываю специфические анатомические подробности, при этом не понимая, как самка могла так долго скрываться. Возможно, она использовала морфизм тела для того, чтобы походить на воинов. Ведь никто не видел самок, кроме уже получивших свое яйцо. Версия вполне имеет право на жизнь, а это значит, что ученик прав в своих предположениях.

— Да, сын, это самка, — спокойно произносит Г'рхы, двигая какой-то рычаг.

Звук сильного разряда раздирает тишину камеры. Самка взвизгивает, затем протяжно застонав. Она раскрывает свои глаза, в которых негасимым пламенем горит ненависть. Чтобы так ненавидеть, нужно иметь серьезный повод. Зашипев, самка выплевывает очень грубое ругательство, сводящееся к сравнению военного вождя с трусливой ископаемой птицей.

— Ты ждешь удара, мерзкое животное, — страшно усмехается он. — Но взамен ты расскажешь мне все.

— Лучше смерть! — выкрикивает она, сразу же закашлявшись.

— Смерть еще заслужить надо, — оскаливается военный вождь. — Сын, не хочешь попробовать себя?

— Да, отец, — кивает ученик, оглянувшись на

меня, а я достаю из кармана двузубую вилку, которую по старой традиции ношу с собой. — Наставник?

— Мягковатое мясо, — замечаю я, с силой втыкая вилку в податливое тело. — Ты помнишь, о чем прочитал?

— Сопротивление... — понимает Д'Бол, поворачиваясь к отцу. — Отец, тебе не будет противно ее несколько раз оплодотворить?

Я подсказываю не только потому, что кхраагов не жалко. Она из тех, кто, скорее всего, убили наших детей, поэтому жалости у меня к ней быть не может. Д'Бол не воспитан в почитании матери, да и не было такой, как она, рядом с ним, а вот сломать ее... В глазах самки ненависть сменяется ужасом, а молча кивнувший военный вождь обнажает свое орудие.

Следующие полчаса заполнены душераздирающим воем, к которому я отношусь спокойно — я здесь и не такое уже слышал. Происходящее Д'Бол понимает, осознавая, надеюсь, то же, что и я: кхрааги со своими самками совместимы плохо, правда, происходящее совсем не похоже на спаривание, скорее на пытки. Возможно, самки относятся к совсем другому виду. А раз вид другой, то возможна своя цивилизация. Что же, посмотрим, к чему это приведет.

— Убийцы, — хрипит совершенно растерявшая свой полный ненависти взгляд самка. — Ки-арханг!

Больше всего это слово по смыслу близко к понятию сверхъестественных существ, желающих зла живым, в которых верили наши далекие предки. Возможно, у самок есть собственная религия. Д'Бол, пропустив мимо ушей выкрик, начинает допрашивать равнодушным голосом. Ему будто и неинтересно, что именно может сказать эта особь, я же разбираю увиденное. Они, конечно, не химан, ближе к зверям в нашем понимании, именно поэтому нельзя судить произошедшее по нам, но вот результат говорит о другом... Самка явно готовится к смерти.

— Почему ты считаешь, что умрешь? — выстреливаю я вопросом, улучшив момент. — Клан милостив, тебя могут оставить в живых.

— Насмехаешься, ледяной кусок грязи? После того, что вы сделали, я доживу только до конца формирования яйца, кусок мяса, — отвечает она мне. — А затем умру в муках.

Вот как, размножение с кхраагом означает

для них смерть. Тогда у самок есть мотив... Но тогда среди них должны быть самцы, искусственное размножение невозможно с точки зрения сохранности популяции. Значит, мы о них не знаем ничего. Это осознает и военный вождь, начав расспрашивать со своей более взрослой и опытной стороны.

Конкретная самка запирается, сыплет оскорблениями, время от времени воя от боли, хотя ее никто не пытает. Видимо, это результат оплодотворения. Тут я задумываюсь: если бы с моей мамой так поступили и она умирала на моих глазах, что бы я сделал? Получается, им есть за что мстить. Только дело в выживании моей расы, а ради своих детей я нарежу кусками кого угодно.

Теперь и Д'Бол, и его отец понимают, что именно нужно спрашивать, а я слушаю ответы самки, осознавая: почти ничего сделать нельзя. Самки использовали некий неизвестный мне, зато знакомый Г'рхы прибор, запрограммировавший отдельных представителей кхрааг на определенные действия. Насколько я знаю структуру общества кхрааг, единственная возможность предотвратить самое страшное — срочно собрать совет вождей кланов, но, возможно, уже поздно.

Д'Бол сереет мордой — он понимает, что означают слова самки. В течение многих лет самки и ставшие их помощниками самцы пробирались на руководящие посты в разных кланах. Именно так они похитили детей химан. И мы с учеником поняли все правильно, но вот что конкретно сейчас можно сделать, я не знаю. Моих знаний структуры общества кхраагов не хватает, чтобы измыслить решение.

— Значит, вы хотите уничтожить нас и готовы умереть сами ради этого... — негромко произносит Г'рхы. — И все для этого уже подготовили. Если бы не мой сын, у вас бы получилось.

— У нас уже все получилось, кхрааг, — усмехается самка. — Вы сдохнете! Все! Все! Мама будет отомщена! Сдохните!

— Она утратила разум, — замечаю я, наблюдая характерные симптомы.

— И что теперь? — спрашивает меня ученик.

— Теперь будет совет кланов, — вздыхает Г'рхы. — Они услышат своими ушами речь самки. Возможно, это поможет нам не вцепиться в горло друг другу.

Повернувшись, он отправляется в сторону выхода, за ним идем и мы. Мне нужно связаться с Омнией, но никто мне это сделать не позволит, я это просто знаю. Получается, надо найти какую-то возможность остановить соотечественников прежде, чем они кинутся в самоубийственную авантюру. А почему бы прямо не сказать?

— Г'рхы, позволь сообщить химан, — прошу я его. — Возможно, это позволит им не реагировать слишком яростно.

— Хочешь спасти свой народ, — понимает меня военный вождь. — Что же, я не возражаю.

Теперь все зависит от того, поверят ли мне.

Д'Бол отправляется на тренировку, я же пытаюсь понять, почему невозможна связь с Омнией. Такое ощущение, что кто-то заглушил станцию связи звездолета, находящегося на орбите Омнии, — он тоже не отвечает. Это очень плохая новость, просто запредельно.

— Не отвечают? — спокойно интересуется у меня военный вождь клана.

— Даже звездолет молчит, — отвечаю я ему, на что Г'рхы кивает.

— Я так и думал, — произносит он. — Пора объявлять общий совет.

Это единственный выход, и молчание звездолета — лишь формальный повод. Но достаточный для созыва Совета Кланов. При этом я понимаю: если начнут, то здесь нас накроют. Что делать? В идеале бы убраться на боевой корабль, но все корабли сейчас уйдут с вождем, и он это знает.

— Я лечу на К'хритсдрог, — объявляет он. Это как раз понятно, Совет Клана проходит только там. — Ты берешь Д'Бола и отправляешься на патрульный «Тахр'ху», здесь вас могут накрыть. Сидишь там, пока не вернусь.

— Выполню, вождь, — склоняюсь я перед ним в формальном поклоне.

Патрульный звездолет в случае чего хотя бы сумеет убежать. Правда, если Д'Бола вынудят участвовать в ритуале, звездолет станет ловушкой. Впрочем, что угодно станет ловушкой, но, пока нет предпосылки к ритуалу, «Тахр'ху» действительно лучше, чем резиденция. Скафандров здесь не имеется, пустят газ — и все закончится очень нехорошо. Значит, нужно дождаться ученика.

Я верчу в руках пластинку Особых Полномочий. Это документ, выполненный из черного кварца, что крайне редок. В нем находится маленький прибор, говорящий любому воину, что я приравнен в правах к заместителю военного вождя. Я его Голос, и не выполнить мое распоряжение очень чревато. Ощущение у меня странное — Г'рхы будто чувствует что-то нехорошее. Впрочем, он военный вождь, так что вполне может и чувствовать.

Д'Бола во сне назвали «творцом». Это слово не принадлежит расе кхрааг, они не знают творения, а вот иллианы — вполне. Сама их суть — творение, так что вполне возможно, что во сне мой ученик смог единожды перешагнуть грань миров. Древние легенды химан говорят о тех, кто на подобное способен. Что же, будем надеяться, что именно эта способность поможет Д'Болу спастись.

Может ли весь заговор быть направленным на него из-за этой способности? Стремились бы убить именно его... Но уничтожить хотят всю расу. Я не сказал бы, что не имеют права, особенно выяснив, отчего конкретно умирают самки. Яйцо, из которого вылупляется кхрааг, — это паразит. Паразит в теле самки, выпивающий все соки из нее и приводящий к смерти, как только яйцо с окаменевшей скорлупой выходит наружу. Но вот тот факт, что самки относятся к другому виду...

— Наставник! — слышу я, поворачиваясь к

спешащему ученику. — Моя тренировка прервана, мне приказано явиться к тебе.

— Вовремя, — киваю я. — Собери свое оружие и необходимые вещи, мы улетаем.

— Да, наставник, — склоняет он голову, сразу исчезая в переплетении коридоров.

— И мне пора, — вздыхаю я, отправляясь, впрочем, к наблюдающим.

Мне нужно все организовать, лишь затем взять давно собранный мешок, чтобы отправиться с учеником на патрульный звездолет. На всякий случай я беру с собой и дублирующий активатор планетарного заряда. У каждого из нас, находящихся на планетах кхраагов, есть такой. Я привешиваю активатор на шею, прижав к правой стороне груди, где находится сердце. В случае, если активатор не будет получать сигналов сердцебиения, он даст сигнал, и через два часа планета станет историей. Все-таки детонация ядра — штука непредставимая.

Войдя в уже знакомый зал, предъявляю пластину в высоко поднятой руке, отчего старший смены сразу же поднимается из кресла. Он не удивляется, хорошо зная, что означает такая пластинка в руках наставника. Просто молча смотрит на меня, а я прикидываю наиболее безопасный маршрут.

— Нужен катер на патрульный с учетом того, что возможно нападение, — объясняю я причину визита. — Катер для Д'Бола в моем сопровождении. После отлета — режим «Кра'ху».

— Скоростной будет через пять ики. Ждать на нижнем причале, — отвечает мне старший смены.

Он пользуется традиционными единицами измерения времени, что не сильно уже принято. Пять ики это около семнадцати минут, вполне все успею. Развернувшись, выхожу. Так тут принято — ни приветствия, ни прощания. Суть моих распоряжений в том, что после нашего отлета резиденция перейдет в режим круговой обороны, прикрывая тот факт, что сына вождя в ней уже нет. В случае, если враг неподалеку, у нас будет время, чтобы добраться до звездолета, а на него нападать не будет совсем никто.

С этой мыслью я отправляюсь в свои покои, чтобы забрать мешок, затем зайти за учеником и двинуться на нижний причал. Тот самый, с которого мы совсем недавно стартовали. Так старт никто ненужный не увидит, и мы успеем набрать скорость. Очень похоже, что самки от кхраагов могут нести яйца, рождающие только самцов, причем это не основная схема деторождения. Видимо, внутри своей цивилизации они живородящие, но кхрааги просто приспособили их для своих нужд. Будь я на месте этого вида, тоже изо всех сил искал бы возможность уничтожить насильников и убийц. Так что мотив понятен... Ну и провокация ритуала тоже понятна — что им другие расы?

Прихватив в руку тяжелый мешок, я окидываю взглядом долгое время бывшую домом комнату — темно-зеленые стены, кровать, стол, стул, санитарные удобства. Покои наставника обязательно находятся в защищенном помещении и окон не имеют. Впрочем, сейчас это особенно хорошо. Как и тот факт, что Г'рхы Д'Бола с собой не взял, хотя обычно на совет забирают всю семью с приближенными. Наверняка отговорится каким-то суровым наказанием, так что вопросов не возникнет.

— Готов, наставник, — констатирует Д'Бол, держа в руке такой же мешок.

— Идем на нижний, — сообщаю я ему, направляясь в нужную сторону. — Мы отправляемся на патрульный «Тахр'ху» по слову твоего отца.

— Подчиняюсь, — ритуально отвечает мне ученик.

Вот чувствую я, что срок моей жизни подходит к концу. Жаль, не увижу детей перед смертью, особенно Лиару. Ну да пусть будет счастлива... Их мать погибла, когда детям было по пять лет, и причину ее гибели я не знаю до сих пор. Надеюсь, звезды уберегут их от «дождливой судьбы». Это традиционное пожелание нашего народа.

Пора выбираться из размышлений, так как мы уже стоим напротив скоростного катера с отметками лекарей. Напасть на такое судно — подписать себе приговор. Лекари находятся вне войн и кланов, они нужны всем, ибо мало их очень. Кстати, у нас врачей тоже мало, а вот почему — не знаю, просто не интересовался. Тихий писк часов говорит о смене дня, но сейчас меня это не тревожит, нам бы долететь без приключений.

Крышка защитного кожуха поднимается. Пора.

Одиннадцатое шр'втакса.
Д'Бол

Наставник плохого не скажет, я знаю это, поэтому слушаюсь его, не задумываясь даже, почему он так поступает. Катер легко ныряет в чрево звездолета, укладываясь на палубу. Встречающие нас офицеры не удивляются ничему, молча приказывая следовать за ними. Их совсем не удивляют эмблемы лекарей, нас просто провожают в каюту, в которой обнаруживаются две койки — для наставника и для меня. Мы оба уже очень усталые, поэтому меня едва хватает на то, чтобы совершить традиционное омовение и упасть в кровать. Даже переговорить с наставником нет никаких сил, я просто будто выключаюсь.

День действительно получился очень долгим,

отнял слишком много сил и, хотя доказал мою правоту, но принес тревогу. Не успев даже подумать об этом, я проваливаюсь в сон. Перед моими глазами будто из ниоткуда возникают звезды, виднеются галактики, туманности. Мне кажется, я лечу, пронизывая собой пространство, стремясь... А куда я стремлюсь?

Очень скоро я получаю ответ на этот вопрос. Передо мной, словно элемент туманности, сквозь которую я пролетаю, появляется сначала полупрозрачный, а затем все больше обретающий реальность класс. Тот самый, похожий на учебный, где находятся вперемешку иллиан и химан. Я вдруг оказываюсь внутри, растерянно оглядываясь.

— Привет! — радостно оскаливается кто-то из химан. — Хорошо, что ты пришел!

Это удивляет меня — мне впервые рады, и это не Варамли, а совершенно посторонний химан. Это очень необычно, но я церемонно склоняю голову в ответ, выказывая уважение. От меня не убудет, а ему приятно, так наставник говорит. Кажется, меня понимают, но не подходят, только оскалов становится больше. Я помню, Варамли говорил, что химан так радуются, а вот осознавать, что рады именно мне, не очень обычно.

— Юный творец снова пробился к нам дорогой снов, — высокая самка химан, уже знакомая мне, приветливо улыбается, но не скалится. — Меня зовут Ирина.

— И'ри'на, — пытаюсь повторить я, что у меня не очень хорошо получается — не прошипеть мне это имя. — Я Д'Бол, — решаюсь представиться в ответ.

— Здравствуй, Д'Бол, — сразу же реагирует она и... опять гладит меня, что на самом деле очень приятно. — Здесь тебе не причинят вреда.

— Некому здесь причинять мне вред, — вздыхаю я, потому что по понятиям моего народа...

На душе, откуда рвется на свободу тот самый маленький кхрааг, очень желающий почувствовать такое необыкновенное тепло, отчего-то грустно. Мне кажется, я обманываю их, а настоящий кхрааг никогда не опустится до лжи, если в этом нет тактической необходимости. Поэтому я начинаю рассказывать. Сначала о том, кто я. Об отце — суровом военном вожде, о наставнике, который дарит мне тепло и понимание, о том, как мы живем.

— Самки относятся к другому виду, так наставник сказал, — продолжаю я свой рассказ.

Изменение

— Они после оплодотворения умирают. Мы посчитали, что они решили отомстить, и... Так и оказалось.

— Это можно понять, — грустно кивает самка И'ри'на. — И вполне даже логично, да, Кхраха?

— Очень даже, — поднимает щупальца большая иллиан. — Но юному творцу знакомы такие, как я, заметила?

— Вы иллиан, — тяжело вздыхаю я, переходя к самой неприятной части.

Сейчас я рассказываю о том, что представителей ее народа... едят. А потом о походе в парк зверей и что именно я понял, побывав там. А затем, закрыв глаза, чтобы не видеть их ненависти, говорю о том, что, возможно, уготовано и мне.

— Твой наставник очень рискует, юный творец, — слышу я голос И'ри'ны. — Но он же придумал, как тебе избежать подобной участи.

— Если так случится, я улечу на церемониальном корабле, — объясняю я наш с Варамли план, — только там будут самки вашего народа, но я не хочу их есть! А они бояться будут...

Тут я открываю глаза, потому что чувствую прикосновения. Химан и иллиан обступают меня со всех сторон, чтобы прикоснуться, но не желая ударить или сделать больно, а напротив. Они ведут себя как Варамли — он называет это «поддерживать». Только сейчас я понимаю, что на самом деле наставник имеет в виду, потому что в душе становится теплее.

— Юный творец находится в иной вселенной, — произносит большой иллиан, он намного крупнее своих сородичей. — Позволь мне рассказать тебе, как можно спастись.

Я наклоняю голову в традиционном жесте, а он начинает мне рассказывать. О том, что в Пространстве разбросаны вестниками гибели черные дыры, я в курсе, мне наставник-инструктор рассказал, но вот то, что говорит этот иллиан, кажется чем-то совершенно невозможным. Я столько о пространстве и не знаю. Внезапно в центре учебного класса появляется большой шар, в котором я вижу все то, что он рассказывает.

— Белая дыра выглядит так, — демонстрирует мне иллиан. — Если встретишь ее, нужно постараться войти по центру и идти с постоянным ускорением, уворачиваясь от всего черного или цветного.

— И тогда я не погибну? — спрашиваю его.

— Тогда у тебя будет шанс перейти границу

миров, — показывает щупальцами он какой-то странный жест, продолжая свои объяснения.

Тут я понимаю: это местный наставник. Он ведет себя как Варамли, очень тщательно, повторяя по нескольку раз, объясняет и совсем не причиняет боли, чтобы я лучше запомнил. А раз он, как Варамли, то вреда мне совершенно не хочет, несмотря даже на то, что я кхрааг. Именно это мне непонятно, ведь я же его естественный враг.

— Скажи, почему ты так со мной? Я же... — пытаюсь понять, что происходит.

— Ты ребенок, юный творец, — отвечает мне вместо него И'ри'на. — А дети превыше всего.

И я вижу: для нее естественны эти слова, как для меня тренировки, как ласка Варамли, она говорит что чувствует, заставляя меня задуматься. Я бы очень хотел оказаться в таком месте, даже если меня запрут в парк зверей... Если будут хоть иногда гладить, я на многое соглашусь, потому что тому мне, который настоящий, это очень нужно. Поэтому я, не справившись с эмоциями, приникаю губами к ее рукам в жесте доверия.

И она как-то сразу понимает, принимаясь меня гладить. Я чувствую себя сейчас совсем маленьким, но отчего-то не пугаюсь этого совсем, как будто я в руках Варамли, защищающего меня даже от отца. А И'ри'на гладит меня и негромко рассказывает, как не напугать самок, как сделать так, чтобы они хотя бы попытались меня принять. Что означает это «принять», я не понимаю, но, видимо, время сна подходит к концу, а я так не хочу отсюда уходить! Маленький я все на свете готов отдать, лишь бы остаться. Но его никто не спрашивает.

Проснувшись, я некоторое время пытаюсь собраться с мыслями, возвращая контроль над собой. Нельзя показать все те эмоции, которые обуревают меня после этого сна. Отзвук голоса самки химан еще звучит в голове, повторяя одну и ту же фразу. Но я медленно беру себя в руки. Надо вставать, расписание никто не отменял.

— Проснулся уже? — слышу я голос наставника. — Можешь вставать не спеша, до времени еще час.

Еще целый час я мог бы быть там, во сне, и от этой мысли хочется заплакать, как в детстве, когда меня качал на руках Варамли, пряча мои слезы ото всех. Он был тогда мне и мамой, и папой. Но теперь, теперь многое зависит от меня, и я... если придется, я все сделаю правильно. Наверное, от этих мыслей я решаюсь задать наставнику личный вопрос, хоть это и не принято.

— Скажи, Варамли, — я запинаюсь на мгновение, но решаюсь все-таки спросить, — а у тебя есть дети?

— Есть, — его лицо появляется прямо надо мной, оно серьезно и слегка печально, насколько я могу судить. — Четверо у меня вас, — улыбается он мне. — Доченька Лиара и сыночки — Брим, Туар и Д'Бол.

Ласка в его голосе ровно такая же, как у самки химан в моем сне. Но замираю я не от нее — он меня сыном называет. Самое близкое для меня существо, хоть и другой расы, называет меня своим. Теперь я понимаю, почему наставник ко мне так относится. Химан очень дорожат своим потомством в отличие от кхрааг.

Наставник рассказывает мне о своих детях, и я будто вижу каждого из них, а от гордости, что звучит в его голосе, когда он говорит обо мне, хочется заплакать, как в детстве. Почему химан назвала меня ребенком, я подумаю потом, а сейчас мне необходимо подниматься. Принявший меня своим Варамли будто показывает: ему все равно, какой я расы.

— Благодарю тебя... отец, — негромко произношу я, вдруг ощутив его руку на своей голове — он меня гладит.

— Встаем, сынок, — очень тихо произносит Варамли. — За дверью мы снова наставник и ученик.

Он защищает меня, даже от невнимательности, от любой опасности, как всегда делал. И в этом разница между наставниками. Варамли ко мне относится лучше и ближе, чем отец. В процессе одевания я рассказываю ему мой сон, на что наставник кивает, подтверждая правильность сказанного мне. Ну а затем рассказывает, что мне сегодня предстоит: тренировка силовая, тренировка управления кораблем, а затем мы позанимаемся наедине. То есть будем разговаривать.

Мне это расписание вполне подходит, тем более что никто меня и не спрашивает. Одевшись в «рабочий» наряд и приняв форму тела «вне дома», я выхожу в распахнувшуюся дверь. За мной следует и наставник, тихо подсказывая, куда именно идти, хотя все логично — сначала столовая, затем занятие с наставником, а потом тренировочный зал, существующий на любом звездолете кхрааг.

Звездолет внутри отличается от резиденции немногим. Несмотря на то, что стены, как я знаю, железные, они выглядят в точности как каменные коридоры дома, только освещены не факелами, а вытянутыми желтыми светильниками. Мы идем вдоль желтой линии, обозначенной на полу, потому что так обозначается путь в столовую на любом корабле. Слева и справа открываются другие проходы, временами закрытые стальными, матово блестящими в свете ламп дверями. Допуск у меня, насколько я помню то, что говорил наставник-инструктор, ограниченный, то есть в рубку, например, нельзя. А вот наставнику можно всюду, кроме реактора и машинного зала.

Столовая очень похожа на ту, к которой я привык с детства, — полутемный круглый зал, выглядящий так, как будто его выдолбили древним способом в толще горной породы, столы обычной формы, тоже замаскированные под каменные, глыбы стульев. Ничего необычного, потому я уже знаю, куда идти, учитывая мой статус. Наставник приносит две большие коробки космической еды, а я его уже жду за столом. В столовой разговаривать имеет право только вождь, поэтому царит полное молчание. Сейчас тут нет никого, кроме нас, что меня радует, потому что воины могут проверять юного сына вождя — сильно ударить, оскорбить жестом или еще как, и тогда вместо тренировок я в госпитале окажусь, как уже бывало множество раз, пока наставник не показал мне, как с подобным бороться. Но дома меня уже все знают, а здесь-то нет.

На завтрак у меня сегодня кусок мяса, сочащегося соком. Я только надеюсь, что это мясо совсем недавно не плакало в щупальцах родителя. Несмотря на то, что наша раса очевидные хищники, без мяса жить вполне можно, даже нам. У химан есть замена живому мясу, которую они едят с большим удовольствием, а у нас нет. Но я стараюсь не думать, что поданный мне кусок мог...

— Неживое, — произносит наставник, имеющий право как Голос вождя, говорить здесь.
— Ешь.

Я склоняю голову с искренней благодарностью, ведь Варамли, которого очень хочется назвать отцом, угадал мои мысли. Мне кажется, эти сны меня меняют внутренне, но вот хорошо это или плохо, я сказать не могу. Да и не уверен я в этом, но с наставником переговорить надо будет, обязательно.

Закончив завтрак, я поднимаюсь со своего места, а наставник относит коробки обратно туда, где нам выдали еду. По идее, эти коробки теперь наши, но из-за нашего статуса с собой мы их можем пока не носить, как остальные воины. Травить нас на боевом корабле просто некому, не резиденция как-никак. Странно все-таки...

— Возвращаемся, — коротко реагирует Варамли.

Я молча склоняю голову, идя вслед за ним. Теперь он идет впереди, так как у нас не простая прогулка, а учеба, где он главный. Иерархия у кхрааг очень жестко расписана по ролям в конкретный момент. Это в меня вбили еще в раннем детстве — такое воспитание у нашей расы, хотя наставник и говорит, что так неправильно. Но ребенка никто никогда ни о чем не спрашивает.

В коридорах нет никого, что необычно, хотя что я знаю об устройстве службы на боевых кораблях? Именно поэтому я просто иду за наставником, чтобы узнать, что будет дальше.

Ходить здесь проще, чем внизу, потому что сила тяжести меньше. Совсем недавно Варамли рассказывал мне, что это за сила такая и откуда она берется на звездолетах. Я тогда был сильно удивлен тем фактом, что технологию кхрааги отобрали у тех, кого едят.

Вот и наша каюта, в которой нам нужно ждать или распоряжения отца, или дальнейших событий. Сейчас у нас час на занятия, а затем тренировка, которая позволит мне оценить себя. Здесь меня точно не пожалеют и не убоятся гнева военного вождя. И хотя страх кхраагам неведом, но жить хотят все.

Одиннадцатое шр'втакса.
Наставник Варамли

Не зря малыш меня о семье спросил. Именно поэтому во время нашего обучающего часа я стараюсь у него осторожно выяснить, что именно подвигло его на это, потому что он может подвергнуть себя опасности. Но ответ оказывается и сложнее, и проще: ему продолжают сниться сны.

— И вот эта самка твоего народа со сложным именем И'ри'на меня погладила, — Д'Бол прикрывает глаза, показывая мне, какой он еще ребенок. А детям нужна ласка, я точно это знаю. — И сказала: дети превыше всего. Ты понимаешь, Варамли, для нее это естественно!

Я понимаю, малыш, еще как понимаю. Д'Бол во снах переходит границу миров, оказываясь в наших сказках. Чтобы разные расы были в одном месте, не стремясь вцепиться друг другу в горло, чтобы так говорили о детях — это невозможно в нашем мире, только в очень древних позабытых уже сказках. А ученик рассказывает мне об увиденном, и я понимаю: сны изменили Д'Бола. Не внешне, а где-то внутри изменили, и теперь ему тесно здесь. Душно и тоскливо ему среди «своих», и что с этим делать, я не знаю.

Достав тайный медальон, я показываю ученику своих детей — их изображения, что всегда со мной. Малышки Лиары, радостно улыбающейся папе, близнецов Брима и Туара, похожих как две капли воды, и Д'Бола — устроившегося в моих руках малыша. Ученик смотрит во все глаза, впитывая образы. У него в жизни такого никогда не было — вместо мамы и папы всегда был я, а от других, включая отца, он видел только боль и издевку. Зачем кхрааги так воспитывают детей, я понимаю: ожесточившиеся, потерявшие душу дети без сомнений лишают жизни завоеванные народы. Но как же это жестоко... Впрочем, большинство моих сородичей этого не поймут, ведь они тоже потеряли души, и только «Зар» все еще пытается не дать искре Творца угаснуть окончательно.

— Ты носишь меня с собой, — негромко произносит Д'Бол. — Спасибо.

Он ошарашен, но, кажется, уже начинает понимать, что такое «дети» и почему они важны. Но времени у нас не так много, поэтому мы приступаем к тренировке морфизма. Кхрааги эту функцию почти не используют, только для изменения формы морды, но возможностей, на самом деле, у них намного больше. Именно эти возможности мы с ним развиваем. Он в химан не превратится, но пугать внешним видом будет поменьше.

— Начинам упражнение, — предупреждаю я, а затем легкими движениями показываю ему очевидные огрехи при морфировании морды.

Я совершенно уверен, что Д'Бол отличается от других кхраагов, это заметно и анатомически, и в восприятии. Они генетически туповаты, а вот ученик — совсем наоборот. Кто был его матерью, установить уже не выйдет, но она явно была совсем непростой самкой. Возможно, именно этот факт и подвиг самок на активные действия. В целом, если прикинуть по времени, очень даже похоже — за десять лет много чего можно сделать.

Мы работаем с полной отдачей, потому что это умение может спасти жизнь моему ученику, которого я воспринимаю сыном. Да и он меня отцом, судя по всему, что, конечно, не очень обычно, но что имеем, то имеем. Совсем скоро ему на тренировку, а я в это время буду рассматривать плиты последних известий и опять попытаюсь связаться даже не с Омнией, а с ее орбитальным звездолетом. С самой планетой мне не разрешат, а вот звездолет — совсем другая история, тут могут и позволить.

Мне необходимо узнать, успели мы или уже поздно что-либо делать. Если Омнии больше нет, то очень скоро займутся мной, а там... Все-таки самкам кхрааг нужно не глупое уничтожение, а месть, боль самцов, при этом для них возрастной разницы нет, а это уже невероятно серьезно. По сути, самки от самцов не отличаются — та же жестокость и непримиримость.

— Закончили, — вздыхаю я, а затем встаю. Подойдя к стене, опускаю единственный тумблер: — Наставник Варамли вызывает инструктора-наставника летного мастерства по распоряжению вождя Г'рхышкрамсдрутсхравага!

Чуть язык не сломал, несмотря на весь свой опыт. Ответа я не жду, да и не будет никакого ответа — только явление вызванного. Кхрааги в принципе немногословны, а уж снисходить до общения с химаном, пусть и наставником, точно не будут. Поэтому Д'Бол ждет, немного удивленный тем, что я назначаю не силовую тренировку, а летную, но молчит. Он отлично понимает: просто так я ничего не делаю, значит, нужно потерпеть и подождать. Ждать мой ученик хорошо умеет.

Я же просто подсознательно чувствую — что-то не так. Это предчувствие смерти, о котором сказано очень много, да и написано не меньше. Химан умеют чувствовать свою приближающуюся смерть, причем абсолютно все, просто некоторые этого факта не признают. Вот такое очень узкое у нас предвидение, позволяющее чувствовать за сутки или двое, когда наступит конец. И если ощущение появилось, то вариантов избежать его нет. Д'Бол останется один, и это чрезвычайно плохо — он ребенок совсем, несмотря на то, что у него скоро первые Испытания. Сможет ли ученик не потерять голову, убежать? Вот именно для того, чтобы у него все получилось, я и настаиваю на летных тренировках.

Сердце не на месте, как говорили древние. Если вместе с Маирой самкам кхрааг удалось захватить многих, если кому-то об этом станет известно — будет кровная месть. А если пройдет ритуал, то узнает вся Галактика. Главное, чтобы Лиара и Брим с Туаром были в безопасности. Ведь их потери я точно не переживу. Может быть, поэтому я чувствую приближающуюся смерть?

День у нас совершенно точно есть, так что я должен дать максимум Д'Болу, ведь, если меня не станет, совета ему никто не даст. Но и ритуал возможен только в том случае, если кроме Д'Бола не будет больше кандидатов на его проведение. А в каком случае это возможно?

Дверь раскрывается, и мой ученик, склонив в приветствии голову, делает шаг из каюты. Насколько я вижу, отношение к нему здесь доброе, если только подобное слово применимо к этой купающейся в крови расе. Но по крайней мере, Д'Бол в безопасности. Я же тянусь к своему мешку, чтобы достать из него пластину переносного счетно-решающего устройства. Оно выглядит как разработка клана Дрг'шрахст, хотя на самом деле это прибор иллиан. С его помощью я запрашиваю последние новости из открытых источников, а затем нацеливаюсь на родную планету.

Звездолет, что должен быть на орбите Омнии, не отвечает. В новостях только срочное собрание вождей кланов, и все. То есть нет никаких новостей. Тогда я переключаюсь на навигационные маяки в системе Омнии, с удовлетворением отметив, что они отвечают. На этом, правда, хорошие новости заканчиваются — по мнению маяков, система, где они находятся, пуста и необитаема. Что это значит?

Короткий рык, пронесшийся по кораблю, означает боевую тревогу. Я даже подпрыгиваю от неожиданности, отрываясь от внезапно почерневшей пластины. Это понятно — если корабль в бою, то связь только по делу. Спустя несколько долгих минут в наши покои, то есть в каюту, вваливается Д'Бол. Заметно, что он бежал, хотя это понятно — тревога же.

— Нападение на резиденцию, — сообщает он мне, пытаясь отдышаться. — Я как раз отрабатывал на отключенном втором пульте стыковку, а тут в систему как влетит!

Приобняв ученика, усаживаю его на койку, пытаясь разобраться в сбивчивой речи. Насколько я понимаю, в систему К'ргсв'дахра вошел корабль и, как-то миновав боевую станцию на орбите материнской планеты, разрядил свои боевые излучатели в точности по резиденции клана, только затем вступив в бой с патрульным. Начнем с того, что такого быть не может — и боевая платформа, и патрульный отреагировали бы. А это означает, что либо у нас массовое предательство, либо они шли под маскировкой, которую каким-то образом увидел Д'Бол, сумев разглядеть нападающих.

Не скажу, что такого совсем не может быть, но вот на какой-то такой вариант и рассчитывал военный вождь. То есть сейчас мы бы в лучшем случае зажарились в верхних галереях, а в худшем оказались заперты на нижних уровнях, где медленно умирали бы. Значит, отправиться на звездолет решением было правильным, что теперь видит и ученик, но проблема не в этом.

— О том, что начался Совет Кланов, знают все, — напоминаю я Д'Болу. — Значит, военного вождя в резиденции быть не может. При этом ты единственный не отправился с отцом. Значит?

— У них глаза на К'хритсдроге, — с задумчивыми интонациями произносит мой ученик. — И они хотели убить меня.

— Правильно, но зачем? — он должен сам догадаться о том, что я уже хорошо понял.

— Чтобы... — Д'Бол становится более задумчивым. — Если погибнет отец, тогда клан можно захватить, ведь меня уже не будет.

— Или все вожди, — выдаю я ему следующую порцию информации.

Да, после такого логично должно последовать уничтожение всех вождей с наследниками, тогда кхрааги остаются без руководства, начинается внутренний раздел власти, а в это время веселящиеся самки с радостью, и не вызывая никаких вопросов, просто убивают их по одному. По-моему, гениальная придумка. Вопрос еще, правда, куда делась Омния и патрульный вместе с тремя платформами на ее орбите?

Опять звучит рык, а за ним речь командира корабля о том, что сошедшие с ума кхрааги были уничтожены. Этого следовало ожидать, а вот приказа нам оставаться в каюте нет. Что же все-таки происходит? Оставив ученика приходить в себя, я подхожу к стене.

— Наставник Варамли, — представляюсь я. — Прошу сообщить Совету о нападении и о большой вероятности нападения на них под маскировочным полем.

— Ваше сообщение будет передано, — надо же, снизошли до меня...

Если Совет не уберегут, то для выборов новых вождей ритуал провести придется, эти традиции незыблемы. А совершать ритуальное поедание заставят единственного выжившего — Д'Бола. Обычно сопровождения при этом не бывает, ну а если все же... Тогда я спасу его, пусть даже ценой своей жизни. Вот откуда у меня ощущение смерти...

— Д'Бол, послушай меня, — привлекаю я внимание все еще не пришедшего в себя ученика.

— Да, наставник, — склоняет он голову.

— Если каким-то образом убьют всех вождей, то будет ритуал, — твердым голосом сообщаю я ему. — Кого заставят его проводить, объяснять надо?

— Единственный из вождей... — стремительно сереет Д'Бол.

— Именно так, — киваю я ему. — Давай еще раз пройдемся по тому, что ты будешь делать, когда это, все-таки, случится.

И я снова раз за разом повторяю ему, что он должен делать. Даже если со мной что-то случится, в первую очередь ученик должен убегать. Убегать, стрелять, уходя в сторону

Темного Рукава, там много туманностей и спрятаться возможно. Найдет ли он эту самую «белую дыру» или нет — неизвестно, но спрятаться ему нужно. На церемониальном корабле двигатели новейшие и самые лучшие из возможных, чтобы не оскорблять древних богов, по легендам обращающих внимание на такие атрибуты. И это нам на руку...

— Я не хочу, чтобы с тобой что-то случилось, — признается ученик, ставший сыном.

— Для того, чтобы ты выжил и выжили дети, я пойду на что угодно, — объясняю я ему, прижав к себе кажущегося мне сейчас совсем малышом Д'Бола.

— Дети превыше всего, — шепчет он, повторяя слова неведомой мне химанки.

— Да, малыш, — вздыхаю я, понимая, что просто уже жду объявления о трагедии, будучи в ней совершенно уверенным.

— Наставник Варамли и ученик Д'Бол, — оживает трансляция, чего обычно не случается. Пройдите на мостик.

Вот такого уже совершенно точно не бывает. Просто невозможно подобное на боевых звездолетах кхрааг. Именно это и показывает мне — свершилось, Д'Бол отныне сирота. У меня остается только одна маленькая надежда на то, что его хитрый отец мог выжить, но она совершенно призрачная. И я понимаю это, и он, резко поднявшийся на ноги мой сын.

— Пойдем, наставник, — выпрямляется Д'Бол во весь свой рост. Он тоже все понял.

— Пойдем, сынок, — негромко отвечаю я ему. — Я горжусь тобой.

В глазах его будто огонь зажигается. Я знаю, любой ребенок желает услышать такие слова от матери или отца и много на что ради них готов. Сейчас мы идем на мостик — так кхрааг называют рубку звездолета — чтобы услышать то, что нам хотят сказать. Интересно, какова будет версия и сколько всего жертв? Учитывая, что речь идет не о переделе власти, а об уничтожении расы, то вряд ли самкам нужно, чтобы хоть кто-то выжил. А если при этом они уничтожили Омнию... Нет, думать об этом нельзя, ведь мои дети именно на столичной планете.

На этом уровне мы еще ни разу не были. Командный коридор звездолета охраняется, стражники у каждого ответвления. Но сейчас они одеты в цвета траура, что мне уже обо всем говорит — красный цвет формы намекает и

Д'Болу. То, что нам хотят сообщить, стоило ожидать, мы это и ожидали, конечно...

— Д'Бол явился пред очи вождя, — древнее традиционное приветствие звучит насмешкой, коей оно, разумеется, не является.

— Посмотри на большой экран, юный Д'Бол, — звучит в ответ голос командира патрульного звездолета, вставшего из кресла ради такого случая.

На большом экране, мертвенно светящемся справа от нас, вдруг появляется система звезды Вр'гсалжхра, у которой медленно вращается К'хритсдрог в сопровождении трех своих спутников. Картинка идет явно с навигационного маяка, насколько я могу судить. Вот в системе будто разрывается само пространство — сжимая, как хрупкий пластик, корабли звездного флота, а вслед за ними детонирует и ядро самой планеты, отчего она становится космической пылью в мгновение ока.

Вот такого быть не может. Я точно знаю, как работает детонатор, и в такое не верю. Пояс астероидов — вполне, более мелкие обломки тоже, но вот разлетающаяся во все стороны пыль — такого быть не может. Это значит, что либо нам показали просто фильм, либо произошло нечто другое. Д'Бол при этом сереет полностью, но держится. Все понимает сынок...

— Мне необходимо... — негромко начинает он, но его обрывают.

— Еду вам доставят в каюту, — коротко отзывается командир звездолета.

Все-таки это совершенно точно ловушка, но зачем? Кому нужен именно этот ритуал и в такой форме?

Двенадцатое шр'втакса.
Д'Бол

Слова наставника едва не заставляют меня прыгать и шипеть, как в детстве. Но нас зовут на мостик, а это значит, что он прав во всем. На самом деле, неправым наставник, ставший мне ближе отца, быть не может. Поэтому нужно идти, чтобы услышать именно то, о чем нам хотят рассказать, хотя мы уже и сами, конечно, знаем.

Мы поднимаемся по лестницам, при этом у меня возникает ощущение, что корабль будто вымер. Нет никого, только наши гулкие шаги звучат в тишине проходов. Это выглядит необычно, кроме того, я не понимаю, что будет дальше, потому что наш дом, получается, уже разрушен. В этом нет никакой логики; правда, если все, что мы знаем, так и есть.

Командный уровень необычен, как и стража на нем. Когда меня тренировали в резиденции, специально указывалось, что траурные мероприятия никогда не начинаются на кораблях — это влияет на их боеготовность. Мы идем с моим наставником мимо стражников, одетых в красные одежды, что вообще не может быть до официального объявления, а его не было. При этом в глазах воинов я вижу насмешку, понимая, что не все так просто.

Вот и мостик. Я использую древнюю формулу приветствия, но командир не отвечает мне как положено, а это значит, равным он меня не считает. Варамли очень хорошо научил меня замечать такие вещи, вот я и отмечаю, что на мостике присутствует вдвое меньше офицеров, чем должно бы в таком случае.

— Посмотри на большой экран, юный Д'Бол, — произносит он, и в его ровном голосе мне слышно пренебрежение. Ухо химан просто не может разобрать эти оттенки.

На экране видна планета Совета — К'хритс-дрог, окруженная флотом различных кланов, что вполне логично. Вдруг что-то начинает сминать корабли, будто ребенок в руке мнет первую свою игрушку. Выглядит это страшно, но непонятно —

какая сила может подобное сделать, я не знаю. И тут внезапно планета разлетается брызгами, становясь пылью. Зрелище это очень, просто запредельно жуткое, и почему при этом так спокоен командир корабля, я не понимаю. Ведь оружие, способное уничтожить планету и весь флот, должно вызвать панику.

— Мне необходимо... — негромко произношу я, но мою фразу обрывают.

— Еду вам доставят в каюту, — коротко отзывается командир звездолета. Очень коротко, а затем делает рукой изгоняющий жест.

Я иду за наставником, совершенно ничего не понимая. Такого просто не может быть, это невозможно — именно так взорвать планету, как будто... Она будто из песка под ветром... Надо спросить Варамли, что это такое. Хотя кажется мне, просто по реакции и взгляду командира звездолета и стражников, это какая-то игра. Но кому она может быть нужна?

Если предположить, что подобное сделано с целью заставить провести ритуал... Ведь отец знает, что я буду сопротивляться убийству химан, но отец, выходит, мертв? А если нет? Если все это сделано лишь для того, чтобы уничтожить наш клан? Пока идем, я думаю о том, что все мне показанное может быть неправдой. Тогда объясняются взгляды воинов и интонации командира, ведь лгать воинов не учат, скорее наоборот.

— Если это неправда... — первое, что я говорю, войдя в каюту, но наставник... отец останавливает меня, что-то делая своей пластиной вычислителя.

— Вот теперь можем говорить, — произносит он. — Так планеты не взрываются, Д'Бол. И возможно, все это сделано для того, чтобы ты показал химан, что они такое же мясо.

— И тогда меня принесут в жертву, как виновного, — понимаю я, а затем прошу своего наставника: — Проверь пластину своим вычислителем.

— Это бессмысленно, — качает он головой, но все же проверяет.

Я знаю, почему он говорит именно это: если отец погиб, то его пластинка с Голосом вождя отменена, и происходит это автоматически, одновременно с объявлением. Одежда воинов говорит о том, что объявление было. А то, что мы его не слышали...

— Странно, — сообщает мне наставник, что дороже отца. — Она не отменена, как утратившая силу, а аннулирована.

— А это можно проверить? — такого я не знал.

— Я могу, я же наставник, — объясняет мне Варамли. — Поэтому выглядит так, как будто Г'рхы отозвал свою волю.

— Значит, он может быть жив, — понимаю я, и это мои мысли полностью подтверждает. Мог ли предать отец?

— Мог ли предать отец? — озвучиваю я свои мысли.

— Мы это узнаем, — наставник, я вижу, вполне допускает такую мысль. — Если они поторопятся с ритуалом, не выждав положенное время, значит, есть кому отдавать приказы.

А он прав! По традиции нужно выждать два дня для траура и лишь потом проводить любые ритуалы. И если начнут торопить, значит... Значит, отец или предал, или погиб, но не так, как мне показали. Ведь только отец знал, что меня готовили управлять именно «Шар'храком», ну еще наставник-инструктор, но он остался там, в сожженной резиденции, раскаленной лавой уничтожившей всех.

Значит, сейчас нужно изображать скорбь и ждать. Ждать, когда они начнут шевелиться. Если меня принесут в жертву, то клан может и выжить, ведь я воспитанник химан. Кажется, я понимаю, зачем это сделано: чтобы больше не воспитывали юных кхраагов химан. Во всем обвинят Варамли, и...

— Наставник! Отец! Я понял! — я скороговоркой рассказываю ему, до чего дошел, и тут он мрачнеет.

— А в ответ на принесение в жертву мои сородичи ударят, — кивает он мне. — И не предупредить их никак. Ты прав, сынок, во всем прав.

Одно непонятно: чем плохо воспитание химан? Неужели тем, что я обрел в жизни кого-то, за кого могу удержаться, а отец уже не центральная фигура? Тогда это не самки. Это совершенно точно Дрг'шрахст. В таком случае отец мог действительно предать, утаив факт наличия нашего плана, ибо за такой план его в вулкан кинут.

Значит, задумка у Дрг'шрахст такая: под угрозой самок меня отправляют на патрульный корабль, на моих глазах уничтожая дом, чтобы даже и не думал вернуться. Затем показывают, что отца больше нет и нужно проводить ритуал. Могут ли они предположить, что я попытаюсь избегнуть этого? Могут, но тогда будут воины, что заставят меня провести ритуал. И как только мои зубы коснутся химан, я сразу стану изгоем, которого они и убьют. А затем химан, увидев такое предательство, ударят и... И во всем обвинят их же, постаравшись уничтожить всех.

Кому так мешают химан? Получается, что опять же Дрг'шрахст — их и в тактике обшипели, и в воспитании юных кхрааг. Но против целого клана я никто. Что же тогда делать? Что?

Варамли говорит, что у него есть сюрпризы для всех кхрааг, во что я верю. Не могли «союзники» не подстраховаться на случай предательства. Значит, при любом исходе я уже считаюсь мертвым, что понимают и командир корабля, и, видимо, воины. Наставник говорит, что это называется «слить», и жизнь одного ребенка, даже сына вождя, ничто по сравнению с «великими целями». Мне это не нравится, и ему тоже, но выхода у нас нет. Мы на этом звездолете в ловушке, все об этом знают, вот что действительно тяжело.

— Ложись отдыхать, ночь уже, — предлагает мне наставник. — Если я не ошибаюсь, один день нам все же дадут.

— Ты знал, что будет именно так? — спрашиваю я его, послушно укладываясь на койку.

— Что вот настолько — нет, — вздыхает Варамли. — Думал, все-таки самки. Но первая догадка твоя, сынок, оказалась самой правильной.

— А как у вас дети называют отца? — вдруг становится мне интересно.

— Папа... — столько ласки в его голосе, что я против воли зажмуриваюсь.

— Папа... — шепчу я, не желая сейчас быть кхраагом.

Он гладит меня, погружая в сон. Я понимаю, что жить нам остается, возможно, всего несколько дней, но эти дни со мной будет папа... Слово такое нешипящее совсем, но я его произношу без запинки, ведь это же Варамли. Самый близкий для меня, и не важно что он химан, а я кхрааг. Он просто близкий, роднее всех. Именно его хотят убить...

И снова передо мной класс, полный тех, для кого химан, иллиан или кхрааг — равные. Не враги, не игрушка, не мясо, а равный. Лишь оглядев всех оскалившихся существ, я делаю то, чего со мной не случалось с самого давнего детства — усаживаюсь на корточки и плачу.

Горячие слезы падают на пол, а я не могу остановиться, потому что уродился кхраагом. Мгновение спустя кто-то очень теплый берет меня на руки, как делал Варамли, когда...

— Что случилось у юного творца? — и я понимаю, что это не руки, а щупальца большого иллиан. — Расскажи нам, и мы вместе подумаем.

С трудом прогнав слезы, я пытаюсь собраться с мыслями, но желание шипеть, будто от боли, никуда не уходит. Мне кажется, что меня в это мгновение гладят множество конечностей, и я начинаю рассказывать. О том, что нам показали и что именно мы поняли. Я рассказываю о происходящем, не в силах нормально дышать от боли где-то внутри меня.

— Юный творец предан близкими, — замечает иллиан, поглаживая меня щупальцами. — При этом у него есть кто-то родной рядом.

— Папа... — шепчу я.

— Значит, уже не все так плохо, — произносит держащий меня в конечностях.

— Завтра или послезавтра меня заставят проводить ритуал, — продолжаю я шепотом. — А я не хочу! Не хочу! Они живые!

И вот тут меня начинают расспрашивать серьезно, но я и так ничего не скрываю, незачем мне скрывать. Оттого, что меня выслушивают, становится спокойнее где-то внутри меня, и слезы высыхают, а я сам начинаю говорить уже спокойнее. Я вижу — меня понимают, при этом младшие существа что-то пытаются сделать с большим шаром, но у них не выходит.

— Краха, мы не можем обнаружить его мир, — с отчаянием в голосе произносит один химан. У них эмоции почти как у нас. — Просто серая дымка, и все.

— Возможно, нам нет туда хода, — спокойно отвечает держащий меня иллиан.

Он что-то говорит мне, рассказывает, как брать себя в руки, как можно обойти любой запрет, но голос его делается призрачным каким-то, а затем я просыпаюсь. Сон на этот раз длился совсем мало. Я открываю глаза, но не шевелюсь, а поворачиваю голову, чтобы увидеть наставника, сидящего за столом.

— Вставай потихоньку, — говорит мне папа, работая с пластиной своего вычислителя. — А я тебе пока новости расскажу.

Ему удалось пробиться в планетарную сеть, при этом не наблюдается никакого следа паники, что мы еще вчера поняли. Но вот затем Варамли рассказывает мне о том, что нет никакого Совета

Кланов, а ритуал посвящен благодарению богам за отведенную опасность. Отец солгать мне мог, а это значит... Но тогда он все равно на К'хритсдроге, по условиям ритуала.

— И когда? — тихо спрашиваю я его, понимая, что очень скоро все станет известно, а старая жизнь закончится.

— Завтра, — коротко отвечает он мне. — Завтра тебе надо будет быть собранным и внимательным. Времени на подготовку не дадут, учти.

— А как ты смог пробиться? — интересуюсь я у него.

— От инженера защиты быть не может, — совершенно непонятно отвечает мне тот, кто отныне папа. — А вот Омния не отвечает, и это очень нехорошо.

Я понимаю, что его слова могут означать: у кхраагов есть возможность всех убить или запереть планету. Скорее, все же запереть, потому что без причины предавать — свои же не поймут, как папа говорит. Значит, все правильно мы с ним поняли... Но почему тогда не поняли другие?

— Папа, если это так просто, почему не поняли другие? — опять спрашиваю я его.

— Во-первых, многие вещи ты почувствовал, во-вторых, мы с тобой в эпицентре, а со стороны не видно, — объясняет он мне, и я понимаю: он прав.

Я действительно чувствовал, что мои выводы правильные, и ни о чем другом не думал. Значит, не все так умеют? Папа меня никогда не обманывал. Видимо, поэтому никто не раскрыл кровавого замысла клана Дрг'шрахст. Но почему именно сейчас? Или... просто совпало?

— Есть вероятность, — продолжает Варамли, складывая вычислитель, — что дело действительно в твоей маме, не зря же ты умнее и одареннее других кхрааг. В общем, тут может быть какая-то тайна.

— Разгадать которую мы не сможем, — вздыхаю я, надевая красные одеяния, заботливо приготовленные для меня папой. — Идем на завтрак?

— Идем на завтрак, — соглашается он.

Завтра кого-то из нас, а может, и обоих не станет. Я это очень хорошо знаю: завтрашний день принесет смерть, чью — этого я пока сказать не могу. Именно поэтому сегодняшний день мне очень хочется провести с папой. Ничего сделать со временем и злой волей кхраагов я не могу, но побыть с наставником в «медитации» мне запретить не смогут — это абсолютное нарушение традиций, даже пусть кругом ложь. Но им же важно, чтобы я воспринимал все происходящее серьезно? Вот и должны приличия соблюдать, как папа говорит.

Мы идем на завтрак по пустым коридорам, что меня опять удивляет, такое чувство, что мы в изолированном отсеке живем. Но вот на патрульном его быть не может. Или это не патрульный, или здесь еще одна загадка. «Тахр'ху» очень небольшой корабль, и изолировать галерею тут просто негде. Понять бы, что происходит...

Двенадцатое шр'втакса.
Наставник Варамли

С трудом уложив сына спать, я решаюсь на фактический взлом сетей. Мой вычислитель — очень занятная игрушка, и пользоваться им меня научили. Старый принцип не защищать сети от инженера позволяет мне теоретически пройти в наши сети невидимкой. Специалисты у организации «Зар» очень хорошие. Поэтому, приняв капсулу бодрости, — работать мне до тех пор, пока сын не проснется, — я запускаю программу, дав «контрольный» запрос. Мои запросы никто остановить не может, даже кхрааги клана Дрг'ш-рахст, потому что эти запросы — основа функционирования сети, а так как тревоги нет...

Сначала запрашиваю ретранслятор резиденции, ожидаемо молчащий, затем переключаюсь на представительство, которое отвечает. Отвечать-то оно отвечает, но связь невозможна. Правда, она мне и не нужна сейчас, понятно же, что нас изолировали. Теперь вопрос, кого вызвать... Варнелия или Астранум, скорее всего, тоже изолированы, поэтому я вызываю Велласон. Не думаю, что кто-то может предположить наличие кризисного центра на планете-тюрьме.

— Все химан скорбят о страшной аварии, произошедшей на Омнии! — голосовое сопровождение новостей у нас принято не всегда, поэтому я быстро гашу звук, чтобы вчитаться в информационный бюллетень.

По новостям, ходящим в общей сети, патрульный звездолет кхраагов внезапно вошел в атмосферу планеты, упав точно на столицу, точнее — на ретрансляторы. То есть планета в целом жива, но... Зная параметры этих кораблей, можно сказать, что столицы у нас нет. Возможно, в бункерах кто и уцелел. Но это, на самом деле, ложь, потому что такого не бывает. Это объяснение подходит для химан вне Омнии, не могущих связаться с материнской планетой. Значит, будем ломать.

Программа запускается штатно, сразу же соединяясь с главным узлом планеты-тюрьмы.

Дальше она работает сама, я только выбираю те или иные каналы связи. Сейчас созданная нашими специалистами программа выйдет на военные каналы, и я узнаю, что, в конце концов, происходит. Затем залезу в сети кхрааг — это проще, чем в химанские, ибо «союзнички» не защищают свои сети так, как это делаем мы.

Есть щелчок соединения. Теперь на экране пластины своего вычислителя я наблюдаю не только текст, но и визуальную информацию. Судя по виду изображений, это автоматический регистратор корабля типа «разведчик». Маленькие, юркие звездолеты, похожие на иглу, управляются автоматически, потому что химана там посадить просто негде. Они пишут не постоянный ряд, а делают моментальные изображения через определенные периоды времени. В первую очередь я, конечно, проверяю метки и технические данные для оценки достоверности, и лишь затем обращаю внимание на суть изображения.

Технические данные говорят о том, что разведчик находится на значительном удалении от системы нашей материнской планеты, используя специальный телескоп. На экране — светило Омнии, точнее то, что от него осталось — разлетающаяся в разные стороны звездная масса. Омнию можно не искать, если показанное правда, да и навигационные маяки тоже. Если это так, то я поймал последнюю запись маяка, а не самого разведчика. Такое возможно, хоть и кажется странным.

Текстовая информация говорит о неожиданном взрыве звезды, уничтожившем всю жизнь в системе. Да и вообще все. С официальными данными не стыкуется совсем, поэтому мне нужен объективный контроль. В системе Линары, на самом краю ее, висит «забытый» космический телескоп, которому тысячи три уже лет. Времен первых исследований аппарат. Так вот, его использует «Зар» для наблюдения за транспортными потоками. Благодаря ему у меня есть возможность объективного контроля, потому что картины подобного мне кажутся странными.

Давлю укол боли — ведь если взрыв светила правда, то моих детей на свете больше нет. Надеюсь, они не мучились... Но плакать я буду позже, а пока усилием воли загоняю желание горестно завыть вглубь сознания и работаю, пытаясь подключиться к телескопу. Тут система кодов, которые я, правда, помню наизусть.

Вот и картинка. Подавив несвоевременное желание сразу же впиться взглядом в Омнию, я осматриваю телескопом систему Линары, наблюдая нормальную работу производств. Только вот количество охранных кораблей втрое меньше, чем должно быть. Это в свою очередь означает, что они куда-то отозваны, либо готовится ловушка.

Теперь можно перевести электронно-оптический телескоп на Омнию, дав сразу максимальное увеличение. Сначала появляется полупрозрачная дымка электронной маскировки, но телескоп имеет оптический элемент, а электроника используется по совсем другому принципу, поэтому сквозь дымку, изображающую разлет фрагментов звезды, я вижу флот в системе Омнии и очень активное движение на орбите. При этом неподалеку обнаруживается и звездолет кхрааг — разорванный пополам.

Максимально приблизив материнскую планету, замечаю выжженное пятно на месте представительства кхрааг. Да, это, пожалуй, война. Но дети... Навожу телескоп на убежище, ощущая, как пол каюты убегает из-под ног. Потянувшись, достаю инъектор, чтобы сразу же прижать его к шее — мне нужно быть спокойным, а не выть, раздирая пронизанную острой болью грудь.

Ритуал уже не имеет смысла, но кхрааги этого пока не знают — за убийство детей мы всегда мстили. И дело не в том, что у нас отношение к детям особенное, а лишь в том, что они — будущее расы. Все химан понимают, что дети наше будущее, отчего убийцам детей мстят без раздумий.

Пока я еще в состоянии думать, включаюсь в сеть кхрааг. Мне нужно происходящее на К'хритсдроге. Трансляция ожидаемо отсутствует, а вот приводные маяки работают, и это означает, что показанное нам с Д'Болом не соответствует истине. В целом подобное предполагалось, поэтому я не удивляюсь — мне нужно выяснить состояние не планеты, а самого Совета Кланов. По идее, там должно быть пассивное наблюдение охраны.

В общем ситуация мне понятна: звездолет кхрааг орбитальным ударом уничтожил школу и все, что было под ней, в разгар учебного дня. Школа на Омнии одна, значит, все дети школьного возраста отправились в чертоги Элиния, как мы называем потусторонний мир. И мои тоже... Перед глазами встают улыбчивая скромница Лиара, шаловливые близнецы Таур и Брим; как живые они появляются перед внутренним взором, будто прощаясь сейчас с папой, что служит их убийцам.

Я чувствую, моя смерть совсем рядом, а это значит — малыши будут отомщены.

Д'Бол просыпается, сразу же готовый принять информацию. Несмотря на то, что ему совсем немного по нашим понятиям лет, он вполне взрослый, хоть и совершенный ребенок. И как каждому ребенку, ему нужны мама и папа... Кстати о маме — мы ничего не знаем о той самке, что отложила яйцо малыша. А вдруг необычные для кхрааг способности у него от нее? Тогда его отец может знать, и...

— Есть вероятность, — произношу я, складывая ненужный уже вычислитель, — что дело действительно в твоей маме, не зря же ты умнее и одареннее других кхрааг. В общем, тут может быть какая-то тайна.

— Разгадать которую мы не сможем, — вздыхает Д'Бол, надевая красные одежды, чтобы показать, что он верит в показанный нам фарс. — Идем на завтрак?

— Идем на завтрак, — киваю я ему, поднимаясь на ноги. Уже совсем скоро, поэтому надо малыша подготовить.

В коридорах нет никого, патрульный будто вымер. Возможно, так и есть, то есть экипажа практически не имеется, только воины на случай обострений. В свете последних известий я понимаю, что это может быть правдой. Кхрааги, не знающие любви, легко жертвуют своим потомством, считая это нормой, хотя нельзя сказать, что детей слишком много. Но вот такая культура у них, как только выжили... Эта раса действительно должна быть уничтожена, тут вариантов нет.

Столовая тоже пуста, несмотря на то, что мы приходим в пределах времени кормления. Понятно, для чего это сделано: меня за компанию сыну вообще не считают, а ему надо дать уйти поглубже в свое горе. Именно этот подход и демонстрирует руку клана Дрг'шрахст, а значит — все мы поняли правильно. Значит, сегодня объявят о ритуале и начнут его «готовить».

— Ты имеешь право не тренироваться сегодня, — напоминаю я сыну. Да, я его давно уже сыном принял, так что разницы, как называть, нет.

— Буду сидеть с тобой в медитации в мольбе о даровании отцу легкого пути, — специально для слушающих нас отвечает он. Молодец он у меня.

— Тогда после завтрака удаляемся в каюту, петь Песнь, — киваю ему, слегка улыбнувшись.

Завтрак сегодня, в соответствии с традициями траура, мяса лишен. Это сделано для того, чтобы ребенок, увидев мясо, потерял голову. С одной стороны, если бы он ел постоянно мясо — все бы сработало, инстинкты у кхраагов сильны, но мы с ним мясо ели нечасто в рамках воспитания терпения. Г'рхы, помнится, считал мое воспитание излишне жестоким, а на деле я добился того, что Д'Болу мясо не стало жизненно необходимо.

Доев сытный завтрак, который, тем не менее, не может насытить среднего кхраага, ибо они привычны к мясу, мы одновременно поднимаемся на ноги. Пожалуй, Г'рхы мог действительно погибнуть, а не предать — это легко вычислить вот по таким деталям. Раз Дрг'шрахсты не знают, что Д'Бол легко обходится без мяса, к тому же может управлять именно церемониальным кораблем, то, выходит, его отец или утаил информацию, или погиб, унеся секреты своего сына с собой. Во второе я больше верю.

Двигаясь в каюту, я отмечаю изменения, происходящие на корабле: закрываются боковые отведения, оставляя две единственные дороги — к шлюзу и к столовой. Это полностью соответствует нашим ожиданиям, к тому же подтверждает мысль о том, что патрульный корабль — декорация. Интересно, ритуал тоже будет театром или все по-честному?

Если ритуал не театр, то в системе должны быть только мы, а если нет, то может затаиться полфлота. Очень хочется, чтобы нам повезло, ибо, во-первых, Д'Бол сумеет тогда убежать, а, во-вторых, планете будет сюрприз. В момент взрыва плазменных гранат сигнал активатора пройдет по всем системам, где заложены детонаторы. И то, что показали нам, вполне станет реальностью. Причем в таком случае это будет выглядеть как гнев богов.

Мы сходим в каюту, при этом я не даю сыну раскрыть рта, а блокирую дверь, снова доставая вычислитель. Прямые подслушивающие я в первый раз деактивировал, а теперь надо включить и трансляционные, чтобы любой слышал поминальную песню кхрааг. Я работаю, беря имеющийся у меня образец — мы как-то записывали с сыном подобное. Проходит мгновение, другое...

— Ш'друу! Вру-хруу! Врух-штух! Р'хукт с'хру, грх'ру врух! — звучит в каюте полный отчаяния голос Д'Бола, отчего он даже подпрыгивает.

Поминальная песня говорит о том же, о чем все такие песни: о боли потери и обещании мести. Сын удивленно смотрит на меня, а песня становится тише в том месте, где мы сидим, оставаясь фоном для нас и основной мелодией для всех остальных. То есть кхрааги могут считать, что у них все получилось — сын военного вождя вполне достоверно убивается, то есть воет в своей скорби.

— Так нужно, чтобы не подслушали, — объясняю я ему.

— Я понял, папа, — какие эмоции он вкладывает в это слово, просто не рассказать. Именно поэтому нужно его подготовить.

— Сын, если у нас будет сопровождение, — прямо говорю ему я, — то я их уничтожу, а твоей задачей будет спасти детей.

Он сначала не понимает, о чем я говорю, но я начинаю ему объяснять, что химан чувствуют свою смерть. И теперь у меня выбор не между жизнью и смертью, а между смертью полезной и бесполезной, отчего Д'Бол, не сдержавшись, плачет в моих руках. Он плачет, сразу же все поняв, и я глажу его по ставшей горячей от обилия эмоций коже головы. Не хотел бы я, чтобы было именно так, но...

— Главное, чтобы ты жил, сынок, — говорю я ему, продолжая гладить. — Я свою жизнь прожил, хорошо ли, плохо ли — не так важно. Поклянись, что выполнишь мою просьбу.

— Я клянусь, папа, — всхлипывает Д'Бол. — Хотя я надеюсь, что тебе не придется умирать...

— Все на это надеются, — качаю я головой. — Но что предопределено — не изменить.

Это поговорка кхраагов, она символизирует фатализм этой расы, и сын знает это, тяжело вздыхая в ответ, а потом вдруг цепляется за меня руками, начав отчаянно шипеть. Несмотря на его искренние слезы, я знаю — он пока не принял еще. Когда все будет уже хорошо, только тогда его ударит наотмашь осознание. Мне очень хочется, чтобы рядом с малышом в этот момент был кто-то близкий. В тот самый момент, когда он осознает случившееся полностью.

Очень неприятно быть принесенным в жертву своим же народом. Так же, как и сына, химан не задумываясь принесли в жертву наших детей, хотя предупреждение они получили. Видимо, кому-то нужен был повод... Возможно, конечно, я ошибаюсь, но совершенно точно знаю одно — и Д'Бола, и меня принесли в жертву. Что же, теперь у них будут свои последствия, ибо гнев богов в ответ на смерть химан и обрыв ритуала вызовет неуверенность в правильности своего пути. Может, и выживут...

Тринадцатое шр'втакса.
Ш'дргмассгхра

Д'Бол

Вчера весь день мы прощались. Я очень хорошо это осознаю сейчас — папа прощался со мной. Нам дали только один день, судя по приготовлениям, которые я замечаю, и еще вечером не было ужина. Если я правильно понимаю, завтрака у нас тоже нет, учитывая, что каюта заперта снаружи. Мы в тюрьме, откуда есть только один путь — на церемониальный корабль.

— Я дам тебе средство, — произносит папа, стоит мне только открыть глаза. — От него ты станешь спокоен и будешь выполнять мой приказ.

— Как я могу быть спокоен… — я готов заплакать, ведь скоро нас поведут на казнь.

Вглядываясь в его лицо, я стараюсь навеки запомнить самого близкого химана на свете. Навек отпечатать в памяти лицо папы. А он достает тот самый медальон, где его дети, открывает его, показывая мне — теперь там есть и его лицо. Папа… Как мало нам дано времени, как невозможно мало! Кхрааг надо уничтожить, а я не хочу быть больше ими. Не хочу! Не хочу! Папа….

— Не плачь, малыш, — ласково произносит он, погладив меня по голове, как в детстве. — Совсем скоро за нами придут.

— Я бы отдал за тебя все… — признаюсь ему, не в силах сдержать горестное шипение. Почему, ну за что?! Неизмеримо тяжело тянутся мгновения перед казнью.

— Ты должен жить, — твердо говорит он мне. — Спасти детей и себя. Ради моей памяти. Обещай.

— Клянусь! — отвечаю ему, осознавая, что делаю. По древнему обряду я приношу клятву отцу, будто клянусь на его могиле, хотя он еще жив.

Мы обнимаем друг друга, я же тихо шиплю — невозможно это перенести. Я прощаюсь с папой, отлично понимая, что он принесет себя в жертву, защитив меня, но внутренне молю суровых богов, чтобы они не послали никого в сопровождение и мы могли убежать вдвоем. Я молю, но понимаю — этого не будет, не могли Дрг'шрахсты не предусмотреть именно этого.

— Когда меня не станет, — негромко объясняет мне папа, — месть разнесет планету на астероиды, и вот в этот момент тебе лучше быть подальше от нее.

— Я понял тебя, папа, — склоняю я голову в искреннем уважении. Месть не может не вызывать уважения у любого кхрааг, хоть я и не хочу больше им быть.

Сигнал от вычислителя папы заставляет его резко вскочить, но затем он берет себя в руки. Внимательно вглядевшись в то, что ему показывает экран, он только вздыхает, залезая рукой в свой мешок, чтобы вынуть оттуда каменную шкатулку. Открыв ее, он показывает мне капсулу глубокого синего цвета.

— Открой рот, — приказывает мне Варамли. — Это средство будет работать несколько часов, ты будешь спокоен и сможешь выполнить мою волю.

Разумеется, я подчиняюсь. Раскусив капсулу,

чувствую, как на меня снисходит полное спокойствие. Мне кажется, это вообще не я, а кто-то другой, а я только со стороны наблюдаю за тем, как Д'Бол надевает одежды мести и памяти. Варамли мне в это время приказывает любой ценой спасти жертвы и себя, не думая о нем. Я внутренне сопротивляюсь этому приказу, но тот Д'Бол, который будто не я, просто молча склоняет голову.

Дверь резко открывается, и я сразу же разворачиваюсь в сторону незваного гостя, выпустив когти на висящих в расслабленном жесте готовности атаки руках. Там оказывается командир звездолета, в глазах которого я замечаю отголосок мимолетного страха, ведь мое лицо не выражает ничего.

— В честь скорби и выбора объявлен Ритуал! — восклицает он, ожидая, наверное, какой-то реакции, но ее нет. — Исполнителем избран ты, Д'Бол, как единственный выживший из Старших.

— Во имя богов! — традиционной ничего не значащей фразой отвечаю я.

— Ты должен подготовиться, — произносит командир корабля.

— По правилам, я имею право сопровождать ученика, — спокойно произносит мой папа, уточнив при этом: — В традиционном облачении своего народа.

Вот этого они не ждали, я вижу. Значит, отец не предал, а был просто убит, и моих секретов эти сыны болотной жижи не знают. Как и того, насколько опасен может быть Варамли. Отец, уже готовящийся принести себя в жертву, чтобы жили другие химан, и... я.

— Мы принимаем твой выбор, наставник Варамли, — склоняет голову в традиционном жесте кхрааг, имя которого мне неинтересно. — Готовьтесь, у вас два часа.

Ну насчет двух часов он лжет, я отсюда вижу, но некоторое время у нас есть. Еще несколько коротких мгновений побыть наедине. Посмотреть в глаза друг другу. Вспомнить все хорошее, что было в моей жизни. Несмотря на успокоившее меня средство, я смотрю в глаза настоящему папе. Показавшему мне, каким на самом деле должен быть отец. Несколько минут...

— По воле богов тебя будут сопровождать, как маложивущего, — произносит появившийся в проеме двери воин. — Чтобы дела твои были весомее в глазах богов.

Он использует слово, означающее не только ребенка, но и того, кому скоро придет время умереть. Приговоренного. Но мне все равно, что он там говорит. С трудом оторвав взгляд от прощающихся глаз папы, я поворачиваюсь, чтобы сделать первый шаг вперед.

Идя по коридору так, как заповедовали предки, я вижу: все сделано таким образом, чтобы казаться настоящим. Впереди я, как проводящий ритуал поедания жертв, на два шага от меня отстает отец, как сопровождающий, а за ним уже идут двое сильных воинов. Они сумеют со мной легко справиться, если что, ну и убьют после ритуала. По крайней мере, я считаю, что задумка такова, вот только папу они не учли.

Шаг, еще шаг... Я иду на казнь, надеясь только на то, что смогу спасти если не себя, то детей, как повелел отец. Отныне и навсегда его воля для меня определяющая. Вот уже и переходный отсек, а за ним соединяющий корабли рукав, в котором я плыву, потому что силы тяжести там нет. Сделав вид, что забыл о магнитах, уплываю в сторону выхода. Стучащие сапогами воины обидно смеются, но папа уже все предусмотрел, поэтому, когда я кубарем качусь по полу переходного отсека церемониального корабля, не видя жертв, все на мгновение замирает. Я чувствую эту паузу, и мне кажется, что я слышу папин шепот, а затем с грохотом падает дверь отсека, отрезая рукав, и корабль даже чуть вздрагивает.

В соответствии с папиной волей, я изо всех сил несусь на мостик церемониального корабля, с ходу активируя маршевые двигатели ударом кулака и резко закручивая судно так, как меня учили. Сейчас в моей голове нет ни одной мысли, нет тоски и боли по химану, которого я больше никогда не увижу, только приказ — его последняя воля. И звездолет, послушный моей ярости, срывается с места, постепенно разгоняясь и одновременно с этим покрываясь синеватой пленкой защитных полей. Я выполняю приказ.

Наставник Варамли

Лишь один день дан был нам. Ощущение собственной смерти становится нестерпимым, значит, уже скоро. Я смотрю на беспокойно спящего сына. Скоро он проснется, и начнется наш последний день. Вот как сказать этому ребенку, что папы совсем скоро не будет?

Пока он еще спит, я подключаю вычислитель к бортовой сети с тем, чтобы он нас предупредил, когда придут готовые принести в жертву ребенка своего народа. Заодно выясняю, что именно происходит, подключившись к сенсорам патрульного. Они совсем никак не защищены, поэтому показывают мне именно то, на что я надеялся: гневить своих богов кхрааги не рискнули, а это означает — флота в системе нет. По крайней мере, нет достаточно близко, а те, кто притаились за пределами... очень скоро им будет не до Д'Бола. Все-таки приятно знать, что за мою смерть отомстят. Не пройдет и получаса, как три планеты из пяти обратятся в крупные камни.

Дверь заперта, Д'Бола решили не кормить, ну и меня за компанию. Глупые Дрг'шрахст считают, что у ребенка взыграет голод и, увидев мясо, он потеряет соображение. На самом деле это не так, потому что без мяса мой сын вполне способен жить и даже временами сам от него отказывается, особенно в последнее время.

Учитывая, что церемониальный корабль уже пристыкован рукавом к патрульному, мне не составляет труда пробиться во внутреннюю его сеть. До запуска маршевых двигателей нет у него никакой бортовой сети — вычислитель спит. Я оставляю сюрприз для него, делающий Д'Бола непререкаемым командиром на ритуальном корабле, и, не удержавшись, запрашиваю содержимое клеток.

Сейчас я очень рад тому, что сын спит — он не видит слез, текущих по моему лицу. Ибо мне показывается изображение распятого в клетке, готового к ритуалу «мяса». Из жуткого приспособления глазами, полными паники, ужаса и обреченности одновременно, на меня смотрит Лиара. Доченька понимает, что с ней сделают, ведь трансляции ритуалов смотрели все, и даже дети, хотя многие были против. Но вот сейчас... Я принимаю средство, что полностью успокоит меня на двенадцать часов, хоть и не проживу я столько.

Если у Д'Бола получится, она будет жить. Поэтому нужно будет сделать максимум для того, чтобы у него получилось. Церемониальный наряд я ему приготовил, сам оделся в военную форму, служащую для той же цели у нас, привесив плазменные гранаты так, чтобы они казались элементом костюма. Проверив активатор детонаторов, вздыхаю.

Вот Д'Бол медленно открывает глаза, одновременно с началом действия довольно неприятного средства. Но объявшая меня боль исчезает, а он медленно встает. Все понимает мой сыночек, умный он у меня. Мы живем ради наших детей, только вот понимают это не все. Я понимаю, поэтому сегодня плазма испепелит меня, отправляя к жене и сыновьям, а Д'Бол и Лиара продолжат свой путь. Главное, чтобы они жили.

— Не плачь, малыш, — глажу я его по голове, этот привычный жест сына немного успокаивает. — Совсем скоро за нами придут.

— Я бы отдал за тебя все... — шипит мой малыш, жизнью которого играют мерзкие твари.

— Ты должен жить, — произношу я, рубя фразу на отдельные слова. — Спасти детей и себя. Ради моей памяти. Обещай.

И тут мой сын произносит древнюю, как мир кхрааг, клятву. Глядя прямо в глаза, он выплевывает слова, обещая мне выполнить мою волю. Такая клятва для него очень много значит, ведь он сын своего народа, пусть и предавшего его. Но сейчас он показывает мне...

Я достаю шкатулку с не самым приятным средством. Оно предназначается на крайний случай, позволяя практически брать под полный контроль кхраага. Вот будет весело, если выяснится, что химан в данном раскладе не жертвы, а как раз наоборот. Наши вполне даже могут, и тогда кхраагов ждет очень много интересных сюрпризов. Но в этом случае химанам нужны союзники, и я даже подозреваю, кто именно теперь у них в союзниках. Однако Д'Бола они все равно постараются убить, а дети на корабле уже списаны ими в расход, так что вариантов просто нет.

Могли ли химан взять под контроль клан Дрг'шрахст, организовав все это? В общем-то, могли, потому что от непредсказуемости кхраагов устали, по-моему, все. Тогда объясняется и флот, и происходящее на орбите Омнии. Что же, если это так, то у химан есть шанс победить. Возможно, тогда они смогут выбрать другой путь развития. В любом случае уже слишком поздно.

Обмен ритуальными фразами я пропускаю мимо ушей, ведь идут последние часы моей жизни. Все ли я успел сделать? Но как бы то ни было, уже поздно. Оставлять сына одного безумно тяжело. Справится ли он? Должен справиться, ведь там еще и Лиара. Злой волей спасенная доченька будет жить. В вычислителе церемониального звездолета будет обнаружен мой завет сыну и дочке. Очень примитивные они у кхраагов, а меня учили достаточно серьезные специалисты, поэтому я смог это сделать. Когда вычислитель «проснется», то будет считать запись частью изначальной системы, и, когда дети окажутся в относительном покое, они услышат мое слово. Может быть, это поможет им примириться с существованием друг друга.

Мы идем по коридору, впереди Д'Бол, а позади лязгают сапоги воинов, хотя сейчас они палачи. Отлично знающие об этом, осознающие свою роль, только еще не ведающие, что и их жизнь заканчивается. Мои руки лежат на активаторах плазменных гранат. Я иду спокойно, ведь влитый в меня медикамент не оставляет место сомнениям и терзаниям.

Все-таки кажется мне, что во время обучения именно на такой вариант кто-то и рассчитывал. Слишком специфические у меня знания, слишком многое я знаю именно в инженерной части, чего мне, на первый взгляд, не нужно. Я же наставник, и объяснить, зачем мне нужны инженерные навыки по взлому сетей, почти невозможно.

О чем-то не том я думаю, идя на смерть. Позади уже остался тамбур, подковы моих ботинок цокают по полу рукава, а вот Д'Бол, похоже, забывает включить магнитные захваты и плывет по галерее под издевательский смех стражников. Пока их внимание приковано к нему, я готовлюсь. Большие пальцы рук вжимают активаторы до щелчка, и, стоит сыну оказаться внутри, не удержавшись на ногах в поле искусственного тяготения, я замираю. Лиара расположена так, что не увидеть ее невозможно. Я шепчу слова прощания, а потом резко разворачиваюсь к не понимающим происходящего воинам. Они уже срываются с места, но кулак врезается в рычаг аварийной заслонки, срывая его, и в следующее мгновение пальцы отпускают активаторы гранат, чтобы сделать меня историей. Я еще успеваю заметить ужас в глазах все понявших воинов, прежде чем стать пылью.

Будьте счастливы, дети!

Тринадцатое шр'втакса.
Д'Бол

Я знаю, что папа погиб, но благодаря ему эмоций нет. Потом я спою прощальную песню по тому, кого уже не будет. А сейчас... Заглушив все сигналы корабля, я отключаю навигационные огни. Тоже все, потому что отныне я изгой. Рычаг оружейных систем опускается, выдав луч плазмы в сторону патрульного. Это его не уничтожит, но некоторое время ему будет не до меня, а маршевые уже развивают полную тягу, унося меня из системы, в которой, обтекая Ш'дргмасс-гхру, проявляется немалый флот двух или даже трех кланов. Живым я им не сдамся, потому что терять мне нечего.

Будто напоминая мне папины слова, материнская планета вдруг вспухает, разрываясь на множество частей, что бьют прямо в корабли кхрааг. Я замираю от этого зрелища — буквально вспучившаяся планета убивает флот, которому сейчас явно уже не до меня, а мощные двигатели уже разгоняют звездолет до скорости, сравнимой со световой.

— Вычислитель готов выполнить волю командира, — в тишине мостика звучит механический голос. Управление вычислителем голосовое на всех кораблях кхрааг, потому что руки заняты полетом.

— Озвучь мой статус, — требую я от него.

От этого многое зависит. Если он меня принимает пилотом, то нужно будет отключить решающие цепи. Как это сделать, я знаю только теоретически — папа рассказал, но, думаю, смогу, потому что иначе любой корабль кхрааг может взять его под контроль, я даже взорвать не смогу...

— Вождь Д'Бол — командир, — звучит короткий ответ, радующий меня, но внутренне, потому что эмоций нет.

— Первое: корабль отныне носит имя Варамли, — приказываю я. — Ключевое слово обращения к тебе такое же.

— Принято, — отвечает мне вычислитель.

— Второе... — я думаю, как сформулировать, потому что у меня с ходу не получается. — Все корабли, кроме нашего — враждебные.

— Идентификация изменена, — слышу я подтверждение.

Самое главное сделано, теперь с нами связаться без моего ведома нельзя. Сейчас мне надо изменить себя, потому что я не хочу быть кхраагом, а еще изменить статус тех, кто в клетках. Но для этого нужно их выпустить, что пока невозможно — я управляю кораблем. Они там очень испуганы, наверное, ведь и я был бы...

— Варамли, — зову я вычислитель, — враги кхрааг захватили наш народ и поместили в клетки наших союзников. Ты можешь отключить удерживающие механизмы в клетках?

— Нет, командир, — коротко отвечает мне он.

Наверное, зря я ему что-то объясняю, потому что это же не кхрааг, просто прибор. Но мне так нужно хоть с кем-то поговорить, несмотря на то, что эмоций нет. Они появятся, и лучше, чтобы в тот момент меня никто не видел. Я не представляю, что будет, когда я осознаю, что остался один. Такого со мной никогда не было.

— Измени статус тех, кто в клетках, на «пассажиры», — прошу я вычислитель.

— Невозможно, — подтверждает он мои подозрения. — Пассажиры не могут быть в клетках.

Я вспоминаю папины уроки, начиная расспрашивать вычислитель о том, есть ли у нас хотя бы еда для тех, кого он не может пока считать пассажирами, и с удивлением получаю положительный результат. Не слишком много, но она есть, значит, голод нам пока не угрожает.

— Фиксирую приближение вражеских звездолетов, — судя по всему, меня кто-то догоняет, хотя, как это возможно, я не понимаю.

— Готовность к открытию огня, — формально реагирую я, думая о том, как буду стрелять и пилотировать одновременно.

— Цели обозначены, огонь будет открыт по вхождению в зону поражения, — отвечает вычислитель «Варамли».

Вот тот факт, что он это может, для меня большой сюрприз. Считается, что все, совсем все нужно руками делать, а оказывается, нет. Уже очень интересно, но пока я занят другим — отметив, откуда приближается враг, делаю поворот типа «нырок», приводя его на сторону самого мощного вооружения звездолета имени папы. Пусть нет у меня сейчас эмоций, но он был единственным близким мне существом. Единственным, никогда не предававшим, находившим тепло для меня. Единственным.

И ради него я убегу куда угодно, потому что он так хотел. Я перекладываю рукоятки дополнительных двигателей в крайнее положение, добавляя мощности. Потому что сейчас я должен выполнить приказ Варамли. Наверное, хорошо, что я на этом корабле, потому что он по традиции самый мощный.

— Скорость приближается к абсолютной, — предупреждает меня вычислитель. — Вражеские корабли не регистрируются.

Это означает, что мы действительно убежали от них, не вступая в бой. Я откидываюсь на спинку кресла, глядя вперед, где отражаются черточки звезд — так на них влияет наша скорость. Выдохнув, начинаю расспрашивать вычислитель о незнакомых мне круглых рукоятках на пульте передо мной. Он выдает информацию очень скупо, но в результате звучит то, что дарит мне дополнительную надежду.

— Экспериментальный двигатель, — отвечает мне умная машина. — Позволяет прогрызть пространство, смещая корабль на небольшое расстояние.

Даже не дослушав, я бью кулаком по этому

переключателю. Звезды исчезают лишь на мгновение, но, появившись снова, оказываются расположены уже несколько иначе. Значит, у меня получилось сместить корабль? При этом скорость указывается чуть ли не абсолютной, насколько я разбираюсь в приборах.

— Ты можешь вести корабль по маршруту? — интересуюсь я у «Варамли».

— Ответ положительный, — слышу от него. Были бы эмоции — заулыбался бы, а так пока не могу.

— Неси нас к туманности, — приказываю, поднимаясь из кресла. Мне очень надо освободить тех, кого предавший меня народ называет «мясом».

Я иду по гулкому коридору, меняя форму лица. Очень хочется мне на папу походить, просто нестерпимо хочется. При этом я помню, что узники меня испугаются, поэтому накидываю на голову капюшон церемониального одеяния. Теперь, надеюсь, я не такой страшный. Очень надеюсь, потому что мне их не только выпустить надо, но и по каютам развести.

Лишь войдя в зал ритуала, я замираю на месте: зафиксированные жертвы выглядят мертвыми, но они живы, я уверен в этом — автоматика зала следит за тем, чтобы «мясо» было живо до ритуала. Останавливает меня отнюдь не их вид — в крайней клетке висит в удерживающем механизме знакомая мне химан. Не та, что мы видели в парке зверей — она в клетке рядом, а... та самая, что была в папином медальоне. Лиара. Так ее назвал папа.

И вот в этот самый момент заканчивается действие той капсулы, что дал мне папа. От неожиданно нахлынувшего осознания я падаю на колени, отчаянно шипя. Папа! Папа погиб, чтобы спасти нас! Сил сопротивляться нет, к тому же я не могу взять себя в руки. Задрав голову к потолку, я шиплю поминальную песню, не чувствуя слез. Наверное, узнавание сыграло свою роль...

Проходит бесконечно много времени, когда я выплываю, наконец, из кипящего лавой озера своей боли. С трудом поднявшись на ноги, пошатываясь подхожу к клеткам. Их можно открыть все разом, но глаза застилают слезы, мешая мне сосредоточиться, а из клеток на меня глядят полные паники глаза. Я вижу: все в клетках дети, потому что маленькие, как в моем сне. «Дети превыше всего», — звучит в моей голове.

Вот он, этот рычаг, помеченный красным цветом смерти. Я резко дергаю его сначала вверх, а потом до упора вниз, и передние стенки клеток просто падают с железным лязгом на пол. Теперь мне нужно осторожно отключить удерживающие механизмы, чтобы не задушить узников раньше времени. Кого я обманываю — все здесь самки, потому что самцы для ритуала не годятся, я очень хорошо знаю это.

Подойдя к той, что выглядит папиной дочерью, я осторожно глажу ее по спутанным волосам, а затем обнимаю, чтобы снять с крюка. Лиара выглядит большой, хотя я знаю, что она еще маленькая, но думать об этом я буду позже. Она только тихо поскуливает, когда я снимаю петлю с крюка, чтобы затем просто разорвать толстую нить. Осторожно уложив узницу на пол, я некоторое время жду, но она не шевелится, только смотрит. И не говорит еще, не знаю почему.

Перехожу к той, которую папа назвал Маирой, тут удерживающий механизм другой совсем, но я уже вижу рычаг, за который надо дернуть. Она тоже молчит и не делает попытки встать или отбиться, просто лежит. Не знаю, что это значит, но тоже решаю подумать потом. Ведь у меня еще три иллиан. Они в точности такие же, как в моем сне, только пищат и плачут еще. Я освобождаю их очень осторожно, чтобы не сделать больно, и вот только теперь вижу — они ползут, подтягиваясь щупальцами, при этом ноги их неподвижны. Значит, они не могут ходить?

И последняя жертва выглядит совершенно необычно. Я о таких читал только, ведь с ними у кхраагов почти не было контактов. Как девочка аилин могла попасть сюда? Наверное, я совсем ничего не знаю о мире, раз в ритуальном зале вижу тех, кого здесь просто не может быть. Удерживающее устройство тут совсем странное, оно будто выкрутило юную аилин. Не разобравшись, как отключить устройство, просто очень осторожно вытягиваю ее, чтобы положить на пол.

Нащупав в кармане положенный туда папой переводчик, включаю его. Теперь он будет переводить, и меня поймут. Наверное, надо сказать, что они свободны, но как объяснить это испуганным... детям? Я и сам ребенок, оставшийся совсем один... хотя нет. Теперь у меня есть все они, и я буду заботиться о них так, как папа заботился обо мне. Я докажу им, что достоин доверия.

— Ритуала не будет, — негромко говорю я. — Теперь вы свободны.

— Ты нас съешь? — тоненьким голоском спрашивает меня одна из иллиан.

— Я не ем детей, — отвечаю я ей. — Поэтому теперь я изгой, и любой из кхраагов почтет за честь убить меня.

— Ты... отказался нас есть? — удивляется вторая иллиан.

— Да, — киваю я ей, хоть она и не видит моего жеста из-за капюшона. — Вы не можете ходить?

— С нами что-то делали, и теперь не выходит, — всхлипывает она, а я понимаю. Подстраховались кхрааги, чтобы дети не могли сопротивляться.

— Я отнесу вас в ваши каюты, — решаю я, поняв, что другого выхода нет.

Они не возражают, чувствуя, что от них ничего не зависит. Так как ритуалы бывают не только на орбите нашей материнской планеты, но и перед битвой, например, то каюты на «Варамли» есть, и довольно много, но я отнесу узниц в командирские — они и комфортнее, и удобнее, по-моему.

Да и сам я буду поблизости, ведь им же страшно будет.

Подойдя к Лиаре, я невесомо глажу ее по голове, как делал папа со мной. Примет она меня или нет, но теперь она мое единственное близкое существо, потому что ее породил Варамли. Даже если захочет убить, я приму смерть от ее руки, ведь жить мне тогда будет совершенно незачем. Хочется плакать, но пока нельзя — у меня дети. Пусть такие же, как я, но я почти воин, поэтому должен делать свое дело.

Подняв на руки невесомое тело, иду по гулким коридорам. Командирские и особые каюты находится на одном уровне с ритуальным залом, так положено, чтобы не утомлять вождей ненужным хождением. Сейчас это мне на руку, потому что по правую руку начинается ряд дверей, но я положу свой бесценный груз в кровать помощника командира, чтобы быть поближе к ней.

Каюта довольно просторная, привычного желтого цвета. Даже санитарные устройства за отдельной дверью расположены. Кровать широкая, довольно мягкая на вид. Я кладу в нее Лиару, а затем беру ее руку и прижимаю ее к своему лбу в жесте доверия. Глаза маленькой самки расширяются, она делает жест такой, как будто закрыться хочет, и я понимаю его: достав мягкий покров, укутываю ее, как меня когда-то папа...

— Я вернусь, когда расположу остальных, — произношу я, не надеясь на реакцию. — Я никогда не причиню тебе вреда.

Выйдя за дверь, возвращаюсь обратно, чтобы устроить и Маиру. Маленькая самка дрожит, что показывает ее страх, поэтому я пытаюсь ее успокоить, уговаривая так, как это делал папа, когда я был совсем мал. По-моему, у меня получается. Возможно, свою роль играет тот факт, что она не видит моего лица и не пугается еще и от этого.

С иллиан сложно — они совсем маленькие, поэтому я сгребаю всех троих, хоть это и тяжеловато. Они сцепляются щупальцами намертво, помогая мне их нести. Я понимаю, что их нужно в одну каюту, но побольше, поэтому поворачиваю к покоям вождей. Здесь кровати втрое шире обычных. Зачем они сделаны такими, я даже думать не хочу. Придет время, и надо всем подумаю.

— Мы не будем тебя бояться, — сообщают мне иллиан. — Потому что ты не врешь.

— Я не вру, — вздыхаю я, понимая, что они как-то умеют чувствовать ложь.

У меня остается юная аилин. Она очень похожа на химан, только уши острые и лицо более узкое. Но не выступающее вперед, как у меня, просто худое такое. Я подхожу к последней оставшейся узнице и беру ее на руки, чтобы отнести в соседнюю с химан каюту. Она молчалива, как и все они, но при этом не дрожит, только смотрит на меня.

— Ты не желаешь зла, — констатирует аилин. — Почему?

— Папа отдал жизнь за то, чтобы мы жили, — отвечаю я ей совсем не то, что хотел сказать.

— Папа? — удивляется она, даже пытается привстать, но затем со стоном падает обратно на мои руки. — Кхрааг?!

— Химан, — коротко отвечаю я ей, не желая развивать тему.

Но она и не спрашивает, хотя ей любопытно, я вижу. Просто расслабленно лежит в моих руках, в этот самый миг совершенно растеряв страх. Интересно почему?

Все то же шр'втакса.
Пространство

Лиара

Папу мы видели очень редко. За всю мою жизнь мне удалось увидеть его считанное количество раз, потому что он занимался важным делом — представлял нас у Кхрааг. Это наши союзники, по крайней мере, так принято говорить. На самом деле, они страшные, чем-то похожие на чудовищ, что жили на Омнии, пока не пришли химаны. Страшные, злые, не имеющие ни жалости, ни сердца.

Когда погибла мама, я чуть сама не умерла, но папа тогда провел с нами целый год, а затем опять улетел. Нас воспитывал дядя Виас, именно от него я узнала, что папа — разведчик. Он работает у кхраагов, но для того, чтобы мы были в безопасности, потому что эти чудовища непредсказуемы. И я смирилась, втайне гордясь им, потому что говорить о таком нельзя.

Папа каждый вечер связывался с дядей, обязательно оставляя весточку для нас, и я пересматривала эти записи тысячу раз, понимая, что папа любит и меня, и Брима с Туаром. Просто так надо, чтобы он был далеко. Я очень хорошо знаю, что такое «надо», поэтому и не роптала. Мне одиннадцать лет, и я уже большая девочка, хотя мамы у нас все равно нет. Откуда бы ей взяться...

Изменения начались незаметно совершенно — начали сначала тихо, а потом все громче говорить, что кхрааги совсем не друзья, а, возможно, даже наоборот. И вот тогда нам всем — и детям тоже — в школе впервые показали, что такое их Ритуал. Не помню уже, почему это сделали, но так страшно мне почти никогда не было: огромный зверь, в глазах которого не читалось ничего разумного, рвал своими страшными клыками совсем небольшого иллиана. А ведь мы знаем, что у иллиан была и письменность, и даже космические корабли. Вот тогда я поняла, что для кхраагов мы все только мясо и каждый из нас может закончить свою жизнь в страшной пасти.

Я плохо спала тогда, а близнецам даже медицинская помощь понадобилась. Но вот с того самого дня я уверилась: эта раса должна быть уничтожена. Папа тогда прилетел к нам на пару дней, я плакала, а он успокаивал меня, рассказывая, что рано или поздно кхраагов уничтожат, но пока правительство химан к этому не готово, оно скорее нас в жертву принесет, чем откажется от своего сытого существования. Вот прямо так и сказал. Тогда я поняла — папа за меня.

Папа поговорил с дядей, и тот меня начал учить тому, как устроены космические корабли, на случай, если вдруг придется убегать, еще вычислители изучали и язык кхраагов, хотя какой там язык — шипение одно, но что-то выучить мне удалось, конечно, потому что папа так сказал, а папино слово для меня непререкаемо. Я старательно училась, пытаясь познать сложные науки, а ведь еще была школа... Школа у нас обязательная, и не ходить туда нет никакой возможности, поэтому, наверное, все случилось так...

Сначала исчез со связи папа, я даже испугалась, но дядя объяснил, что это не означает гибели самого близкого моего химана, а только сигнал тревоги для всех. Он что-то сделал, и теперь мы жили не в самом доме, а в бункере под ним. Близнецы со мной играть не хотели, потому что я девчонка, а я не навязывалась, хотя, наверное, лучше бы навязалась, потому что мне теперь и вспомнить нечего.

Это была обычная школьная экскурсия. Они раз в месяц проводятся. Полшколы или около того в длинный катер погрузили, чтобы посетить заповедник. Я не ждала ничего плохого, ведь экскурсии входят в школьную программу. Мы вылетели около десяти утра. Близнецы отсели от меня подальше, потому что девчонка же. Пожалуй, тогда я увидела их в последний раз живыми, еще даже не подозревая о том, что случится.

Катер летел над лесом, кажется, едва только перевалив Хребет Власти, когда вдруг стало темно. Мы все испугались, а затем пришли они. Я сразу увидела, что вошедшие в катер кхрааги немного другие — они были тоньше телом, не такие мощные, и морды не настолько выступающие, а немного скругленные. Кхрааги друг с другом не говорили, а сразу напали. Они были будто роботы — с пустыми глазами.

Мальчиков всех... Братиков я успела увидеть, но лучше бы не видела, потому что эти звери на наших глазах учителей и всех мальчиков сразу же... А потом девочек в кучу согнали и куда-то увели. Я молчала, а некоторые девочки пытались что-то выяснить, только странные кхрааги совсем не хотели разговаривать, за любое неповиновение просто убивая.

— Эти две самки для ритуала, — показал на меня и мою подружку один из них. — Остальных... — этого слова я не поняла.

Нас с Маирой сразу же отделили и... стало очень-очень больно. Я не знаю, сколько прошло времени, потому что умирала от жгучей боли, очнувшись только в клетке. Я не могла говорить, а еще совсем не чувствовала ног, зато отлично представляла себе будущее: меня съедят живьем. От ужаса я несколько раз лишалась чувств, постепенно осознавая — это не сон.

Начало ритуала я пропустила. Открылась какая-то заслонка, в зал вошел кхрааг, но он был сравнительно небольшим, не страшным, будто ребенок. Заслонка за ним резко закрылась, покраснев затем, а он исчез. Я решила, что мне привиделось от страха. Но то, что клетки не опустились, означало, что прямо сейчас нас есть не будут и можно еще пожить.

Очнулась я от горестного воя. Посреди зала стоял на коленях тот самый кхрааг... Или не тот же самый? Его голова была закрыта капюшоном, а сам он... Сначала кхрааг только отчаянно шипел, как от боли, а затем запел песню. Это песня Прощания, но вот вместо ярости и обещания отомстить, я слышала только тоску. Так не может быть у кхраагов! Я же изучала их традиции!

Но затем, стоило ему только успокоиться, он поднялся и подошел к клеткам. Я поняла — сейчас нас съедят, поэтому попыталась зажмуриться, чтобы не видеть разверстой пасти, но почему-то не смогла. Передние стороны клеток упали, а моего тела коснулись когтистые лапы. Я отлично осознавала, что сейчас будет очень больно, но этот кхрааг очень мягко меня обнял, вынув из того, что держало, и уложил на пол. Наверное, он хотел, чтобы я почувствовала себя свободной? Помучить решил? Я все равно не чувствую ног.

Оказавшись в каюте, оставленная одна, я поняла — мне страшно. Что он сделает со мной? Зачем оставил одну? Чтобы я не слышала криков тех, кого он ест? А какой ему в этом резон, ведь для кхраагов мы не более чем мясо? Я не понимаю происходящего, совсем. А еще он смотрел на меня необычно, как... Даже сравнения нет, и еще нес очень бережно... Устав от непонимания, я просто отключаюсь от внешнего мира.

Д'Бол

Задумавшись о том, чем покормить бывших узниц, я понимаю, что поступил неправильно: надо было их всех поселить в одной каюте, ведь им будут сны сниться, да и кормить их так проще будет. Подумав, я решаю спросить Лиару, ведь она папина дочь, значит, имеет долю мудрости просто по рождению. Дети всегда наследуют лучшие качества родителя, это непреложный факт.

Я вхожу в каюту, но Лиара лежит без движения и никак на меня не реагирует. Испугавшись того, что она умерла, я прикасаюсь к ее шее, чтобы проверить пульс. Видимо, она просто спала, потому что от моего движения вскрикивает, а я поднимаю руки, как это делал Варамли, когда я сильно боялся прикосновений после наказаний. Это значит, что я ничего не сделаю.

— Прости, — виновато шиплю я, а переводчик в кармане повторяет мои слова на языке химан.

— Я... не могу... — очень тихо шипит она, как будто не может говорить.

— Если не можешь говорить, тогда... — я задумываюсь, а потом предлагаю ей: — Моргни один раз, если это «да», а два раза тогда будет «нет», хорошо?

Она моргает один раз, а я просто любуюсь ею. Лиара — дочь Варамли, и в чертах ее лица я вижу отсвет папы. Он будто присутствует тут незримо, отражаясь в лице Лиары, как в зеркале. Поэтому я чувствую себя увереннее, а терзающая меня внутренняя боль становится не такой сильной. Собравшись с силами, я обращаюсь к Лиаре в надежде на совет.

— Я уложил всех в разные каюты, — объясняю той, что рождена самым лучшим существом во Вселенной. — Но вас надо покормить. И еще сны... Может быть, нужно в одну каюту?

Она моргает один раз, а затем раскрывает глаза пошире, но что это значит, я просто не знаю. Мне опять хочется шипеть от внутренней боли, но я держу себя в руках. Теперь Лиара будет смыслом моей жизни. Загрызу любого, покусившегося на нее, ведь она все, что осталось у меня от папы. Папа...

Вытерев плечом непрошенную слезу, я бережно заворачиваю Лиару в покров и беру ее на руки так, как будто она космическая мина, способная взорваться от любого неосторожного движения. Я вижу, ее удивляет это, но я просто не могу поступать иначе, ведь у меня нет никого дороже нее. Она моя святыня, единственное близкое существо. Как папа говорил — «родная».

Я несу ее по коридору, раздумывая о том, почему она не может ходить, да и двигается плохо. Я не лекарь, и вариантов у меня немного, но тот факт, что ноги на месте, а не обкусаны, внушает некоторую надежду на то, что все исправится. Или же, если мы встретим тех, для кого дети превыше всего, может быть, они согласятся взять мою жизнь в обмен на лечение Лиары? Для нее я не пожалею ничего, пусть даже она меня принимает за врага.

Я несу ее как могу бережно, чтобы доставить в ту же каюту, где лежат иллиан, и очень осторожно уложить на ту же кровать. Опустившись на колени рядом с кроватью, я смотрю на нее, не замечая немного мешающего края капюшона. Я просто не могу уйти, мне кажется, что она исчезнет, как только я выйду из каюты. Но нужно принести сюда вторую химан и еще аилин. Странно, но говорить не могут, насколько я вижу, только химан. Интересно, почему так?

Не понимаю отчего, но аилин совсем не удивилась тому, что я ее принес к остальным, даже кивнула. Насколько я помню, это означает одобрение, значит, я все делаю правильно. Одежды на них почти что и нет, поэтому в покровах им всем комфортнее. Но прежде чем расспрашивать и что-то делать, надо их покормить. Помню, папа всегда спрашивал, не голоден ли я. Папа...

Кажется, тот самый маленький я, спрятавшийся ото всех внутри меня, воет от нестерпимой боли потери. Это просто невыносимо, но я все-таки справляюсь с собой, выходя из каюты. Прислонившись спиной к изображающей камень стене, глотаю слезы, еще раз пытаясь собраться. Почему-то все тяжелее держать себя в руках, как будто все воспитание и терпение вдруг исчезло.

— Варамли, — надеюсь, у меня получилось позвать вычислитель твердым голосом, хотя он всего лишь машина, ему все равно должно быть, — присвоить статус особо важных пассажиров находящимся в этой каюте.

— Статус изменен, — слышу я короткий ответ, подтверждающий факт того, что своего мозга у вычислителя, на мое счастье, нет.

— Нужно обеспечить особо важных пассажиров питанием, — продолжаю я отдавать команды.

— Командиру необходимо двигаться по желтым указателям, — вычислитель включает панели, ведя меня к хранилищу.

Я иду в указанном направлении, стараясь не думать о том, что готовить умею совсем немного блюд, ведь я сын вождя... был. Теперь я изгой, брошенный камень, враг всех кхрааг. Остается только надеяться, что им не до меня, по крайней мере больше сообщений о вражеских кораблях не было. Где искать эту белую дыру, я не знаю; однако сначала надо покормить самок разных народов и мою святыню, конечно же.

Повернув вслед за указателем, отмечаю, что привел меня вычислитель не к хранилищу, а к кухне. Правда, я не уверен, что смогу что-либо приготовить, но вступаю внутрь, разглядывая блестящие аппараты совершенно незнакомого вида. Задумавшись, замечаю на стене инструкцию. Она именно так озаглавлена, поэтому я понимаю, что передо мной. Теперь нужно внимательно прочитать, а потом спросить все непонятое у вычислителя.

Все оказывается значительно проще: питание для «мяса» и гостей заказывается у бака с синим индикатором, она универсальна, эта еда. Но сначала нужно хоть чем-нибудь накормить, а потом можно будет и собой заняться. Для меня питание там, где желтый индикатор, при этом можно указать, чтобы без мяса. Обеты бывают разные, как и служение, поэтому сурово наказанные кхрааги не получают мяса. Учитывая, кого они едят... Не хочу.

Бак с синим индикатором запрашивает у меня статус того, кого я собираюсь кормить, и я выбираю самую верхнюю строчку — особые гости. Мне в ответ выдается емкость, полная белесой массы с какими-то коричневыми вкраплениями. Вовремя вспомнив о ложках, беру с собой шесть штук, при этом обнаруживаю похожие на те, которыми питался Варамли. У нас-то в основном вилки, потому что кхрааги хищники.

Сейчас я посмотрю, могут ли они сами поесть, и если нет, то постараюсь накормить. И еще нужно понять, почему Лиара и Маира, так, по-моему, ее назвал папа, совсем не двигаются, а иллиан и аилин могут и говорить, и шевелить верхними конечностями. Может быть, они сами знают?

Четырнадцатое шр'втакса.
Пространство

Лиара

Он странный! Очень непонятный кхрааг. Закрывает голову капюшоном, не знаю зачем, но так действительно почти не страшно. А еще носит меня очень бережно, меня так только папа... папочка... хочется плакать, но слезы почему-то не приходят. Разговаривать могу только шепотом, при этом шипение получается будто само собой.

Все как-то слишком быстро изменилось, я не успеваю привыкнуть, а он... я не знаю его имени, но он точно относится ко мне не как к мясу — в клетке есть меня было бы намного удобнее. Но он принес нас всех сюда, а сейчас сидит в своем дурацком капюшоне и гладит дрожащей рукой. Почему-то только меня, при этом маленькие иллианки хором всхлипывают. Они умеют эмоции чувствовать, мне папа рассказывал, но вот реакция их мне непонятна.

— Вам нужно... питание, — словно через силу выдавливает этот непонятный кхрааг, а затем поднимается и выходит.

— Ему очень больно, — произносит одна из иллианок. — А еще он точно не хочет нам боли.

— Давайте познакомимся? — спокойно предлагает неизвестно как оказавшаяся здесь представительница расы аилин. — Меня Аи зовут. Ну, короткое имя.

Что означает «короткое имя» и какие еще у них есть, я не знаю, но принимаю ее предложение, едва вытолкнув из себя свое имя. Такое ощущение, что в горле камень какой-то, не дающий мне говорить, отчего плакать хочется только еще сильнее, но все еще не получается.

— Маира, — слышу я шепот рядом с собой и, повернув голову, вижу подругу. — Не могу...

— У вас это пройдет, — уверенно произносит Аи. — Это от боли такое бывает.

— Ики! — почти выкрикивает иллианка. — А это Фии и Леи! Мы сестры.

Необычно то, что они знают всеобщий язык. Наверное, их прятали, позволив выучить язык для того, чтобы общаться всем вместе. Это только с кхраагами разговаривать не о чем — жестокие, бездушные существа пугают кого угодно. Эта раса точно должна быть уничтожена.

— Кхрааг не врет, — произносит аилинка, пошевелив своими острыми ушами. — Это и я чувствую, но есть еще что-то...

— Он ее, — Фии показывает на меня щупальцем, — как кого-то очень дорогого воспринимает, а еще плачет внутри, как маленький.

— Он не старше нас, — вздыхает Аи, приподнимаясь на руках. — Ноги у иллиан регенерируют, мои, наверное, тоже, а вот как с этим у химан...

— Мы не знаем, нам по три цикла, — сообщает Ики.

Три цикла — это совсем малышки, не старше пяти наших лет. Я принимаю их мнение, но доверять кхраагу не могу. Перед глазами встают разорванные тела близнецов, отчего мне хочется просто выть. А вот Аи какая-то слишком спокойная, да и иллианки тоже, хотя я не понимаю почему. Они как-то очень легко воспринимают все происходящее, совсем не боясь того, что оголодавший кхрааг может нас всех съесть, ведь он же дикий зверь. Только дикие звери способны убивать детей... Да еще и так.

А боюсь ли я этого? Эта мысль заставляет задуматься. Он какой-то другой и выглядит иным. Совсем не таким, как те, которые нас украли. Наверное, внутренне я не верю, что это кхрааг, а может быть, просто устала бояться. Мне сейчас почти не больно, и я наслаждаюсь этим состоянием.

Дверь открывается, и появляется этот самый кхрааг. Он несет в руках что-то, похожее на кастрюлю, а еще, кажется, ложки. Он что, нас покормить решил? Кхрааг подумал о том, что мы можем быть голодны? Точно небо на Омнию упало, и кхрааги принялись добровольно кормить тех, кого считают мясом. Почему тогда кастрюля одна? У них разве нет тарелок?

Я припоминаю папины рассказы, понимая: этот кхрааг просто не знает, что такое «тарелка». У них принята еда за общим столом, даже у детей, и если кто-то не успел, то это его проблема, папа так говорил. Значит...

— Я принес вам питание, — произносит голос из его кармана. Это переводчик, что означает: он подумал о том, что мы можем не понимать его шипения. — Вычислитель говорит, что оно подходит вам всем.

— А ты? — интересуется Ики.

— Я не голоден... — даже в капюшоне видно, что он опускает голову.

— Он не сможет есть, — тихо произносит Аи. — Ему больно. Как тебя зовут?

— Д'Бол, — коротко отвечает он, а мне почему-то кажется это имя знакомым.

Мне тоже больно, но я знаю — поесть надо, просто очень надо, чтобы были силы. Вот только короткое имя без указания клана, и с первой «Д» означает, что перед нами ребенок. Такой же, как и... мы. Ему не больше двенадцати лет, ведь именно в этом возрасте начинаются Испытания, в результате которых кхрааги получают личное имя вместо детского, если выживают. Значит, он просто не мог никого из нас съесть! Но он в ритуальном одеянии... Папа рассказывал мне, очень много рассказывал, когда прилетал домой, только я невнимательно слушала его, о чем сейчас жалею.

— Вы сможете... сами... или? — спрашивает нас Д'Бол. Он не издевается, по-моему. А если все-таки издевается? Вот согласится кто-то, и он будет мучить...

Я так ярко это представляю, что меня всю аж передергивает, но тут Фии, кажется, соглашается. Д'Бол берет ложку, при этом я вижу, что у него дрожат руки, но он очень медленно зачерпывает то, что в кастрюле у него и протягивает ложку иллианке. Она аккуратно слизывает и вдруг... улыбается.

— Не бойся, — произносит Фии, глядя на него всеми тремя своими глазами. — Ты все правильно делаешь. Можешь остальных покормить тоже.

— Только меня и химан нужно приподнять, — добавляет Аи, с недоверием глядя на странного кхраага. Хотя, если он еще ребенок, то многое можно объяснить.

Мне страшно... И не страшно одновременно. Откуда-то я знаю имя Д'Бол, но не могу припомнить, откуда именно. Очень хочется плакать, и я даже чувствую, как первые слезы смачивают мои щеки. Вот только кхрааг, увидев это, чуть не бросает кастрюлю, потянувшись ко мне всем телом.

— Что случилось? — переводчик не передает эмоции, но в его шипении я слышу страх. — Больно? Тяжело? Страшно?

— Страшно... — хриплю я, потому что иначе не получается. — Корми, — разрешаю я ему.

Вот меня он кормит совсем иначе — как будто боится сделать больно любым движением, при этом я чувствую что-то странное, не могу себе пока объяснить что именно, но он гладит он меня жестом, очень похожим на папин. Одно мне сейчас ясно: пока я жива, надолго ли, не знаю. Я очень устала от страха, поэтому решаю — будь что будет. И еще мне непонятно отношение иллиан и аилин — они будто считают, что он... друг? Но кхрааги иллиан на мясо разводят! Они враги! Да и аилин с этими чудовищами непримиримые враги, потому что далеко не всех кхраагам удалось покорить, некоторые спрятались и борются за свою свободу и за выживание народа. Как-то так мне дядя рассказывал. Он-то всем нам рассказывал, но близнецам были интересней визор и игры, а рассказы совсем нет...

Брим, Туар... Надеюсь, там, где вы сейчас, вам хорошо.

Д'Бол

Если верить вычислителю, уже давно наступило четырнадцатое число, и надо бы хоть немного поспать. Поэтому я заканчиваю кормить «девочек». Так папа называл маленьких самок своего народа. Значит, я теперь буду их называть именно так. Узнав мое имя, они представились сами, показывая мне доверие, которого я совершенно точно не заслуживаю. Но теперь я все сделаю, чтобы они выжили. Я бы и так сделал, но теперь я знаю их, и по традициям кхрааг они часть моего клана.

Смешно. Какой клан у изгоя? У преданного своим народом, у приговоренного к смерти? Тяжело вздохнув, я глажу каждую из них. Мне непонятна их реакция, потому что с ужасом на меня смотрит только Маира, а все остальные принимают ласку, только Лиара чему-то удивляется. Когда делают большие глаза — это у химан удивление означает, я знаю.

— Я пойду, немного отдохну, — сообщаю я им, — а вы тоже... отдохните. Все плохое закончилось.

Я повторяю папины слова, понимая, что не могу уже держать себя в руках. Слезы душат, не позволяя почти ничего видеть. Слегка поклонившись девочкам, но так и не услышав ничего от них, я выхожу из каюты, и вот тут контроль буквально рассыпается, заставляя меня шипеть.

Не сдерживая больше слез, я шиплю слова прощания, а в груди полыхает настоящий огонь.

Дойдя до каюты, падаю ничком на койку, не закрыв дверь, сразу же разревевшись, как в детстве. Слезы, слегка дымясь, текут непрерывным потоком, а перед моими глазами стоит Варамли. Такой, каким он был совсем недавно: папа немного грустно улыбается мне, что-то говоря, но я не понимаю что. Рыдания разрывают меня, кажется, на много маленьких частей.

— Папа! Папа! Почему ты погиб! Как мне жить без тебя?! — громко кричу я, и мне кажется, сам звездолет содрогается от моего крика.

Перевернувшись на спину, я даже не пою, я вою Песню Прощания. Раз за разом я не могу сдержаться, потому что сегодня моя жизнь разбилась, лишив смысла. Но теперь у меня есть Лиара. Она все, что у меня есть, и ради памяти папы я сделаю все, чтобы она жила. Я не хочу ее терять... Боль горячей волной захлестывает меня, заставляя терять себя в океане скорби. Мне кажется, я умираю и снова восстаю из мертвых.

Ладони нащупывают медальон, пальцы нажимают на выступы в определенной последовательности — и вот передо мной его лицо. Он смотрит на меня с улыбкой, как будто поддерживает из далекой дали, куда унесла его смерть. Я только надеюсь на то, что там ему хорошо, а дочь самого священного для меня существа я сберегу. Клянусь тебе, папа!

Наплакавшись, я как-то неожиданно засыпаю, мечтая увидеть во сне Варамли, но вместо этого передо мной встают холодные звезды. Они равнодушно перемигиваются, заставляя чувствовать себя ничтожной песчинкой в холодной бесконечности Пространства. А я все тянусь к Варамли, мечтая увидеть его улыбку, но вдруг снова оказываюсь в том самом учебном классе. Я понимаю это краем сознания, но от разочарования из-за того, что не увидел папу, просто падаю на колени посреди класса.

Я снова отчаянно шиплю... Теперь ревет уже тот маленький Д'Бол, вылезший наружу и желающий тоже поплакать. От моего отчаяния все вокруг, кажется, замирают, а потом я как-то вдруг оказываюсь в щупальцах того большого иллиана. Меня, кажется, обнимают со всех сторон, гладят, стараясь успокоить, но тщетно, ведь...

— Краха! Краха! — выкрикивает кто-то из химан. — Что с ним? Отчего он так страшно шипит?

— Сегодня его мир рухнул, — удивительно точно угадывает иллиан. — Он плачет от боли, потеряв кого-то очень близкого.

— Бедный... — меня обнимают, опять прикасаются десятки иллиан и химан, но папы среди них нет, и успокоить меня все не удается.

— Юный творец может погибнуть, — произносит самка химан, но не И'ри'на, а кто-то другой. — Разреши мне...

Меня передают кому-то другому, но я этого почти не замечаю, плавая в океане горячей боли, будто в лаве вулкана. Кажется, я просто истаиваю, так сильно мне хочется увидеть Варамли. Но тут вдруг словно какая-то теплая подушка будто ложится на меня, убирая боль. Не полностью, но делает ее вполне переносимой. Ощущение, что я горю в огне, медленно исчезает, позволяя вздохнуть и оглядеться. Вокруг меня стоят химан, иллиан и даже, кажется, я вижу аилин. И кроме них еще никогда не виданные мною существа. Они будто разделяют мою боль на всех, отчего многие плачут.

— Расскажи нам, малыш, что случилось, — очень ласково просит держащая меня в руках химан. — Расскажи, тебе станет легче.

Еще всхлипывая, я рассказываю о том, до чего

мы дошли с папой, как меня обманули, а потом и о произошедшем. Я говорю, что не хочу быть кхраагом, не хочу... И мне действительно становится легче, будто я выплескиваю свою боль наружу, успокаиваясь. Я, конечно, не полностью спокоен, но уже могу говорить, не срываясь в рыдания.

— Наставник назвал мальчика сыном, и тот принял это, — произносит иллиан, которого называют Крахой. — Значит, совсем плохо было юному творцу.

— И погиб, защищая сына, — соглашается с ним держащая меня в руках химан. — И теперь... Скажи, ты один на корабле?

Я отрицательно щелкаю зубами, начав рассказывать о троих очень маленьких иллиан, которые совсем не ходят, алианке, почему-то меня не пугающейся, и еще о Маире, ведущей себя ожидаемо. Сделав паузу, начинаю говорить о своей святыне — Лиаре. Я описываю то, как она смотрит, как она похожа на папу, и, кажется, не боится меня. Я объясняю, что она для меня значит, и что за нее я умру не задумываясь.

— Дочь, — коротко произносит держащая меня в руках. — Он на ней фиксирован, но не как на возлюбленной.

— Она для юного творца олицетворение того,

кто стал отцом, — вздыхает Краха. — Это называется «сестра».

Я не уверен, что знаю это слово, начав расспрашивать о том, что принято у химан. Мне рассказывают о принятых среди них названиях и взаимоотношениях. Постепенно я чувствую: боль перестает быть такой мучительной, что меня удивляет, ведь совсем недавно я почти умирал, а теперь могу вести разговор.

— Вы рахкс? — спрашиваю я ту, что держит меня в руках.

— Нет, юный творец, — вздыхает она, как-то поняв, что я имею в виду, и гладя меня по голове. — Я умею исцелять души. Но тебе есть для кого жить, попробуй, и ты увидишь: станет легче.

— Я понял, — опускаю голову в ритуальном жесте повиновения младшего старшему.

Я чувствую, что меня что-то вытягивает из сна, но так хочется еще хоть ненадолго остаться здесь, что просто нет слов. Сквозь сон я слышу рев сигнала тревоги, резко вскакивая с кровати, но ощущая еще руки лекаря душ. От этого все то, что говорит мне вычислитель, я понимаю не сразу, но поняв, срываюсь с места, спеша на мостик.

Тот же день. Пространство

Лиара

Стоит Д'Болу выйти из каюты, и я ощущаю облегчение. Мой страх прячется куда-то вглубь, позволяя хоть немного осмотреться. Руки чувствуются чужими, а ног я вообще не ощущаю. При этом ничего плохого не происходит, я даже накормлена. Маира дрожит рядом, мы все лежим на большой кровати, отлично на ней помещаясь, вокруг все в желтых тонах, и это говорит о том, что каюта предназначена для кхраагов: желтый — обычный цвет жилых помещений. А там, где живут, они не едят, я точно знаю.

Значит, нас сюда положили не для того, чтобы мучить, в этом отношении кхрааги очень формализованы. Я припоминаю, как Д'Бол меня нес, как кормил, понимая при этом, что здесь что-то не так. Или он не кхрааг — не зря же голову капюшоном укрывает — или... Варианты закончились, ведь думать мне еще пока сложно. Наверное, я все-таки слишком сильно задумываюсь, потому что пропускаю начало разговора Аи с малышками.

— Нам нужно держаться, чтобы говорить, — объясняет Ики. Интересно, о чем она?

— О чем это вы? — интересуюсь я, отмечая, что хриплю уже меньше.

— Малышки разговаривают, только когда объединяются, — отвечает мне Аи ровным голосом.

— А им совсем не страшно? — удивляюсь, не очень хорошо понимая ответ. — Вы совсем не боитесь? — интересуюсь я у них. — Вы же в клетке...

— Мы были в железном домике с дырками, — на этот раз звучит голос Леи, они чуть различаются все-таки. — А потом пришел Д'Бол, ему было больно, но он хотел только погладить.

— Они не помнят, — произносит Аи, приподнявшись на руках, а затем приобняв ластящихся к ней иллианок. — Они от боли и шока просто потеряли память, поэтому Д'Бол для них не страшный, а ходить мы пока не умеем...

И до меня тут доходит: иллианки еще совсем маленькие. Они забыли дом, родителей — все, что было до клетки, поэтому воспринимают клетку домом, а остальное... Навыки у них, получается, отсутствуют, но ведь они говорят, и довольно правильная у них речь, не как у малышей, ну и понятия. Если они все забыли, то откуда знают слово «дом», например?

— У меня тело будто чужое, — жалуюсь я, закашливаясь. — И ног нет.

— Это кхрааги, — отвечает мне все так же спокойная аилин. — Чтобы не могли убежать и сопротивляться. А вас двоих... Вас мучили, чтобы ткани пропитались «вкусным» для них страхом.

— Ты много знаешь и не боишься, а почему? — хриплю я, хоть говорить и очень сложно, почти невозможно, но мне надо...

— Я дочь альари, — совершенно непонятно отвечает мне Аи.

— Это что-то значит? — спрашиваю я ее.

— Я дитя воинов, ждущих в листве, — вздыхает она, но видя, что я не понимаю, принимается объяснять.

Аи с самого раннего детства, оказывается,

учили воевать. До определенного возраста она была разведчицей, поэтому умеет терпеть и ждать. Терпения у нее много, к тому же она привыкла к мысли о том, что ее рано или поздно убьют. Аи с пеленок внушали, что однажды ей придется умереть за свой народ. Поэтому она такая сдержанная — ей все равно. Это не очень нормально, по-моему, но кто я такая, чтобы судить? Среди нас она самая спокойная, а для маленьких иллианок все вокруг вообще игра.

Наверное, надо поспать, но еще и страшно очень... Даже не знаю... Я решаю расспросить малышек о том, что они чувствуют. Известно, что иллиан умеют чувствовать эмоции, что помогало им во взаимопонимании с другими расами, пока не пришли кхрааги, с которыми взаимопонимание невозможно. Они оценили иллиан только по вкусовым качествам — мясо на вкус оказалось деликатесным, и вместо полного уничтожения устроили фермы.

Странно, раньше я спокойно к этому относилась, а сейчас, оказавшись в одной с ними, можно сказать, клетке, осознаю, насколько это жутко, чудовищно, дико. Папа исчез, мама погибла, братики тоже, мы лежим в корабле кхраагов, летящем неизвестно куда. Но откуда у меня уверенность, что нас не съедят, не выбросят, не убьют? Нет же никаких причин для этой уверенности, но она тлеет где-то внутри меня.

Не понимаю, что со мной происходит — с одной стороны, я понимаю, что Д'Бол кхрааг, но с другой — я узнаю его жесты, они такие папины... Может быть, папа вселился в него, чтобы быть рядом? Пока я не вижу жуткой морды кхраага, он меня не пугает, но я не верю в то, что этот зверь мог об этом подумать. Может быть, действительно папа в него вселился и бояться больше нечего? Папа никогда мне плохого не сделает.

Глаза закрываются, но я будто попадаю обратно в катер, где странно выглядящие кхрааги рвут на куски наших мальчиков. Только теперь я вижу все это будто со стороны, еще раз отмечая: неправильные кхрааги с дикой яростью набрасываются именно на мальчиков, девочек просто отбрасывая. Откуда такая ненависть? Ведь они им ничего не сделали! Но тут я вижу Туара и кричу, кричу изо всех сил, снова открывая глаза оттого, что меня кто-то тормошит.

Одна из иллиан, оказывается, заползла на меня. Она смотрит мне в лицо, а из всех трех ее глаз катятся крупные зеленые слезы. Она молчит, но гладит меня всеми щупальцами, и я вспоминаю, едва только сумев продышаться — они только вместе говорить могут, но я так благодарна малышке, выдернувшей меня из жуткого сна. Иллианка обнимает меня, прижимаясь к моей груди, когда рядом начинает тоненько и очень жалобно пищать Маира. И тут другая иллианка заползает уже на мою подругу, отчего она сразу же просыпается.

Я хочу сказать что-то, поблагодарить, но помещение вдруг встряхивает, затопляя яростным, неудержимым ревом, от которого становится очень страшно. У меня холодеет внутри, а воображение уже рисует врывающихся в каюту кхраагов. Рев все длится и длится, сводя меня с ума, но никто не вламывается к нам, чтобы сожрать. Думать и логично рассуждать я не могу, проваливаясь в пучину своего ужаса. И тут наконец этот жуткий звук смолкает.

— Боевая тревога, — все так же спокойно констатирует Аи. — Пусть нашему спасителю повезет.

— Он же может нас просто отдать... — не понимаю я, почему она так говорит.

— Он стал изгоем, чтобы спасти нас, — неизвестно, откуда аилинка это знает, но я верю ей, задохнувшись от понимания.

Д'Бол пошел против всей своей расы, чтобы спасти... нас? Ради нас он стал врагом всем кхраагам, а они такого не прощают. Жуткие звери не имеют души и не умеют прощать. И хотя я верю Аи, я не в состоянии уложить в голове сам факт того, что кхрааг мог на такое пойти, особенно ребенок.

Немного придя в себя, я понимаю: в него вселился папа, потому что иного объяснения быть не может.

Д'Бол

Упав в кресло, я быстро включаю боевые системы. Защитные моментально выходят на полную мощность, а атакующим нужно некоторое время. Взглянув на экран определителя, вижу, что впереди действительно флот. Вычислитель определяет пять больших кораблей, но мне сейчас и одного хватит. Страшно, конечно, становится, но за моей спиной «сестра», моя святыня, а значит, нужно спасти ее любой ценой. Ничто не имеет значения, только она. Чтобы придать себе сил, я пою боевую песню.

— Драх, Кхраагн драх, кра-да-срах! — вырывается из моего горла, а в это время я пытаюсь осознать, что вижу.

— Принимаю передачу на общем канале, — сообщает мне вычислитель.

— Ну включи, послушаем, что они сказать хотят, — усмехаюсь я, сбросив мешающий капюшон, но лицо не морфирую, потому что кхраагом себя больше не считаю.

— Подлый кусок грязи, ты умрешь! — слышится из динамиков рубки на нашем языке со специфическими интонациями клана М'рахкса.

— Отключи эту плесень на стенах пещеры, — прошу я вычислитель. — Оцени состав флота и возможность выхода из боя. Пассажиры должны выжить любой ценой.

Противостоящие мне звездолеты на кхрааг совсем не похожи, скорее они напоминают корабли химан — мне, впрочем, все равно. Я внимательно разглядываю то, что вижу на экране телескопа, при этом вычислитель рисует маневр ухода. Я понимаю: он возможен, только если враг на что-то отвлечется. И вот тут слева что-то мелькает. Повернув точку фокусировки телескопа, вижу звездную систему.

— Варамли, — обращаюсь я к вычислителю, — что это за система?

— Уточните вопрос, — слышу в ответ. Ну правильно, это же машина, а не папа, он общие вопросы не понимает.

— Обитаема ли система в фокусе телескопа? — исправляюсь я. — И есть ли у нас спасательные средства?

— Система имеет пригодную для жизни планету, — произносят динамики пульта ничего не выражающим голосом. — Средства спасения отсутствуют. В наличии планетарный катер сопровождения.

— Планетарный катер нужно запрограммировать на движение с максимальной скоростью в сторону планеты, поставив на взрыв в случае захвата, — решаю я, вспомнив папину задачу. Он очень любил такие задачи, говорил, что они учат меня думать. — Это возможно?

— Программирование планетарного катера возможно, — подтверждает умная машина.

Наверное, откуда-то издалека папа незримо помогает мне, потому что мне тут действительно везет — удаленное программирование техники обычно невозможно, но именно это дает нам всем шанс. Скорость я снижать не

Изменение

буду, в определенный момент поставлю корабль под прямым углом к маршруту, дам дополнительное ускорение и, пока меня будет тащить инерцией по курсу, отстрелю сначала поток плазмы в сторону врага, а затем катер в сторону системы. Если все получится, они должны погнаться за катером. Химан точно так сделают, а вот кхрааги — еще неизвестно. Заодно узнаю...

Кхрааги могли догнать меня только чудом, ведь я на максимуме иду, а прогрызатель пространства сломался после первой попытки. Учитывая, что на церемониальный корабль по традиции поставлено все самое лучшее и новое как символ расы, то у кхраагов вряд ли есть возможность меня догнать. Значит, это не они.

Кроме того, характерные интонации блюстителей традиций никак не сочетаются с ругательными словами. Клан М'рахкс всегда уважает врага, даже если это просто кусок мяса внутри железного мусора. Значит, кто-то себя просто выдает за кхрааг, надеясь на... А на что они надеются? На вступление в переговоры? Непонятна мне эта логика.

— Вычислитель, выдай ответ так, чтобы он выглядел автоматическим: корабль не управляется, — внезапно пришедшая в голову мысль просто заставляет меня озвучить ее.

Это сообщение совершенно нехарактерно для кхраагов, зато обычно для химан, например. Папа рассказывал, что у них есть множество подобных сообщений для упрощения навигации, это только у кхраагов нет никакой навигации, они просто летят вперед, и на все воля Дрс'мрагхара. Интересно, как отреагируют?

— Флот перестраивается, — сообщает мне вычислитель.

Я понимаю: они поверили, значит, это точно не кхрааги. Они сейчас становятся кольцом, чтобы «Варамли» пролетел четко в центре кольца. Зачем это нужно, я уже догадался — уничтожить звездолет согласованным залпом. Им не нужно нас захватывать, а только убить. Папа говорил: «В эту игру можно играть вдвоем». Я задумываюсь: если катер передаст сообщение, то это повысит вероятность отвлечения на него флота, но вот какое именно сообщение нужно передать, чтобы выглядело естественным?

Вспоминая папины уроки, я хорошо понимаю, что без его мудрости, подаренной мне, уже давно был бы мертв. Но его бесконечные игры, мягкое обучение дало мне больше, чем подкрепленные болью инструкции, вспомнить которые я сейчас могу не все. Я всегда буду помнить, что сделал для меня химан Варамли, ставший настоящим отцом и показавший, каким должен быть папа.

Время утекает с огромной скоростью, я все приближаюсь к этому флоту, готовящемуся убить мою сестру. Иллиан в сне сказал же, что она называется «сестра», значит, так оно и есть. Маркер на экране становится все ближе, вычислитель докладывает о готовности, а внутри меня все замирает, и я молю папу, ставшего мне больше чем божеством, чтобы все получилось.

— Слушайте все! Нас предали! — кажется, катер кричит на всю Галактику, удаляясь в сторону планеты, а «Варамли» уже стоит поперек курса, плавно меняя вектор движения, при этом возникает дополнительная тяжесть.

Я отстреливаю плазменные заряды в сторону врага, оставляя оружие ближнего боя на потом, враг стреляет в ответ, но большая часть звездолетов несется за катером, желая заставить его замолчать. Значит, я догадался правильно: это желающие убить кхраагов химан. После того как я увидел свою сестру в клетке, я понимаю: сам бы мстил обязательно. Но тем не менее мы враги. Кто их знает, как они... Учитывая, что мы были союзниками, химан вряд ли далеко ушли от кхраагов.

В нас попадают, но в основном в двигательную секцию, прошивая защиту какими-то тонкими лучами. Двигатели пока отвечают, поэтому я закручиваю корабль вдоль основной оси, стреляя теперь во все стороны. Я не умею правильно вести бой, так что надеюсь только на «чудо». Это тоже папино слово, у кхраагов нет подобного понятия. Но оно мне сейчас очень нужно...

— Звездолет врага уничтожен, — сообщает мне вычислитель, заставив замереть на месте. — Маневр ухода.

Я облегченно падаю на спинку кресла, даже не пытаясь сдержать слезы. Здесь мы победили, оставшись в живых. Нет, флот врага не поставлен на колени, не уничтожен полностью и враги не растерзаны, но мы живы, и это самая главная моя победа. По крайней мере, я так сейчас чувствую.

Взглянув на часы, замечаю, что прошло уже более восьми часов, значит, надо спешить — девочки же некормленые!

Пятнадцатое шр'втакса.
Пространство

Лиара

Я открываю глаза, постепенно осознавая, что, видимо, уснула. Но ведь только что не спала же, как это произошло? И кошмаров не было... Последнее, что я помню, — затихший рев и, кажется, больше ничего. Зато я внезапно понимаю, что могу немного двигать руками, а ног по-прежнему не чувствую.

— Что произошло? — хриплю я, пытаясь приподняться, однако у меня не получается — руки очень слабые, зато они есть!

— Видимо, нас усыпили на время боя, — отвечает голос Аи. — Значит, у нас очень высокий статус. Как минимум, мы важные пассажиры, а не мясо.

— А почему это значит, что высокий статус? — не понимаю я ее утверждения.

— Во-первых, чтобы не пугались, — обстоятельно объясняет мне юная разведчица, — во-вторых... Если вдруг корабль погибнет, чтобы ушли легко, во сне.

Я задумываюсь — получается, Д'Бол подумал о нашем спокойствии? Это точно папа, никому больше мое спокойствие никогда важно не было. Вокруг тихо и его нет, но... Я чувствую беспокойство. Надеюсь, с ним ничего не случилось, потому что мы здесь все совершенно недвижимые и ничего сами не можем. А еще я чувствую, что просто устала от всех непонятностей. Мне хочется оказаться в папиных руках и чтобы все случившееся оказалось сном.

Дверь открывается, пропуская Д'Бола с кастрюлей в руках. Его капюшон немного сбит на затылок, но я не вижу торчащей морды, хотя по размерам должна бы видеть. Получается, он не кхрааг? Мысль перескакивает — надо будет ему об индивидуальной посуде рассказать, вдруг он просто этого не знает, или же на звездолете может не быть таковой.

— С вами все в порядке? — интересуется у нас его карман, а я слышу тихим голосом сказанные слова на языке кхраагов, что не значит ничего.

В его голосе я улавливаю эмоции — химанские, потому что заботящийся о ком-то кхрааг — это... Даже сравнения нет, чтобы описать невозможность этого явления. Он снова очень бережно прикасается ко мне, отставив кастрюлю. Осторожно гладит меня по волосам, и я неожиданно даже для себя тянусь за его рукой.

— Д'Бол, до еды нужно помассировать конечности химан, если они доверятся, и мне, — произносит Аи все таким же совершенно спокойным голосом.

— Я не умею, — признается он, тем не менее поставив емкость с нашей едой куда-то. Не вижу куда, только слышу звук соприкосновения железа и камня.

— Я научу тебя, — в голосе аилин появляются эмоции, при этом она говорит так, как будто перед ней сородич. Хотя что я знаю о ее сородичах?

Аи объясняет Д'Болу, как правильно нужно массировать руки и ноги, и он моментально слушается, чуть подрагивающими руками проделывая подсказанные движения. Ему сложно, аилинка временами морщится, поправляет его и становится все задумчивей, насколько я вижу. Наконец Аи останавливает Д'Бола.

— Благодарю тебя, — церемонно произносит она. — Ты мне очень помог, попробуй теперь со своей аан.

Что такое «аан», я не знаю, но Д'Бол сразу же кивает, переходя ко мне. Он явно не решается, просто стоя рядом с краем кровати, на которой мы все лежим, но аилинка говорит ему, что бояться не нужно, поэтому, наверное, необычный юноша опускается на колени, очень осторожно отодвигая одеяло. Я не знаю, что он делает, только вижу, как подрагивают его плечи. При этом, хотя я ничего не чувствую, меня пронизывает ощущение тепла.

Он очень бережно и как-то мягко берет мою руку. Я не понимаю, что именно делает Д'Бол, но мне кажется, что рука начинает лучше ощущаться. Не знаю, может ли так быть, но я уже, наверное, и сама смогу поесть, хотя мне... Мне не с чего ему доверять! Он враг, как все кхрааги, но... Я почему-то хочу ему поверить. И с этим своим желанием открываю рот навстречу поднесенной им ложке.

Почему я так реагирую, и почему он ведет

себя так ласково? Не понимаю совершенно ни себя, ни его, но при этом он не делает ничего плохого. Кормит, массирует, носит в туалет, при этом оставляет там одну, как будто понимает, что мне неприятно, когда при интимном процессе кто-то еще присутствует.

— Был бой? — спрашиваю я его, прожевав кашу. Однообразная у нас еда, но, наверное, Д'Бол просто не умеет готовить ничего другого.

— На нас напали, — он совсем по-химански кивает, отвечая мне. — Но нам повезло.

— Ты не кхрааг, — понимаю я.

Кхрааг не знают слова «повезло», у них просто нет такого понятия, я это хорошо помню. Д'Бол произносит это слово по-химански, с шипением, но понятно, а переводчику все равно что переводить, поэтому остальные не понимают, почему я так говорю, а я осознаю: он не может быть кхраагом. Его реакции слишком химанские, движения — папины, а забота вообще ни с чем не сравнима. Здесь какая-то загадка, и я очень хочу знать разгадку, потому что не понимаю происходящего.

— Нужны водные процедуры? — интересуется кубик переводчика.

— Малышкам очень нужны, — отзывается Аи. — Да и нам, но... Знаешь что, начни с меня. Мне смущение неведомо, а я объясню тебе, как правильно.

— Хорошо, — медленно опускает голову Д'Бол, а затем на мгновение прижав мою руку к своему лбу, поднимается.

Этот жест характерен как раз для кхраагов, папа рассказывал. Но так они относятся к главе своего клана, а вовсе не к химанской девчонке. Он осторожно берет на руки аилинку, отправляясь в сторону отдельной комнаты санитарных удобств. Я знаю, что там, потому что совсем недавно он меня в туалет носил, поэтому только прислушиваюсь, а затем пытаюсь разговорить Маиру.

— Маира, ты совсем не можешь говорить? — спрашиваю ее. — И двигаться, да?

— У нее не получается, — отвечает мне вместо молча плачущей подруги Ики. — Ей очень страшно и плакательно, потому что она уже маленькая.

— Тоже все забыла? — интересуюсь я у иллианок.

— Нет, она помнит, но боится помнить, — совсем непонятно объясняют мне малышки.

Я пытаюсь осознать сказанное мне, но затем выходит Д'Бол, неся помытую робко улыбающуюся Аи, а потом делает шаг ко мне, чтобы взять на руки. Очень мягко и бережно он несет меня внутрь санитарной комнаты, как будто я могу сломаться. Сажает меня на неизвестно откуда появившийся стул и тихо шипит.

— Что там? — спрашиваю я его, понимая, что он увидел что-то сзади.

— Тебя замучили, — отвечает мне Д'Бол, — а я не лекарь.

И вот тут я задаю ему вопрос... Я и сама не понимаю, как он выскакивает, этот самый вопрос, как будто что-то заставляет меня спросить, даже против моей воли.

— А ты меня не оставишь? — он звучит очень жалобно, но в ответ меня гладят таким папиным жестом, что я не выдерживаю, заплакав.

Я не понимаю, что происходит со мной, почему я себя так веду, но зато ощущаю его каким-то близким, как будто он Брим или Туар. Что со мной?

Д'Бол

Аи объясняет мне, как правильно нужно мыть девочек. При этом она очень спокойна, но в голосе ее мне слышатся какие-то эмоции, интерпретировать которые я не могу. Объясняя, чем отличается тело девочки аилин, иллиан и химан от моего, она рассказывает, когда лучше взять руку в свою и мыть как бы ее рукой, чтобы не смущать.

— Ты можешь снять капюшон, — произносит Аи. — Я не испугаюсь.

— Я... хорошо, — вздыхаю я, медленно стянув его с головы.

Она некоторое время смотрит мне в глаза, будто желая что-то увидеть там, а я не могу оторваться от ее лица. Ее глаза необыкновенного сиреневого цвета просто затягивают меня, и кажется в этот момент мне, что все вокруг исчезает, будто растворяясь в упавшей вдруг тишине. Такое ощущение, словно что-то происходит совершенно непонятное, отчего даже боль моя прячется куда-то вглубь.

— Ты не кхрааг, — медленно произносит Аи. — Девочки не испугаются тебя. Я не знаю, как ты это сделал, но ты совершенно точно не кхрааг.

— Я боюсь напугать, — признаюсь, будто и не услышав сказанное ею. — Ведь у меня есть только вы.

— Ты... Для наших родных мы погибли, — говорит она, а мне думается, что Аи хотела совсем другое сказать. — Меня, если обнаружат, постараются убить, химан, я так полагаю, тоже.

— Мне рассказали... — я вздыхаю, на практике показывая, чему она меня сейчас научила. — Нужно попасть в какую-то «белую дыру», и тогда мы сможем очутиться в сказке.

— Что ты имеешь в виду? — удивляется Аи.

— Там дети превыше всего... — очень тихо отвечаю я ей. — Понимаешь?

И вот тут задумывается она, а я... Как будто что-то толкает меня — я обнимаю ее, как обнимал меня Варамли. Обнимаю, чувствуя себя так, будто снова нахожусь в его руках. Но такого же не может быть! Что со мной? Что?

— Тепло... — шепчет аилинка, отчего-то вздыхая. — Набрось капюшон на всякий случай.

Я осознаю: она внутренне расслабилась, увидев мое лицо. Нужно как-нибудь самому посмотреть, только стоячей воды здесь нет... ладно, что-нибудь придумаю. Вынеся Аи из санитарной комнаты, я не могу удержаться, чтобы не погладить ее, переходя затем к своей сестре. Хорошо, что мне объяснили, что это значит, потому что я бы и не понял. Учитывая, что самок мы никогда не видели... Впрочем, что-то мне кажется теперь странным в допросе самки и в том, что с ней делали. Но знаний у меня просто нет, а кхрааги точно не ожидали случившегося. Можно сказать, папа за себя моментально отомстил. И за меня, и за своих детей, потому что раз Лиара тут, то ее братьев точно нет в живых. Жертвы всегда последние в семье... Это, кстати, означает, что папу бы убили все равно.

Пока я осторожно мою свою сестру, я раздумываю, а она совершенно расслаблена в моих руках. Не могу отвлечься от глаз аилинки, мне просто кажется, что я в них увидел что-то важное для себя, но вот что именно, понять не могу. Будто между нами возникла какая-то нить, позволяющая мне чувствовать ее... но такого же не бывает? Или бывает? Спросить мне некого, значит, нужно, как папа говорил, просто подождать, и все выяснится само собой.

Лиара, кажется, дремлет в моих руках. Я знаю, так бывает, когда долго было больно или скоро наказание последует — сердце устает ждать и становится все равно. Со мной такое бывало много раз, да еще папа объяснял, поэтому, наверное, я и не пугаюсь сейчас, а заворачиваю сестру в покров, чтобы отнести обратно на кровать. Сейчас у меня на очереди иллианки, глядя на которых, почему-то хочется улыбаться, а еще —

обнять и защитить от всех бед. Очень необычное ощущение.

Малышки сцепляются щупальцами, собираясь в большой комок, который я несу мыть. Отчего-то в моей груди, там, где живет маленький Д'Бол, очень тепло. Стараясь брать каждую крайне осторожно, чтобы случайно не сделать больно, я мою тянущихся к воде иллиан, просто не понимая, как можно допустить, чтобы кто-то рвал зубами такое чудо. Кхрааги должны быть уничтожены. Такой расе не место во Вселенной.

— Ты хороший, — сообщает мне Ики. Она чуть побольше своих сестер, и у нее синяя полоска над левым глазом, так ее и отличаю. — Очень даже. А почему?

— Потому что дети превыше всего, — отвечаю я ей фразой, услышанной во сне.

Я и сам еще не понимаю полностью, что значит эта фраза, но мне она сейчас кажется настолько уместной, что выскакивает будто сама по себе. Может быть, меня изменили сны, но почему-то кажется, что эта фраза и есть суть того, что я чувствую, когда держу в руках этих малышек. Я меняюсь внутренне, но не могу понять, хорошо это или плохо, хоть и чувствую себя немного странно...

Уложив их в постель, я раздумываю о последней химан, но вижу в ее глазах лишь ужас без проблеска разума, поэтому не решаюсь подойти, а, присев на пол рядом с Лиарой, просто глажу ее, так же, как меня когда-то гладил Варамли, ставший папой.

— Варамли, — обращаюсь я к вычислителю, почувствовав, что сестра вздрогнула, — ночное освещение.

Становится темнее, и я вдруг ощущаю себя дома. Будто и не было ничего, а папа рядом. Подняв голову к потолку, отчего капюшон едва не спадает, я начинаю негромко петь, стараясь скопировать папины интонации. Он пел мне песню на нашем языке, но была она такой бесконечно ласковой, совсем не походя на марши боевых гимнов.

— Спи, дитя мое, усни, сладко спи, малыш... — пою я, чувствуя, как из глаз катятся слезы. Будто подпевая папе, я сейчас хочу, чтобы моей сестре спалось спокойно и совсем без кошмаров.

Наверное, я и сам засыпаю, сидя на полу рядом с самым большим моим сокровищем, потому что снова оказываюсь в том классе. Там, где дети превыше всего. Я снова среди химан, иллиан и еще кого-то, названия чьей расы я не знаю. Я сижу на полу, глядя в синий потолок, по которому бегут необычного белого цвета облака, но не могу остановиться — пою песню Варамли. Вокруг как-то очень тихо, на меня смотрят десятки глаз, а я вижу его улыбающееся лицо. Он будто поддерживает меня своей улыбкой из бездонной бесконечности пространства, унесенный туда смертью.

— Это песня твоей мамы? — спрашивает меня незнакомая химан с белыми волосами, что у них не встречается, насколько я знаю.

— У меня нет мамы, — одними губами отвечаю ей. — Эту песню пел... папа.

Она всхлипывает и обнимает меня, а за ней, кажется, все стремятся меня обнять. И так же, как боль, они разделяют на всех мою тоску о том, кого больше не будет. Очень они понимающие и сострадающие еще. Почему, ну почему я родился среди кхраагов, а не среди них? Может быть, тогда папе не пришлось бы умирать, защитив нас с Лиарой?

Шестнадцатое шр'втакса.
Неведомое

Лиара

Почему-то мне совсем ничего не снилось, я будто бы уплыла в черную теплую реку, и все. Пытаясь вспомнить, что было вчера, сначала я чувствую руку Д'Бола, гладящую меня. Такой папин жест, который успокаивает, унося желание думать, остается только дрема... И песня — он вчера не шипел, он именно пел ласковую, добрую песню, которой у кхраагов просто не может быть. Откуда он ее взял? Где услышал?

Я чувствую, что руки шевелятся уже нормально, поэтому чуть привстаю, стараясь оглядеться. Рука Д'Бола соскальзывает с моих волос, и тут я замечаю — он спит рядом со мной, сидя на полу и привалившись к кровати. Для кхраагов это просто невозможное доверие, так у них не бывает. Значит, он другой? Мне очень хочется увидеть лицо Д'Бола, но в этот момент я вдруг вспоминаю, как он отдал приказ кораблю. Он сказал: «Варамли», но так папу зовут! И кхрааги никогда не называют свои корабли именами, особенно именами химан. Нужно его расспросить!

Желание увидеть его лицо только растет, поэтому я медленно протягиваю слабую еще руку к капюшону, желая отодвинуть его, но, видимо, это его будит. Д'Бол мягко уклоняется от моей руки, сев прямо. Темный провал на месте лица поворачивается ко мне. Я понимаю: все остальные еще спят, поэтому нужно говорить тихо, чтобы никого не разбудить.

— Проснулась? — такие папины интонации звучат в его голосе, что я немедленно всхлипываю.

— Скажи... — я не отвечаю на его вопрос, но мне просто необходимо узнать, — ты вчера сказал «Варамли»... Откуда ты знаешь это имя?

— Это... — он достает откуда-то очень знакомый папин медальон и хочет открыть его, но я уже все понимаю.

— Ты убил папу! — восклицаю я, потянувшись, чтобы отобрать, вырвать из этой руки папину вещь. — Ты убил его! — я почти уверена в этом, ведь папа никогда не отдал бы никому этот медальон, который берег изо всех сил.

Но Д'Бол будто становится камнем. Он замирает, ничего не говоря, а я хочу, чтобы он признался! Он убийца! Убийца!

— Нет! Не надо! — громко плачет кто-то из иллиан. — Ему больно! Больно! Зачем ты делаешь больно?!

Я теряю дар речи — ведь они очень хорошо умеют чувствовать, это все знают. Но малышки уже громко ревут, отчаянно, как будто случилось что-то очень страшное, а этот убийца вдруг бросается к ним. Я тянусь на руках, желая переползти, защитить их от этого кровавого зверя, но Д'Бол просто обнимает их. На моих глазах происходит что-то совершенно невозможное — он обнимает, стараясь успокоить плачущих малышек. Не бьет их, не разрывает на куски, а гладит. Но он убийца! Убийца! Я уверена в этом!

— Не умирай, пожалуйста, — сквозь слезы просит его Ики.

— Я не умру... — и сейчас в его голосе интонаций не больше, чем у переводчика. Его голос мертв и безэмоционален, как будто...

— Покажи ей! — требует маленькая иллианка. — Просто покажи! Ведь она не понимает!

— Я... — он поворачивается ко мне, протягивая папин медальон.

Его рука дрожит, но он будто заставляет себя сделать это. Я чувствую себя так, как будто сделала что-то плохое. Но это же не так! А Д'Бол, отдав мне папину вещь, вдруг резко поворачивается и в следующее мгновение исчезает, только шипит закрывающаяся дверь. Иллианки хором плачут, разбудив и Маиру, и Аи, при этом аилинка принимается их успокаивать, расспрашивая, а Маира смотрит так, как будто совсем ничего не понимает, я же сжимаю папин медальон в руке.

— Открой его, — приказывает мне Аи. — Открой и посмотри, что внутри.

Ее голос вроде бы спокоен, но я слышу в нем злость, даже, кажется, ярость, направленную на меня. Но я ведь... мои руки, будто сами по себе, нажимают на неприметные выступы, и папина вещь раскрывается. Из медальона на меня смотрят изображения... Вот улыбающаяся я, вот Брим, за ним Туар, отчего я начинаю плакать, почти не видя ничего, но на Туаре показ не заканчивается — появляется изображение какого-то кхраага в «домашней» форме, когда морда укорочена. Кхрааг смотрит, кажется, прямо на меня, и столько в его взгляде доверия, желания ласки, что я плачу только горше. А за ним появляется и немного грустно улыбающийся... папа. И вот тут я понимаю.

Тут до меня доходит, что я натворила. От осознания этого я плачу только сильнее, потому что я собственными словами уничтожила доверие, обидела того, кому папа отдал медальон, а ведь это значит... Папа считал его сыном, вот что это значит. И он отдал Д'Болу частичку себя, а я... Я должна найти его, извиниться! Я плохая! Плохая! Папа! Папочка! Что же я натворила!

— Кхрааг... — негромко произношу я, а потом разворачиваюсь к Ики. — Что он чувствовал, скажи мне!

— Боль, — звучит приговором мне. — Ты его почти убила.

— Я... я не хотела... — как же жалко сейчас звучат мои слова.

Подтянувшись на руках, сползаю с кровати, чтобы ползти, найти его... Мне очень сложно, но я не могу остановиться, я должна! А вдруг он шагнет в Пространство, не выдержав боли, что принесла ему я? Я ползу... дверь с шипением раскрывается передо мной, а из коридора доносится даже не песня, а полный боли стон. Д'Бол шипит песню... Я слышала такие песни, но обычно они скорбные просто, а тут кажется, что меня просто захлестывает волной горячей боли... моего брата?

— Варамли! — произносит голос Аи за спиной. — Скажи своему командиру, что он очень тут нужен!

Папино имя заставляет меня вздрогнуть, а затем просто упасть на пол, содрогаясь в рыданиях. Папа! Папочка! Твоя глупая дочь все испортила! Папочка! Как жить без тебя? Не контролирую себя, но вдруг песня боли обрывается, и я как-то моментально оказываюсь в руках Д'Бола. Подняв взгляд, уже хочу молить его о прощении, но просто не могу произнести ни слова — на нем нет его, ставшего привычным, капюшона, а на меня смотрит покрытое чешуйками лицо, не морда. Именно лицо, очень на папино похожее, как братики были похожи. Я вглядываюсь в него, пытаясь хоть что-то сказать, а Д'Бол прижимает меня к себе и тихо рассказывает мне.

Он говорит о папе с благоговением, рассказывая о том, как папа двигался, как обнимал и гладил, как утешал, и я понимаю: Д'Бол мой брат, потому что так решил папа. Кхрааг все говорит, а я прерываю его мольбой о прощении. И вдруг как-то так получается, что мы находимся на полу, рассказывая друг другу о папе.

— Как умер папа? — спрашиваю я своего... брата?

— Я не видел, но... Он пожертвовал собой, чтобы спасти нас с тобой, — отвечает мне Д'Бол. — Он...

Мой... брат... Он рассказывает мне, как именно погиб папа, и я вдруг понимаю, что больше никогда не буду одна, потому что так решил Варамли. Наш папа. Мне снова кажется, что он вселился в Д'Бола, чтобы я не плакала. Каждое его движение, слово, ласка — папины, отчего мы плачем оба и не можем остановиться.

Я потеряла всех — маму, папу, братьев, но теперь обрела самого близкого... И совершенно неважно, какой он расы. Он мой брат.

Д'Бол

Такой страшной боли я не испытывал еще никогда. Будто потолок пещеры осыпался на меня, когда Лиара обвинила меня в смерти папы. Мне в этот момент показалось, что лава Вулкана Казней затопила меня изнутри. Боль становится просто непереносимой, но отчаянный плач малышек меня приводит немного в себя. Я пытаюсь успокоить их, чувствуя, что умираю от этой боли, ведь жить мне теперь совершенно незачем.

— Не умирай! — молит меня все чувствующая Ики.

— Я не умру... — проглотив «пока», отвечаю я ей, но в этот момент протяжно стонет Аи, и я бросаюсь к ней.

— Покажи ей! — требует от меня Леи. — Просто покажи! Ведь она не понимает!

Я протягиваю все, что у меня осталось от папы, сестре, а сам... Я убегаю, но не могу убежать далеко — боль буквально парализует меня. Я падаю на ребристый металл пола, воя от этой невыразимой боли. Я шиплю песню прощания с Варамли, а перед моими глазами — его лицо. Его улыбка. Понимающие глаза. Протянутая рука. Мне больно! Больно! Ведь сегодня я остался совсем один!

Папа! Папа! Как мне жить без тебя?! Как? Я не умею! Не могу! Не хочу! Папа... Кажется, стены корабля сотрясаются от моего крика, а затем звучит голос Аи, хотя слышать ее я не могу — дверь изолирует звуки. Подняв голову, сквозь слезы я вижу ползущую ко мне сестру, и... как-то мгновенно она оказывается в моих руках. Может быть, она хочет меня выслушать? А вдруг еще не все потеряно? Папа, подскажи!

— Прости меня... — плачет Лиара, мое бесценное сокровище. — Д'Бол, прости!

— Я не могу на тебя сердиться... — отвечаю я, прижимая бесценную свою ношу к себе и опускаясь на пол.

Мы плачем вдвоем, я не понимаю при этом, что происходит, но моя внутренняя боль будто отступает в эти мгновения. Пока в моих руках сестра, боль прячется, а перед глазами стоит папино лицо. Как бы я хотел походить на него! Ведь он мне дал смысл жить, будучи рядом с самого раннего детства... Без него я бы, наверное, не дожил бы до сегодняшнего дня.

— Как умер папа? — спрашивает меня Лиара, глядя уже совсем иначе.

Она как-то очень быстро меняется, я и приспособиться не успеваю. Но в ее голосе теперь тепло, а не режущая жестокость, поэтому я рассказываю ей о нашем последнем дне, о решении, и моя сестра понимает — папа спас нас. Она всхлипывает, но вкладывает мне папин медальон в руку, а потом начинает рассказывать.

Она говорит мне, каким он был, и я отвечаю тем же своей сестре. Мне тоже есть о чем рассказать, и кажется мне в этот момент, что весь мир замер, давая нам принять друг друга. Я беру Лиару на руки, чтобы отнести обратно, понимая, впрочем, что нам еще надо будет поговорить, но стоит мне появиться с ней на руках в проеме двери, первой реагирует Аи.

— Вот так правильно, — как всегда спокойно произносит она. — Вы разобрались?

— Лиара — моя сестра, — отвечаю я ей, осторожно укладывая Лиару на кровать. — Я сейчас...

Надо же их покормить, хотя еды осталось уже чуть-чуть; на синем баке вчера зажегся зеленый сигнал, значит, мало осталось. Если черный загорится, то у нас сразу же появится проблема голода. Думать об этом пока не хочется, но придется, потому что смерть от голода — она сильно так себе. От расы не зависит, но при этом ничего хорошего в ней нет.

Я выхожу из каюты, стараясь унять бешено бьющееся сердце, потому что утро получилось очень нервным, и тут вдруг понимаю: на мне не было сейчас капюшона, но никто не испугался. Значит, теперь я не похож на кхраага? Надо будет как-нибудь увидеть свое изображение, а пока приготовить еду из синего бака, а я обойдусь. Возможно, если я буду есть меньше, им больше достанется?

— Командир, ты нужен на мостике, — вдруг оживает вычислитель, и я, не задумываясь, перехожу на бег. Мне, конечно, немного в другую сторону, но машина просто так не позовет, у нее воображения нет.

Наверное, хорошо, что он меня позвал. Внутри меня по-прежнему ноет отголосок боли, при этом у меня ощущение возникает такое, как будто все вокруг не со мной происходит, это все сон, потому что за утро случилось многое, и я до сих пор не могу прийти в себя. Еще Аи отреагировала стоном, но на что? По времени — на мою боль, хотя для аилин чувствительность, кажется, не характерна.

Вбежав на мостик, я падаю в кресло, поначалу даже не поняв, что происходит, а затем до меня доходит — звезды перестали быть черточками. Получается, мы скорость потеряли, и это уже катастрофа, учитывая, что еды для девочек все меньше. Прямо передо мной на экране мне видится что-то белое, а вокруг будто обод какой-то. Я решаю включить телескоп, чтобы посмотреть внимательней.

— Варамли, какова наша скорость? — спрашиваю вычислитель, пока настраивается прибор.

— Относительно видимых небесных тел мы находимся в дрейфе, — звучит в динамиках моего пульта. — Тяга маршевого двигателя — полная.

Это означает, что мы висим на месте несмотря на то, что двигатель на полной мощности. Что это значит, я не понимаю, задумавшись. Знаний у меня просто нет, при этом я вполне осознаю, что решение надо искать быстро, иначе мы тут останемся навечно, медленно умирая от голода. Ну, положим, если голод будет серьезным, можно мне руку отрубить и ею покормить, но она рано или поздно закончится, и что тогда?

У меня есть выбор: я могу попытаться напасть, могу убежать, что у меня вряд ли получится, могу попытаться поговорить. Меня держит нечто значительно более сильное, а это значит, что в первую очередь надо усилить защитные системы, полностью отключив атакующие. Мои пальцы пролетают над пультом, физически отключая башни дальней и ближней обороны. И что теперь?

— Получаю сигнал, — сообщает мне вычислитель. — Расшифровка не нужна.

— Что важнее всего для несущего разум? — этот голос какой-то шипящий, но не как кхрааг, а совсем иначе — он будто бы доносится из глубокого колодца. Я уже, впрочем, знаю ответ. Не уверен, подойдет он или нет, но другого для меня быть не может.

— Дети превыше всего, — спокойно отвечаю я, повторив фразу из моего сна.

— Ты не стремишься обмануть, — слышу я все тот же голос. — При этом тебя считают своим те, кто находится на корабле. Куда стремишься ты?

— В белую дыру, — объясняю я. — Во сне иллиан Краха объяснил мне, что так я могу попасть к ним. Тогда нас никто не будет пытаться убить, и сестра сможет жить дальше.

— О себе молчишь, — он будто задумывается, — хорошо!

Я осознаю, что только что какое-то испытание прошел, но вот какое именно — не понимаю. Я беспокоюсь о том, что у меня девочки некормленые, а об испытании совсем нет, потому что раз нас не убили, то можно жить дальше, а там посмотрим, как папа говорил.

Шестнадцатое шр'втакса.
Испытание

Лиара

Брат уходит, обещав покормить. Я понимаю, что пока ему не помощница, — ноги все так же не чувствуются. Я лежу и никак не могу успокоиться, рядом Маира по-прежнему ни на что не реагирует, а иллианки заползают на меня, принимаясь гладить. Я же не понимаю, как могла только подумать, что Д'Бол виновен в папиной смерти, ведь в каждом его движении был папа. А лицо... Как он сумел измениться?

— Ты видела его лицо? — спрашиваю я Аи, на что аилинка только кивает. — Но даже в медальоне он не такой!

— Твой... Д'Бол, он не чувствует себя... —

медленно, запинаясь, произносит она. — Твой отец был для него всем миром, понимаешь?

— Он для всех нас таким был, — всхлипывая, отвечаю я. — Самым лучшим, самым родным... Папочка...

Я снова плачу, а иллианки только теснее прижимаются ко мне, будто желая забрать у меня боль потери. А я все вспоминаю, понимая, почему мой брат так себя со мной ведет: ведь у него никого нет, только я. И у меня... тоже? Выходит, именно так — только Д'Бол, потому что папа погиб... Наверное, он увидел меня в клетке и решил спасти. Да, точно, я в этом уверена! Папочка...

И тут внезапно что-то происходит, совсем мне непонятное. Будто замирает все вокруг, как льдом залитое, а напротив меня появляется... папа. Он смотрит на меня, грустно улыбаясь, прямо как на медальоне. Я тянусь к нему, пытаюсь поползти, но на мне сидят замершие иллианки, а руки еще слабые.

— Здравствуй, Лиара, — произносит папа, и тут я понимаю: это не папа. Слишком спокойный у него голос, да и называет он меня не так, как обычно. — Я пришел, чтобы спросить тебя.

— Да, папочка... — отвечаю я, всматриваясь в

его лицо и не видя там таких привычных реакций. От этого в душе становится очень больно.

— Ты правильно догадалась, — кивает он мне, подходя ближе. — Я не твой родитель, но он может вернуться. Тебе нужно просто отказаться от Д'Бола.

Папа никогда это не скажет, но от слов так похожего на него существа становится больно где-то внутри. Очень больно, как будто меня уже едят. Сердце словно в огонь погружается, потому что...

— У тебя будет выбор, — спокойно говорит похожее на папу существо. — Или ты получишь меня, или сохранишь Д'Бола.

Из смерти не возвращаются, но глядя на этого... Я верю, он сможет вернуть папу, вот только как я ему в глаза смотреть буду, предав самого близкого мне? Предав моего брата... Так говорить нельзя! Это подло! Подло! Я уже хочу расплакаться, а перед моими глазами, перед внутренним взором — брат. Как он смотрит на меня, как говорит, как боится сделать мне больно. Едва только я полностью осознаю, что он для меня значит, мои губы, кажется, даже без моего участия выплевывают:

— Нет.

Мне больно, очень больно, но я никогда не предам Д'Бола. Не хочу стать хуже кхраагов.

— У тебя есть последний шанс, — его лицо становится... неправильным. Он смотрит на меня со злостью.

— Уходи! — выкрикиваю я, и он пропадает.

Я же плачу, не в силах остановиться, потому что мне невыразимо больно, просто невозможно описать как. Горько плачут вцепившиеся в меня малышки, а аилин негромко поет. Я прислушиваюсь к ее песне, на мгновение перестав плакать, но Аи поет на каком-то неизвестном мне наречии. В ее голосе нежность... Я понимаю — именно нежность на фоне текущих из глаз слез.

— Он ушел... Страшный... Страшный! — плачут иллианки.

— Кто страшный? — расспрашиваю я их, тщетно пытаясь успокоить.

— Такой, как мы, — объясняет мне Ики, — только неправильный и злой!

— Он хотел, чтобы мы забыли Д'Бола... — всхлипывает самая маленькая из них, с желтым пятнышком над центральным глазом. Это Фии, она обычно молчаливая, больше всех Ики говорит, но сейчас малышка просто плачет.

А я догадалась: это было Испытание, как в

древних легендах. Некто более великий и сильный, чем мы все, испытал нас, показав тем самым, что Д'Бол для нас значит. Ладно, я такого, может, и заслуживаю, но иллианки маленькие совсем. Их за что? Не понять мне никогда такого. Хорошо, что он ушел... Теперь нужно успокоить малышек и спросить, не нужна ли помощь аилинке.

— Теперь я понимаю, — вдруг произносит Аи, всхлипнув. — Теперь я многое понимаю...

— Что ты понимаешь? — мне очень интересно, что такое ей открылось, с Д'Болом связанное, ведь в ее песне мое ухо вычленило его имя.

— Мне очень надо быть рядом с ним, — не очень понятно для меня объясняет она. — И тебе он нужен, но как брат. А мне...

— Варамли, можно позвать твоего командира? — я, по-моему, очень жалобно прошу, но мне действительно нужно обнять Д'Бола, да и Аи смотрит даже, кажется, умоляюще. — Пожалуйста...

Ответа не следует, но я откуда-то знаю — он вот-вот придет, чтобы мы не плакали. Почему-то мои мысли сейчас больше подходят, наверное, маленькому ребенку, но... Я знаю, что у сильных и высших сущностей мораль может отличаться от нашей, но все равно это, по-моему, было слишком жестоко — мучить меня образом папы. И теперь я боюсь Д'Бола потерять, просто нереально боюсь. Пусть он придет...

Я готова опять заплакать от отчаяния, но шипит дверь, и меня обнимают такие родные руки. Просто моментально, без перехода, я оказываюсь в его объятиях, вглядываясь в обеспокоенное лицо. А он гладит меня, что-то шепчет, и от его тепла я сразу успокаиваюсь. Мне кажется, я сейчас очень маленькая и меня обнимает папа, чтобы защитить от всех бед.

— Ты пришел... — еле слышно говорю я ему.

— Я никуда не исчезну, — обещает он мне, как будто мысли мои читает. — Не надо плакать.

Иллианки тянутся к Д'Болу, и он их, конечно, сразу же гладит, рассказывая о том, какое они чудо. И столько в каждом жесте у него от папы, что я сейчас, наверное, опять плакать буду. Ведь у него в жизни был только папа! Все вокруг были жестокими, а согревал только наш папа, и никто больше! Д'Бол не знал мамы! У кхраагов ее просто нет...

— Обними Аи, пожалуйста, — шепчу я ему, и он кивает мне, еще раз погладив нас четверых.

Подойдя к аилинке, Д'Бол вдруг замирает. Мне кажется в этот момент, что мы все замираем, а иллианки с таким удивлением смотрят на них обоих, что я даже не понимаю, что именно происходит. Вот он опускается на колени, не разрывая связь взглядов, а в следующее мгновение Д'Бол и Аи оказываются в объятиях друг друга. Я даже движения заметить не успеваю, оно смазанное какое-то. Но мне представляется это таким правильным, как будто только так и должно быть. Что происходит? Почему я так ощущаю? Отчего сильно удивлены малышки?

Д'Бол

Он появляется передо мной, и я сразу же срываюсь с места, желая обнять, но мои руки проходят сквозь возникший на мостике образ. Я понимаю — это иллюзия, изображение, единожды показанное мне папой, но он такой реальный, что внутри меня с новой силой разгорается боль.

— Семеро детей разных рас, — произносит Варамли очень спокойным голосом, как на обеде вождей. — Потерянные, преданные, забытые... Я не буду испытывать тебя, юный Д'Бол, отринувший свою расу.

— Папа... — шепчут мои губы, несмотря на то,

что головой я понимаю — это не Варамли, но маленький кхрааг внутри меня так хочет прикоснуться к нему еще хоть разочек.

— Чего хочешь ты? — спрашивает меня выглядящий папой образ.

— Во снах я... Я бываю среди тех, кто не стремится вцепиться в горло другому, — пытаюсь я объяснить ему. — Иллиан Краха сказал, что мне нужно найти белую дыру, чтобы оказаться в сказке, где дети превыше всего.

— Вот оно что... — очень знакомым жестом он проводит по своему лбу. — Я покажу тебе путь. Сейчас ты очень нужен своим девочкам, но когда вернешься, твой звездолет будет готов покинуть этот мир.

— Спасибо, — улыбаюсь я, хотя мне очень хочется заплакать. — Главное, чтобы девочки жили.

— Посмотри, — передо мной появляется что-то блестящее. — Так ты выглядишь сейчас.

Я вглядываюсь в отражающую свет поверхность, а в ней — папа. Ну, почти. Лицо покрытое чешуйками, нос больше похож на тот, что у кхраагов, но зубы не такие, и глаза... Это папины глаза, я помню же! Значит, у меня получилось измениться! Я теперь как папа! Поэтому меня не пугается Аи...

— Спасибо, — всхлипываю я, вглядываясь в образ.

— Ты это сделал сам, юный творец, — улыбается так похожее на Варамли существо. — А теперь иди...

Я почему-то верю ему, поэтому легко поворачиваюсь спиной, чтобы бежать со всех ног в сторону каюты девочек. Я и сам чувствую что-то внутри себя. Тянущее, нетерпеливое ощущение заставляет меня торопиться. Не задумываясь о том, кто был явленным мне существом, я мчусь к самым близким существам на свете. Они ждут меня, значит, я должен быть там.

И вот горько плачущая Лиара успокаивается в моих руках. Сестра, сокровище мое... Что произошло, я не знаю, хоть и предполагаю. Легенды нашего народа мне хорошо известны. Да и у химан есть аналогичные, насколько я помню. Моей сестре могли показать Испытание Выбора, когда заставляют выбирать между близкими, от этого она так и плачет. И иллианкам тоже грустно, ведь они еще очень маленькие, но вот Аи...

— Обними, пожалуйста, Аи, — просит меня

мое сокровище, и я, разумеется, выполняю ее просьбу.

Погладив малышек и сестру, бросаю взгляд на ни на что не реагирующую Маиру. Вот чувствую я, что она хочет уйти, но я не лекарь, просто не знаю, что делать нужно, поэтому только вздыхаю. Тут мой взгляд встречается с волшебными глазами Аи. Они будто появились из папиных сказок, заставляя ощущать себя так, будто я в озере тону.

Не в силах разорвать зрительный контакт, я опускаюсь на колени рядом с кроватью. В голове нет ни одной мысли, лишь ее глаза. И кажется, проходит вся жизнь — или всего лишь одно мгновение, но мы вдруг оказываемся в объятиях друг друга, и приходит понимание: она и есть мой мир. Я не забыл папу, и Лиара все так же мое сокровище, но Аи — весь мой мир, мое сердце остановится, если я не буду чувствовать ее, видеть ее глаза, ощущать ее рядом.

— Ты мой лирэ-я-на, — произносит она, но я этого слова не знаю, что, впрочем, меня не заботит.

— Ты мой мир, — отвечаю я ей.

И будто все вокруг сотрясается, а затем я чувствую, что произошедшее правильно. Только как же я буду вести корабль, если ее рядом не будет? Я себе даже представить не могу этого. Аилинка начинает рассказ. Она не для меня говорит — остальным девочкам объясняет, что произошло.

— У нас говорят, что душа одна, — начинает она. — И бывает так, что она живет в двух разных аилин. Когда они встречаются, становясь лирэ-я, то больше не могут обходиться друг без друга. В отличие от любви, лирэ-я может случиться в любом возрасте, потому что это совсем иное...

— Значит, братик теперь не может без тебя? — интересуется Лиара.

— Как и я без него, — вздыхает Аи. — Мы теперь едины душами, и совершенно неважно, к каким расам мы относимся. Это легенда моего народа, но...

— Я не кхрааг, — улыбаюсь я ей. — Ты сама сказала.

— Я сама сказала, — на ее лице не просто радость... Папа называл это словом «счастье». — Тебе надо идти? — она будто чувствует.

— Я возьму тебя с собой, — киваю я.

— Возьми нас всех, — просят меня иллианки, а Лиара только вздыхает.

— Это опасно, — качаю я головой. — Для Аи

Изменение

кресло есть, а куда положить всех, я просто не знаю.

— Иди, братик, — улыбается мне сестра, глядя так, как смотрела та самка, И'ри'на. — Иди и возвращайся поскорее.

Я беру Аи на руки, потому что без нее вряд ли теперь смогу, и она без меня тоже. Что произошло, мы узнаем, когда окажемся в сказке, а теперь надо идти на мостик. Остальных девочек «Варамли» усыпит, чтобы они не нервничали, и пробуждать, пока я не скажу, не будет. У нас впереди неизвестность.

Взойдя на мостик, я сразу же усаживаю Аи в кресло помощника, а затем подвожу его поближе к моему, чтобы можно было к ней прикасаться. Я понимаю, что действую как-то совершенно не задумываясь, подобно машине, но вот мне лично все, что я делаю, кажется правильным. Как будто что-то ведет меня, подсказывая, как правильно поступать, но я не знаю, что это, а совершенно сказочная девочка, которая теперь и есть мой мир, улыбается мне, как будто все чувствует. Но разве так бывает?

— Варамли, — обращаюсь я к вычислителю, — усыпи, пожалуйста, пассажиров, чтобы они не волновались.

— Выполнено, — отзывается он. — Получены новые маршрутные данные.

Я усаживаюсь за пульт, коснувшись Аи, и сосредотачиваюсь на том, что мне показывает малый экран, расположенный прямо на пульте. Двигатели кажутся остановленными, поэтому я в первую очередь двигаю рукояти маршевого двигателя до упора, чтобы разогнать звездолет, и только потом поднимаю взгляд. Прямо по курсу разгорается ярко-белое пятно, причем курсовая стрелка показывает прямо на него. Значит, это и есть та самая белая дыра?

«Варамли» все ускоряется, будто что-то помогает ему, белое пятно становится таким ярким, что чернеют фильтры остекления рубки. Но я уже понимаю, что все правильно, и, удерживая корабль одной рукояткой, протягиваю руку к Аи. Почувствовав ее теплую кожу, улыбаюсь, и вот тут все вокруг заливает белым светом, да таким ярким, что я зажмуриваюсь. Мы летим в сказку.

Свет становится чуть темнее, так что я вижу белый колодец среди сияющих торжествующим желтым светом стен. Вокруг возникают и исчезают темные колонны, цвет которых определить очень сложно, просто невозможно, по-моему. Корабль ведет в сторону, но вцепившись в рукоятки, я выравниваю его, твердо держа прямо по центру колодца. Кажется, это продолжается вечность. С миром меня связывает только рука Аи, поглаживающая по мокрой спине.

И вот когда кажется, что силы оставляют меня, белый колодец вдруг сменяется черной глубиной Пространства, отмеченного яркими огоньками незнакомых звезд. Выходит, мы долетели? И что теперь?

— Маршевый двигатель не отвечает, — сообщает мне вычислитель. — Орудия левого борта не отвечают. Плотность щита — десять.

Это значит — мы беззащитны и двигаться почти не можем.

Сороковое космона.
Форпост

Лейтенант Сорокин

Дежурство в одну моську на Форпосте — это наказание. Винокуровых сюда ссылают подальше от приключений, хотя их это не останавливает, а я не Винокуров, поэтому кукую здесь за ошибку на полигоне. Через месяц, как закончится практика, у меня будет еще попытка и шанс вспомнить, что инструкции писаны кровью. Это еще повезло, свободно мог из Флота улететь на планету, так что...

Здесь единственная проблема — скука. На Форпосте не происходит совсем ничего, потому что граница обитаемого Пространства. То ли дело на других краях, там хоть кого-то можно встретить, а тут... Передо мной «темное пятно», жизнь в котором невозможна, а за ним, по слухам, вообще межгалактическое пространство. Так что скука смертная, без шансов на хоть какое-то приключение. При этом мой «Костер» — стандартный патрульник, мозг которого себя еще не осознал. То есть не поболтать с ним даже.

— «Костер», процент осознания? — с тоской в голосе интересуюсь я.

— Осознание десять, — приговором звучит в ответ.

Это значит, он на десять процентов личность, а в остальном... В остальном все грустно, поэтому надо исполнять все пункты инструкции патрулирования. Нарваться на неприятности из-за лени и скуки мне не хочется. Кажется, не запросил разрешение маневра — ерунда, а мне сразу же набросали десяток вариантов, да таких, что впору стреляться, как в Темных Веках.

Смена по четыре часа с перерывом на два часа, даже книгу не почитать — не положено по инструкции отвлекаться. Весь флот на инструкциях да традициях стоит, чуть ли не единственная такая структура у Человечества. Но боевой флот необходим, это так. Вон Винокуровы уже не раз это нам всем доказывали, так что буду сидеть, потому что даже эта смертная скука необходима. Воспитывает усидчивость и дает понимание, что Пространство это не приключения, а нудятина. Меньше рухнувших надежд.

Только вот сегодня неспокойно мне. Дар у меня интуитивный, универсальный, и вот он мне пророчит приключения. По инструкции, при возникновении подобных ощущений их положено регистрировать. Сейчас и займусь, потому что дополнительные проблемы мне не нужны. Я, конечно, только-только после Академии, и девушки любимой у меня нет, да и просто кандидатки на любовь тоже. Стороной меня обходят девушки, чувствуя, наверное, что я раздолбай. Ничего, будет и на моей улице праздник... Что-то я захандрил, а ну-ка...

— «Костер», регистрация, — командую я, продолжая дальше, как учили: — Регистрируется активация дара, возможна непредвиденная ситуация в течение суток, подробностей не имею.

— Синхронизовано с Главной Базой, — спустя минут двадцать отвечает мне мозг звездолета. И сразу же звучит вызов.

— Дежурный базы — «Костру», — доносится до меня незнакомый голос. — Доложите подробности.

— Дар активизировался, товарищ дежурный, — сообщаю я, попытавшись определить направленность. — Что-то важное, но откуда-то из Пространства.

— Направляем к вам «Пламя», — решает дежурный, сразу же отключившись.

Правильно он решает: я молодой, кораблик у меня слабенький, только для патрулирования, а у «Пламени» и силовые поля, и новомодная защита специальная. С дарами никто не шутит и сигналы не игнорирует. За игнорирование можно и с флотом попрощаться, и узнать, что такое Трибунал, а кому это надо? Правильно, никому.

Я уже расслабляюсь, поглядывая на таймер, но затем собираюсь — дар подергивает, заставляя всматриваться в Пространство, при этом я происходящего не понимаю, он себя никогда так не проявлял. Нет ли какой опасности? Но что-то изнутри мне подсказывает, что для меня опасности нет, поэтому я, подчиняясь ему, отключаю пушки, которые положено держать в боевом положении, — но с даром не спорят.

— По требованию дара атакующие системы отключены, — громко озвучиваю я. Потом эту запись разве что не обнюхают.

— Фиксирую формирование пространственной аномалии, — сообщает мне разум звездолета.

Прямо перед нами в пространстве возникает огромная ярко-белая воронка, просто поражая воображение. Выглядит как субпространственный переход, только у него фон серый, а тут яркий, белый, и что это значит, я не понимаю. «Костер» же послушно записывает, транслируя куда положено. Из воронки появляется нечто странное, после чего она исчезает.

Передняя часть неизвестного корабля похожа на морду аллигатора с Праматери или илиатта с беты Тельца, при этом у меня ощущение, что рубка у него в пасти расположена, а вот задняя часть перекручена и частично разрушена. Но таких звездолетов я никогда не видел, а он явно боевой. При этом хода не имеет, что еще интереснее.

— «Костер»! — командую я. — Сорок два на базу, сигналы приветствия и дружелюбия по протоколу Первой Встречи.

— Сигнал передается, — отвечает мне звездолет, а я всматриваюсь в звездолет, не имеющий никаких огней, что необычно. Надеюсь, это не космический морг.

— Три единицы на базу, — командую я дальше. Это не по инструкции, да и формального повода для такого сигнала нет, но дар знает лучше. — Запрос дара.

— «Костер», что там у вас? — раздраженный голос дежурного понять можно.

— Смотрите сами, — я переключаю картинку на канал связи, чтобы затем поразиться богатству словарного запаса флотского офицера. — А три единицы — это дар.

— К вам идет «Марс», держитесь, — информирует меня дежурный и отключается, позволяя мне сосредоточиться на происходящем.

— Получаю модулированный сигнал, — сообщает мне «Костер». — Расшифровываю.

— А что такое Человечество? Вы едите кхраагов? — интересуется равнодушный голос автоматического переводчика.

— «Костер», информацию о Человечестве в канал связи, фильм-знакомство, — командую я, а затем просто по наитию прошу: — Запрос двусторонней связи. Постоянный канал, изображение из рубки.

Я встаю во весь рост, надеясь на то, что у меня получится найти взаимопонимание с возможным другом, но экран пока темен. Учитывая, насколько быстро был расшифрован язык, он может быть похож или на языки наших друзей, или на наш. Тут звучит вопрос, совершенно неожиданный, при этом у меня ощущение, что собеседник выстреливает его.

— Что для вас важнее всего? — спрашивает меня неведомый возможный друг.

— Дети важнее всего для Человечества, — говорю я, отмечая, что вопрос задан не зря. — Для нас превыше всего — дети.

И в этот самый момент оживает экран, показывая мне вместо изображения незнакомого звездолета двоих детей. Лет десяти-одиннадцати по виду, они не сильно на людей похожи, но для нас раса играет очень небольшую роль. И даже не успев осознать, я задаю очень логичный, по-моему, вопрос:

— Вы потерялись? Поискать ваших родных? — я с тревогой вглядываюсь в их изображение. Или мне кажется, или в глазах мальчика боль.

— У нас нет родных, — негромко отвечает он мне. — Мы изгои.

— Вы не можете быть изгоями, — качаю я головой. — Теперь у вас есть мы.

И вот сейчас-то я убеждаюсь в том, что перед нами действительно дети. Потерянные, возможно измученные, у которых нет ничего и никого, кроме них самих. Ничего, теперь у вас есть мы, у вас есть Человечество.

Д'Бол

В телескоп я вижу незнакомый корабль. У него округлые вытянутые очертания, пушек на первый взгляд не видно, но это ничего не значит. Мы практически беззащитны, силовое поле едва-едва покрывает особо важные сектора, однако в случае боя это не поможет. Несмотря на то, что мы должны бы попасть в сказку, с ходу незнакомцу доверять я не собираюсь. Все-таки друг или враг?

— Принимаю сигнал, — сообщает мне вычислитель, Аи вцепляется в мою руку. Она боится услышать ультиматум, да и я тоже. — Язык аналогов не имеет.

— Давай как есть и попробуй расшифровать, — прошу я. Если язык ему неизвестен, то это может быть и друг.

В динамиках звучит музыка, напоминающая ту, что мне давал послушать папа, рассказывая о разных культурах. Эта музыка совсем не похожа на боевой марш, она... ласковая? Затем я слышу какой-то треск, странные звуки, а затем явно звучит речь, от которой расслабляется Аи. Я чувствую, как ее пальцы перестают больно впиваться в мою руку. Значит, ей этот язык знаком?

— Варамли, — просит она, прижавшись ко мне, насколько позволяют наши кресла, — передай, пожалуйста... — и начинает говорить на каком-то певучем языке, при этом я понимаю, что это приветствие.

— Язык идентифицирован, — сообщает мне вычислитель. — Общение возможно.

Это значит, что у него в базе данных есть этот язык и, в принципе, он может перевести мою речь. Вообще-то для машин такая инициатива нехарактерна, но на церемониальном все самое лучшее стоит, поэтому, наверное, удивляться не стоит. Ведь не зря же я его назвал именем папы?

— Человечество приветствует братьев по разуму! — произносят динамики пульта. — Мы рады встретить вас в бесконечности Пространства! Мы идем с миром!

— А что такое Человечество? — сразу спрашиваю я, а Аи добавляет: — Вы едите кхраагов?

— Не знаю, что такое кхрааги, — отвечает нам

кто-то неведомый, и в моей душе разгорается надежда.

Вычислитель сообщает о полученной визуальной информации, и в следующее мгновение... На экране появляется невиданное зрелище. Прекрасная зеленая планета, над которой висят объекты, чем-то похожие на висящий напротив нас звездолет. И тут я вижу живых существ — взрослых и детей, потому что низкорослые улыбчивые существа могут быть только детьми из моего сна. Аи всхлипывает, потому что перед нами аилин, химан, еще кто-то неизвестный мне, но я уже таких во сне видел.

Эти дети играют друг с другом, а затем встречаются со взрослыми, и я вижу — для этих взрослых нет ничего важнее малышей. Нам показывают невозможную, нереальную сказку. Такого просто не может быть, неужели это обман? Маленький Д'Бол внутри меня не хочет верить в то, что все обман.

— Что для вас важнее всего? — не выдержав, спрашиваю я незнакомца, показывающего нам просто невозможные картины, от которых Аи уже плачет. Она не от боли плачет, я чувствую это.

— Дети важнее всего для Человечества, — как-то совсем обыденно, как будто это само собой разумеющееся дело, отвечает мне неизвестный. — Для нас превыше всего — дети.

— Мы в сказке, Аи, — я с трудом сдерживаюсь, чтобы не заплакать, как в детстве. Ведь сказка означает, что мы спасены. Особенно девочки.

— Получен запрос двусторонней связи, — сообщает мне вычислитель.

— Хорошо, — разрешаю я не совсем так, как принято, но он понимает меня.

На экране перед нами приветливый химан. Он стоит в полный рост, улыбаясь нам так, как только папа умел. Тут его взгляд меняется, становясь удивленным, но не злым. Он чуть подается вперед, будто хочет получше нас разглядеть, и снова улыбается так, что я сейчас, наверное, не выдержу.

— Вы потерялись? Поискать ваших родных? — спрашивает меня этот доброжелательный химан, отчего мне плакать хочется только сильнее, потому что перед глазами встает Варамли.

— У нас нет родных, — произношу я, сглатывая комок, образовавшийся в горле. Нельзя плакать, нельзя! — Мы изгои, — признаюсь я, только он реагирует совсем не так, как я того ожидаю.

— Вы не можете быть изгоями, — качает он

головой, но я не знаю такого жеста. — Теперь у вас есть мы.

И вот эти слова становятся последней каплей. Обняв Аи, я не могу сдержаться и плачу. Отчего-то сразу поверив ему, я плачу, потому что так не может быть. Не может химан сразу принять чужака, пусть ребенка, но чужака! А он очень уверен в своих словах, будто иначе быть не может!

За плачем я пропускаю появление еще одного корабля, но тот, с которым мы только что разговаривали, переговаривается с другими, как-то делая так, что мы понимаем этот самый разговор. Он будто показывает мне — от нас ничего не скрывают, просто совсем ничего! Как такое может быть?

— Здесь «Костер», лейтенант Сорокин, — звучит спокойный голос того, с кем мы общались. — «Марс», это не сорок два, там дети! Дети, у которых есть только мы!

— Давайте канал связи, — слышу я ответ новенького, и эти переговоры заставляют меня начать прислушиваться, отчего слезы высыхают.

Картинка на экране меняется, и я в первый момент замираю. Передо мной трое химан. Две самки и... Я не могу вздохнуть даже, потому что там... Там папа! Такой настоящий! Живой! Он смотрит на меня так же, как тогда, в последний раз, будто желая защитить от всего мира, там папа!

— Папа! Папа! — не выдерживаю я, совершенно теряя связь с реальностью.

Я наваливаюсь на пульт, тянусь пальцами к нему. Он совсем не такой, каким был тот, — неосязаемый, он настоящий. Кажется, маленький Д'Бол внутри меня вырвется сейчас из груди, чтобы лететь к нему, к самому близкому существу на свете. А папа делает шаг вперед, глядя мне в глаза, совсем как тогда. Аи что-то говорит, но я не слышу. Мои глаза застилают слезы, я тянусь к нему изо всех сил.

— Малыш, потерпи немножко совсем! — вдруг говорит... папа с такими знакомыми интонациями. — Мы сейчас же, немедленно возьмем тебя на борт! Д'Бол, совсем чуть-чуть потерпеть осталось!

Меня совсем не удивляет, что он знает мое имя, ведь это папа! Он требует от самок срочно что-то непонятное сделать, а я просто не могу ничего сказать. Слезы горячим водопадом падают на пульт, и только объятия Аи немного помогают мне взять себя в руки. Я гляжу экран, приходя понемногу в себя, а папа уговаривает меня не плакать, потерпеть чуть-чуть, и интонации у него такие знакомые. Голос отличается, но это можно объяснить, ведь он из смерти вернулся к нам, чтобы показать, что мы не одни. Папа!

Сороковое космона. Дети

Илья

Встретившая нас Мария Сергеевна сосредоточена и внимательна. Мы сидим сейчас в комнате совещаний, но рассказать ей нам почти нечего, а я прислушиваюсь к себе. Странное у меня ощущение какое-то, причем идентифицировать я его с ходу не могу.

— Патрульный дал сигнал сорок два, — рассказывает товарищ Винокурова. — А три единицы подал его дар, так что…

— Опасность может быть не для нас, а для тех, кто прилетел, — понимаю я, ибо задачка простая.

— Погодите, Мария Сергеевна, Илюша что-то

чувствует, — произносит любимая, — он еще сам не понял, а вот я...

Она задумывается, пытаюсь сосредоточиться и я, но идею поймать за хвост все не получается. Я пытаюсь осознать, на что похоже испытываемое мною. Закрыв глаза, чтобы не отвлекаться, я погружаюсь в себя, как нам на уроках по управлению даром рассказывали. Понятно, что он активировался, но о чем мне хочет сказать именно эта способность? И тут перед внутренним взором появляются наши малыши.

— Дети, — произношу я, совершенно не задумываясь, о чем говорю, а затем открываю глаза, обращаясь к товарищу Винокуровой: — Мария Сергеевна, на первом общении мы должны присутствовать обязательно!

— Дар, — констатирует она, на что Уля моя уверенно кивает. — Ну с даром не спорят. Пошли тогда...

Первая встреча по протоколу происходит из рубки. Это не инструкция, а традиция, но разница небольшая, весь Флот на этих традициях стоит, так что идем мы сейчас по темно-зеленым коридорам к рубке. Подъемник нам не нужен — зал совещаний на командном уровне, а до прибытия считаные минуты.

— Я подобное чувствовала, когда Ладу... — негромко произносит Уля. — Значит...

— Значит, там нас ждет наше дитя, — улыбаюсь ей. — И будет у нас прибавление еще даже до твоих родов.

— Учитывая сказанное нашими малышами, возможны варианты, — хихикает она, вполне меня понимая. Не бывает чужих детей.

— Добрый день, товарищи, — здороваемся мы с офицерами, входя в рубку.

— А щитоносцы зачем? — удивляется командир. Ну да, по протоколу мы тут не нужны.

— Дар, — коротко реагирует товарищ Винокурова, отметая тем самым все вопросы.

— До выхода три минуты, — предупреждает он, а я чувствую, будто что-то тянет меня к экрану, и с трудом заставляю себя остаться на месте.

— Здесь «Костер», лейтенант Сорокин, — стоит ярким картинам гиперскольжения убраться с главного экрана, как командир находящегося в системе патрульного звездолета сразу же выходит на связь. — «Марс», это не сорок два, там дети! Дети, у которых есть только мы! — в голосе его ласка, но мне чудится надрыв. Что ж, я его очень даже понимаю.

— Переключить канал связи, — приказывает наш командир, а Мария Сергеевна допрашивает лейтенанта на предмет статуса общения.

На экране возникают двое обнимающихся детей. Тонкое лицо с острыми ушками у девочки, покрытое чешуйками и какое-то очень знакомое — у мальчика. Тут я вижу, что взгляд ребенка лет одиннадцати становится очень удивленным, а затем он начинает плакать, потянувшись к нам всем телом.

— Очень на тебя похож, — замечает Уля.

— Папа! Папа! — кричит мальчик. И столько боли в его голосе, столько эмоций, что равнодушным оставаться невозможно. Он тянется ко мне, как малышки делают, и плачет, не замечая этого. — Папа! — сколько отчаяния в голосе совсем ребенка!

— Д'Бол потерял отца совсем недавно, — произносит обнимающая его девочка. — Варамли спас его с сестрой, Лиарой, и нас всех. Если бы не он, нас бы съели.

— Как съели? — любимая моя просто в ужасе.

— Тише, родной, тише... — пытается успокоить мальчика его девочка, а затем отвечает нам одним словом: — Живьем.

Из какого же страшного мира пришли сюда эти дети? Как сумели они пробиться к нам? Но это значит, что есть другие дети, которым, раз они не в рубке, совершенно точно нужна помощь.

— Малыш, потерпи немножко совсем! — обращаюсь я к мальчику, так, как будто это Вася. — Мы сейчас же, немедленно возьмем тебя на борт! Д'Бол, совсем чуть-чуть потерпеть осталось!

— Мария Сергеевна, нужно экстренно, — обращается к нашей начальнице моя любимая. — Там что-то очень срочное.

— «Марс», маневр сближения, — командует командир корабля. — Освободить док. Все, что мешает, — в Пространство, немедленно!

— Малыш, я скоро приду к тебе, — обещаю я, глядя уже на сына. — Что с остальными? — спрашиваю по наитию.

— Девочки не ходят, совсем, — отвечает мне чуть успокоившийся Д'Бол. — Иллианки просто забыли все и не умеют пока, а Маира совсем ни на что не реагирует, как будто умерла, но ест зато...

— Внимание всем! — резко командует все уже понявшая товарищ Винокурова. — Опасность для жизни ребенка! Вэйгу, готовность!

Вот почему три единицы — на борту искалеченного корабля дети, которым нужна медицинская помощь. Они совершенно одни, и был до сих пор у них только Д'Бол. Но раз он сказал обо всех, то, выходит, что «эльфийка» тоже? При этом она находится рядом с ним, умея, судя по тому, что я вижу, разделять его эмоции, что уже говорит очень о многом. От импринтинга до единения, учитывая возраст.

«Марс» будто прыгает вперед, заглатывая корабль в док, как у нас большой трюм называется, а я, прихватив Улю, спешу изо всех сил к подъемнику. Имена детей, выходит, я уже знаю, сестра Д'Бола должна быть на меня похожей, и определять надо с ходу, ибо, учитывая реакцию мальчика, девочка может и с ума сойти. Она-то, в отличие от него, почти беспомощная.

Подъемник буквально падает на уровень трюма, мы с Улей спешим изо всех сил, а за нами уже выстраиваются медицинские капсулы из госпиталя. Мы не знаем, сколько всего детей, но одно мне понятно: первыми на корабль должны войти мы с Улей, а потом уже квазиживые, чтобы никого не испугать.

Д'Бола с девочкой на руках я встречаю прямо у перехода, к которому спешно подводят уже коммуникации. Его девочка оказывается в руках любимой, с тревогой взглянувшей на меня. Легкая девочка для ее возраста, значит. А вот Д'Бол буквально прыгает ко мне, и я опускаюсь на колено, чтобы обнять настрадавшееся дитя. Тем не менее я замечаю — дети стремятся прикасаться друг к другу, а это уже очень серьезно.

— Она легонькая, — тихо произносит Уля. — Я понесу ее.

— Их нельзя разлучать, — понимаю я, обратившись затем к сыну. — Веди нас, сынок.

Ему сложно, потому что действительно необходимо касаться девочки, которая беспокоится, стоит лишь потерять его из вида, кроме того, Д'Болу нужно и меня чувствовать, поэтому все непросто, конечно.

— Девочки спят, — объясняет мне сынок, речь которого мой переводчик отлично интерпретирует. — Чтобы не боялись, ну и...

— У нас еды мало осталось, — заканчивает за ним остроухая девочка, чьего имени я пока не знаю.

— Все решим, — твердо произношу я, объясняя детям, что такое «медицинская капсула» и почему бояться не надо.

Я вижу абсолютное доверие сына, понимая, что его психика держится только на сестре и этой остроухой девочке. Нужно будет обращаться с ними всеми как можно ласковее, ведь пережитое детьми просто непредставимо.

Д'Бол

Папа немного изменился, я вижу это, но маленький Д'Бол внутри меня кричит о том, что это папа. Он выглядит чуть иначе, но смотрит так же, уговаривает так же, и... Это папа, которого возвращает мне сказка.

Большой корабль буквально прыгает к нашему, а я приказываю вычислителю отключить все защитные системы — папа объясняет мне, что нас берут на борт, ведь стыковаться у нас нечему. И я сразу же верю, ведь он не может ошибаться. Взяв Аи на руки, я иду в сторону зала Ритуала, от которого почти ничего не осталось, но затем как-то мгновенно вижу папу, ну и самку рядом с ней. От нее веет таким теплом, такой лаской, что я даже не сопротивляюсь, когда она берет мой мир на руки.

— Папа... — я цепляюсь за него, но мне нужно и к Аи прикасаться, поэтому просто разрываюсь. — А кто это, папа?

— Это мама, — уверенно произносит он, и я останавливаюсь, чтобы посмотреть на самку.

— Настоящая мама? — пораженно спрашиваю его. — Как ты рассказывал? Не самка, а... мама?

— Да, сынок, — папины интонации, его голос буквально обволакивают меня, заставляя замирать, чтобы насладиться этим.

— Аи... у нас мама есть, представляешь? — делюсь я с той, что и есть мой мир.

— У тебя, — поправляет она меня, — я же...

— Ты моя доченька, — бесконечно-ласково произносит наша мама. — Чужих детей не бывает, ребенок. Просто не может быть такого.

Мы плачем с Аи вдвоем. Такого запредельного тепла, такой ласки и таких слов ни я, ни она и представить не могли. Понимаю, что правильно не будил девочек, потому что они так корабль утопят, я веду папу и маму за собой в большую командирскую каюту. Я верю, что теперь у каждой девочки есть мама и папа, потому что иначе не может быть.

— Илюша, это импринтинг, — непонятно произносит мама. — А у доченьки с сыночком, похоже, единение, как у нас.

— Да я уж вижу, — вздыхает папа, объясняя

мне, что длинные штуки, плывущие за нами, нестрашные, они должны помочь девочкам.

Дверь с шипением открывается, показывая нам каюту, в которой они все спят. Папа сразу же узнает Лиару, показав мне еще раз, что, хоть Варамли изменился, он по-прежнему наш папа. Невесомо погладив мою сестру, он осторожно берет ее на руки, сразу же укладывая в «медицинскую капсулу». Внутри становится темнее, закрывается прозрачное стекло, и зажигается ровным светом желтый сигнал. Значит, все хорошо?

— Серьезные повреждения, — замечает мама. — Выжила, похоже, только благодаря ему.

И тут я вспоминаю, что у химан цветовая гамма другая. Что для нас «все хорошо», у них не очень... Но мама и папа улыбаются, значит, в порядке будет. И вот тут мама видит иллианок. Она на мгновение удивляется, а затем гладит их, буквально затопляя своей любовью. Мама моментально принимает малышек, я чувствую.

— Их мучили сильно, — рассказываю я. — Поэтому они все забыли, и как кушать, и как ходить. А разговаривают, только когда щупальцами цепляются.

— Разум объединяют, — добавляет Аи. — Ведь они очень маленькие.

— Вот о ком дети говорили, — не очень понятно произносит папа. — Давай их по капсулам.

Мама очень осторожно, но уверенно, как будто хорошо знает, как с иллианками обращаться, перекладывает каждую в длинную «капсулу», которая начинает мигать зеленым огоньком, сначала пугая меня, но папа объясняет, что это ничего страшного, повреждения исправимы, и довольно просто.

— Они маленькие, их просто научить надо, — объясняет мне Аи, положенная мамой на кровать. Ну и я рядом сижу, ведь мы едины.

— А это Маира, она ни на что не реагирует совсем, — рассказываю я, показывая рукой на девочку, спящую так же, как лежит обычно — на спине и без движения.

— Это нехорошо, — папа берет Маиру на руки, укладывая ее внутрь капсулы.

Вот тут происходит что-то непонятное. Остальные капсулы медленно уплывают, а эта вдруг зажигает красный мигающий свет и улетает с огромной, как мне кажется, скоростью. Папа меня успокаивающе гладит, мама снова берет Аи на руки, и тут я понимаю, что не в состоянии встать — ноги не держат. Я пытаюсь подняться и не могу, а папа вдруг становится серьезным. Достав прямоугольную коробочку, почти полностью исчезнувшую в его ладони, он проводит ею вдоль моего тела, а затем берет меня на руки.

— Слишком много стрессов у сына было, — объясняет он нашей маме. — Завод закончился. Ну и не ел ничего с неделю или около того.

Я не знаю, о чем они говорят, но мне так комфортно в папиных руках, что я против воли начинаю дремать. По крайней мере, мне так кажется сначала, но, увидев неизвестно откуда возникший передо мной привычный уже класс, я понимаю, что уснул. Сейчас мне впервые, пожалуй, не хочется плакать.

— Юный творец, — иллиан смотрит на меня, и кажется мне сейчас, что он мне улыбается. — Не плачет, не воет. Что случилось?

— У нас получилось, — объясняю я ему. — Мы прошли через белую дыру, яркую-яркую, а потом... У нас есть мама и папа. Папа пришел сквозь смерть в сказку!

— Как проснешься, попроси уведомить Академию творцов, — просит меня иллиан, протянув щупальце, чтобы погладить, но я не даюсь.

— У меня папа есть, и мама тоже, — объясняю я. — Она как папа, только самка. Поэтому меня нельзя гладить другим.

— Котята так же реагируют, кстати, — произносит голос сзади, заставляя меня обернуться, чтобы увидеть аилин, совсем на Аи не похожую.

Меня расспрашивают о том, как прошел полет, и я, конечно же, рассказываю насколько могу подробно. Рассказ о том, как нас испытывали, вызывает удивление. Меня окружают другие дети из этой сказки, спрашивая обо всем — и что я видел перед испытанием, и как оно проходило.

— Учитель, но детей не испытывают! — возмущенно восклицает незнакомый мне иллиан.

— Видимо, совсем нехорошо у них что-то там, — вздыхает химан, обнаружившийся у стены. — Будем смотреть, возможно, в наших силах окажется выяснить, ну а нет...

Мне, впрочем, совсем неважно, о чем они сейчас говорят, ведь мне вернули папу. А раз так, то ничего плохого произойти просто не может. Папины сказки всегда заканчивались хорошо, я это очень хорошо помню. Теперь можно будет просто жить... Если... Но ради Лиары и Аи я согласен на какую угодно боль, а ради папы и на смерть. Мне кажется, окружающие меня существа это понимают.

А я вспоминаю показанную нам визуальную информацию и рассказываю о ней этим иллианам и химан. Я говорю, что совсем не понимаю, за что нам подарили такую сказку, но теперь согласен на что угодно, лишь бы так было всегда.

Сорок первое космона.
Мария Сергеевна

Итак, что мы имеем...

По сигналу «опасность для жизни ребенка» мы прыгнули к Минсяо, как всегда в таких случаях презрев все правила навигации, но ситуация у них действительно грозная. Опять у нас сплошные девочки, которых, по утверждению одной из них, хотели съесть. Такого еще не было, пожалуй.

Д'Бол, мальчик-спаситель, судя по медальону, обнаруженному у него, раньше имел несколько иную форму лица. Значит, или медальон ему не соответствует, или он сумел изменить свой биологический вид. Это надо будет у медиков уточнить. Девочке, его сестре, диагностировали повреждения позвоночника, различные нарушения и недокорм. Очень похоже на лагерь, честно говоря. Помню, не так давно разбирались с девочками иной ветви реальности... Есть сходство ситуации. Но вот представить, как одиннадцатилетний, судя по развитию тела, мальчуган на руках таскает девочек, кормит их, моет, в туалет опять же... Видимо, использовал ресурсы организма до «донышка».

Следователи наши, забрав своих детей, фактически живут в госпитале, что главный врач лично разрешил. Ему тоже детские слезы не нравятся, а Вася с Ладой своего добиваться умеют. Тот факт, что они найденышей приняли моментально, для нас, Человечества, норма, но будет им очень непросто, конечно, учитывая, что Ульяна беременна.

Дальше сестра его, насколько я понимаю, названая, но так как после гибели отца у нее был только Д'Бол, то все понятно. Лиара выйдет из капсулы довольно скоро, как и «эльфийка» Аи с аналогичными, кстати, повреждениями. Причем такое ощущение, что похожих на нас детей мучили намного сильнее, чем остальных, а вот мотив этого мне непонятен. Вопрос мнемографа стоит, но дети... В общем, только в крайнем случае.

Малышки Ики, Леи и Фии каким-то образом могут объединить, судя по словам Аи, свой разум, чтобы говорить, а поодиночке, видимо, нет. При этом развитие тела — полтора года, и навыков нет. Тоже по словам, но не доверять мнению наблюдавших их долгое время разумных я не считаю правильным.

И, наконец, Маира... Ситуация с ней сложная: часть позвоночника растят заново, нужно менять сердце, почки, часть кишечника. Что с ней делали, я даже представить не могу. При этом она как-то питалась, в туалете опять же бывала, а по предварительным результатам — все плохо.

В целом оказались они здесь очень вовремя, потому что девочке жить оставались считаные дни, теперь-то восстановим, конечно. Нужно будет — тело полностью пересоберем. Необходимо госпиталь запросить по ситуации с детьми, потому что предварительные результаты — это одно, а вот текущие...

— Госпиталь на связи, Мария Сергеевна, — вот и они, легки на помине.

— Соединяй, — улыбаюсь я Танечке, что сегодня на связи дежурит. Мы-то в системе висим на всякий случай, так что можно было и сходить.

— Товарищ Винокурова, — церемонно обращается ко мне врач. А ко мне, потому что я тут старшая в системе, получается, особенно в отношении детей, — Маиру надо под мнемограф, что-то у нее совсем плохо, а при запросе перестройки тела...

— Я поняла, — киваю ему, на мгновение всего задумавшись. — Хорошо, давайте под мою ответственность.

— Спасибо, — радостно улыбается специалист. — И мальчика этого, Д'Бола, хорошо бы тоже, потому что у него очень странный генокод, такое ощущение, что руками правили.

— На дары его проверили? — интересуюсь я.

— Вы считаете, что он мог сам? — ошарашенно отвечает вопросом на вопрос врач госпиталя. — Если творец, то мог, конечно, но почему?..

— Он считает отцом человека, — спокойно объясняю ему все, что удалось выяснить. — Существа его расы хотели убить дочь этого человека и самого Д'Бола. Поэтому он...

— Захотел быть как папа, — понимает мой визави, грустно улыбнувшись. — А так как он не специалист...

— Будете править, учтите генетическую совместимость с «эльфийкой», — напоминаю я то, что и так уже понятно каждому. Надо же, второй случай единения...

Все это уже сказано, конечно, и доктора помнят, но я лучше еще раз повторю. После решения насущных вопросов прошу переслать мне данные по детям, которые еще неизвестно как выжили. Чуть позже узнаем результаты мнемографирования. Что-то мне подсказывает, что не всякий их выдержит, поэтому снова связываюсь с госпиталем.

— Мнемографирование Маиры только квазиживыми, — жестко приказываю я. — У нас не так много врачей.

Судя по бледности ответившего мне доктора, он впечатлился, а я просто чувствую, что так будет правильно. Для любого из нас жестокость по отношению к ребенку просто непредставима. Помню, Ульяну, несмотря на то, что девочка из щитоносцев, увиденное чуть не разрушило, ее возлюбленный фактически спас. А тут, думаю, все было намного, намного страшнее. Так что рисковать незачем, особенно если их действительно собирались съесть.

Задумываюсь о Д'Боле, точнее о том, что у парня творится в голове. Насколько я понимаю, отец был его единственным стабилизирующим фактором, поэтому теперь он будет просто бояться остаться без него, а это ставит крест на школе, да и на работе ребят. Значит, мнемограф нужен, чтобы хотя бы понять Д'Бола, ведь Ильи-то с ним не было, а ну как скажет что-то и просто разрушит мир ребенка? Вздохнув, отсылаю свое разрешение на мнемограф, тоже с указанием работы квазиживого.

— Синицыны, — тронув сенсор коммуникатора, вызываю своих щитоносцев, — вы детям экскурсию по «Марсу» устроить не хотите?

— Сейчас будем, — коротко отвечает мне Илья, моментально отозвавшийся на мой вызов.

Вот прибудут, проведем детей по кораблю, оставим в игровой комнате, и я свяжусь с Архом. Если мальчик творец, то мой друг хоть что-нибудь подскажет наверняка. Есть у меня ощущение, что появились они здесь несколько необычно, да и реакции «эльфийки» говорят о многом. Или она просто устала, или ее готовили с самого раннего детства, а вот к чему именно готовили, мы узнаем позже. В любом случае получается, что как минимум трое еще у Синицыных есть, а готовы ли они к этому? И что будет с малышками?

Коммуникатор отмечает прибытие медицинской документации, заставляя меня переключить внимание на нее. В общем-то, ничего неожиданного, только у Д'Бола кроме измененного генокода множественные застарелые шрамы. Учитывая плотность кожи и исходя из начальной структуры тканей, боли он в своей короткой жизни испытал очень много. Понятно, почему вцепился в единственное существо, к нему по-доброму отнесшееся...

Оставив детей, как и планировалось, в игровой комнате, мы усаживаемся в малой комнате совещаний — их на корабле великое множество. Малыши у них понимающие очень, с нами не напросились, хоть и не любят без родителей оставаться, ну кроме как в детском саду.

— Мария Сергеевна, — звучит в трансляции голос Танечки, — пришла выжимка по девочке и мнемограмма мальчика.

— С девочкой что? — интересуюсь я.

— Ее проще перестроить заново, — вздыхает та, — пока она будет спать, но там чуть ли не распад личности... А с мальчиком... Я пересылаю.

Приходится отложить вызов Арха, потому что просмотреть мнемограмму мальчика приоритетнее. Она даст информацию его новым родителям, а вот по поводу девочки будем обращаться ко всем Разумным, потому что какой-то вариант должен быть. Я пока быстро просматриваю выжимку, понимая, что речь может идти не о распаде... Она могла закуклиться внутри себя, но при этом отрицает весь окружающий мир. Если бы она очнулась, скажем, Ка-энин... Хм... Надо подумать.

На экране разворачивается детство Д'Бола. Раннее детство — его первые шаги, осознание того, что никому он не нужен, и прочие прелести Темных Веков. Кхрааги, выходит, дикие настолько, что и слов даже нет. Ребенок часто оставался голодным, потому что блюдо одно, а желающих много. А потом появился удивительно похожий на Илью человек. Память мальчика, конечно, чуть ли не обожествляет его, но я вижу: не только из альтруизма он был с Д'Болом.

— В древности было такое понятие «агент влияния», — замечает Илья. — Вот очень похоже на его подготовку.

— Учитывая, что мальчик творец, это спасло

ему жизнь, — отвечаю я, отметив тем не менее наблюдательность и кругозор щитоносца.

— Вот оно что... — задумывается Ульяна, а на экране тем временем я вижу настоящий захватывающий детектив.

Д'Бол очень хочет выжить, как и полностью принявший мальчика Варамли. Это хорошо заметно: вначале он именно работал с ребенком, а вот ближе к концу оберегал всеми силами. Илья в ответ на мой взгляд кивает — он это тоже видит. Мы наблюдаем за жизнью мальчика, даже не подозревающего о том, что он действительно дитя совсем. А затем начинается самое сложное...

Разрывающий сердце плач Д'Бола, его песня, переводимая нам, просто заставляет плакать. И меня, и Ульяну, да и Илье не по себе. Хочется утешить рвущего себе сердце мальчишку, но тут Илья вглядывается еще раз в то, что видит на экране, и поднимает руку, останавливая воспроизведение. Я с удивлением смотрю на него, хотя и чувствую уже, что он сделать хочет.

— «Марс», регистрация, — обращается Илья к разуму звездолета. — Д'Бол, Лиара, Аи, Ики, Леи, Фии — Синицыны, родители — сотрудники «Щита» Ульяна и Илья Синицыны.

— Зарегистрированы временные имена детей, — отвечает ему умница «Марс». — Требуется подтвердить имена и даты рождения. Синхронизировано с Центральным Архивом.

— Молодец, — улыбаюсь я догадливости Ильи.

Впрочем, другого варианта у него не было. Остаток мнемограммы можно посмотреть и попозже, что Синицыны, конечно же, сделают, а пока нам нужно поговорить с Архом. Мой друг готов к приему вызова, поэтому я просто трогаю нужный сенсор пальцем, ожидая соединения. Происходит оно, разумеется, не мгновенно — необходимо время на синхронизацию каналов. А вот и он.

— Здравствуй, дружище, — улыбаюсь я. — У меня к тебе вопрос.

— Арх, смотри! Малыш очень на этого человека похож! — слышу я восклицание, и на экране появляется всем нам хорошо знакомая Краха. — Разумные, здравствуйте!

— Здравствуй, Краха, — я складываю пальцы в жесте радости встречи. — Ты можешь нам рассказать о малыше?

— Конечно, — поднимает щупальца в жесте

согласия она. — Он пробился дорогой снов, как Маша и Аленка, ну ты помнишь.

— Помню, — киваю я, а затем, спохватившись, поднимаю руки, ведь расы разные, и у них кивок не означает ничего.

— Он пробился, но был потерянным, да и выглядел необычно, — Краха мне демонстрирует изображение, очень похожее на то, которое в медальоне. — Но он точно творец, хоть и из другой вселенной.

— Вот как... — задумываюсь я, а она рассказывает о Д'Боле.

Увидеть всю картину еще с этой стороны для меня исключительно важно. По крайней мере, теперь понятно, как он умудрился пробиться именно к нам. Неосознанно потянувшись к людям, для которых дети превыше всего, мальчик хотел защитить девочек и найти погибшего папу. Теперь все ясно.

Творец действительно может пробиться сквозь границу миров, и выглядит это каждый раз по-разному, но вот то, через что пришлось пройти и Д'Болу, и его сестре, — просто непредставимо. Видимо, так называемый «страж границы» просто не ожидал творца, невозможного в их дикости. Впрочем, речь сейчас не о том...

— Поначалу он очень хотел остаться здесь, а затем... — да, Краха, это все мы уже знаем. И как он боролся, и какой театр показали совсем ребенку.

— Самка театр играла, — вздыхаю я. — Именно самки напали на детей химан, убив большинство. А затем две девочки оказались у самцов, так что...

— Да, я это предполагала, — поднимает щупальца Краха. — Погоди, так они у вас?

— Мальчик сумел привести корабль, но одна из девочек почти растение, — объясняю я ей. — Она спряталась внутри себя или же уже ушла.

— Она в капсуле? — спокойно спрашивает меня Арх. — Мы будем на Минсяо через три ваших часа.

Похоже, наши друзья могут решить эту проблему, что уже очень хорошо, потому что девочку просто жалко. Если уж и квазиживой с трудом выдержал груз ее памяти, то живые бы с ума посходили. Так что это будет очень хорошим выходом. Трансляцией попросить помощи у всех разумных мы еще успеем, но предложенное Учителями, как все в Галактике называют эту расу, способно оживить ребенка.

— Я еще заметила у него вторую связь, но не

родственную, а необычную, — продолжает Краха. — Ирина его тоже смотрела, может быть, она подскажет что-нибудь?

— Судя по всему, у Д'Бола с Аи единение, — отвечает ей Ульяна. — Очень похоже на нас с Илюшей, да и тактильный контакт им необходим...

— Единение... — Краха изображает задумчивость. — Это может быть расовой особенностью, — понимает она.

А ведь действительно, если вселенная другая, то раса, внешне похожая на наших «эльфиек», может в корне отличаться от них. И тогда единение — действительно расовая особенность, то есть вполне привычное состояние хотя бы для девочки. Что же, одной проблемой меньше...

Сорок восьмое космона.
Минсяо

Лиара

Просыпаюсь я медленно. Мне почему-то кажется, что все вокруг изменилось, но что именно, я пока не понимаю. Очень страшно открыть глаза и увидеть клетку, потому что слишком тихо вокруг. Что-то точно изменилось, поэтому открыть глаза придется. А еще мне хочется того, что больше недоступно — прыгать хочу, бегать и чтобы все прошедшее было сном.

Открываю глаза я медленно и даже не понимаю сначала, что вижу. Улыбчивое лицо прямо надо мной будто пришло из сна, ведь... Но я вижу папу! Широко распахнув глаза, вглядываюсь в такое родное лицо, понимая, что лежу в кровати одна. Неужели мое желание исполнилось?

— Доброе утро, доченька, — ласково произносит папа. — Как спалось моей хорошей?

— Папа... папа... ты есть... — я и сама не понимаю, что шепчу, а его руки вынимают меня из необычного вида кровати, и вот я уже прижата к нему, как в детстве.

— Я есть, — кивает он мне, перекладывая на какую-то плоскую, но не холодную поверхность.

— Здравствуй, доченька, — слышу я женский голос и вижу ее. Она не похожа на погибшую маму, но при этом буквально купает меня в своей ласке.

— Мама? — удивляюсь я.

— Мама, — уверенно отвечает она мне. — Будем одеваться?

— Будем... — я укрыта какой-то белой мягкой тканью, но почти не замечаю этого.

Я, наверное, сплю, потому что рядом папа, пусть и не совсем на себя похожий, но это совершенно точно папа, я чувствую, а мама волшебная просто. Я ощущаю ее любовь, ласку, отчего хочется плакать. Как будто нападение, клетка, ожидание ритуала — все было сном, а теперь я проснулась.

— А... близнецы... Они... — я не знаю, как сформулировать вопрос, но папа понимает, помрачнев.

— Твой брат сумел привезти вас сюда, — не очень понятно отвечает он. — Близнецы остались там.

— Значит, это не сон, а... сказка? — догадываюсь я.

— Не сон, — подтверждает мама, начав натягивать на меня серебристый комбинезон, и я вдруг понимаю: я ноги чувствую!

Замерев на мгновение, наслаждаюсь ощущением прикосновения ткани к ногам, а потом визжу изо всех сил. От невозможного счастья я просто ликую, не в силах сдержаться, а стоит только необычному комбинезону застегнуться на груди, тянусь к ним, чтобы пощупать, потому что я больше не беспомощная! Я... у меня ноги есть!

— Вставай, доченька, ты уже можешь, — информирует меня папа, осторожно помогая подняться, а я держусь за него и плачу.

Это невозможно принять, но я верю сразу. Даже если я сошла с ума и все вокруг бред, я хочу остаться в нем навсегда. У меня кружится голова, я задыхаюсь от слез, но вцепляюсь в папину руку изо всех сил, боясь, что он исчезнет. И папа меня очень хорошо понимает, обнимая, при этом помогая сделать первый шаг.

— Пойдем, поможем подняться твоему брату и его Аи, — мелодичным голосом произносит моя мама. Никем другим эта женщина быть просто не может, я чувствую это всей своей душой.

Мне очень любопытно, что она имеет в виду. Я оглядываю спальню, в которой мы находимся, осознавая, что раньше в таком месте никогда не была. Стены здесь светло-зеленые, стоят полупрозрачные овальные кровати, закрытые сверху чем-то вроде стекла, и много экранов еще. У двух кроватей, на которые мама показывает, горят зеленые огоньки. Только...

— Папа, а можно сменить цвет стен как-нибудь? — интересуюсь я.

— Можно, малышка, — как-то очень привычно и знакомо отвечает уже один раз потерянный химан. — На какой?

— Лучше на темно-желтый, а то Д'Болу тревожно будет, — напоминаю ему.

— Уже не будет, — качает он головой, но потом все же обращается к кому-то: — Вэйгу, смени цвет стен на темно-золотой, пожалуйста.

И стены сразу же становятся темнее, но точно не зелеными, потому что зеленый у кхраагов цвет тревоги, а тревожить братика я не хочу. Какая-то я очень спокойная сейчас, как во сне. Надо будет спросить папу, почему так, ведь для меня такое спокойствие необычно. Пока же я подхожу к странным кроватям. Прозрачный верх их поднимается, сразу прячась в сторону, а тела внутри оказываются укрыты чем-то белым. Д'Бол выглядит чуть иначе, чем в последний раз: он намного меньше сейчас на кхраага похож, только сероватая кожа выдает его, но мне совсем не страшно.

— Сейчас проснутся наши дети, — улыбается мама, потянувшись погладить обоих.

— А почему я такая спокойная? — спрашиваю папу.

— Тебе успокоительное дали, — он гладит меня по голове, — чтобы ты сердечку плохо не сделала.

У него ласки в голосе, кажется, больше, чем я слышала за всю мою предыдущую жизнь, что заставляет тихо всхлипывать, но теперь я хотя бы понимаю, почему у меня нет истерики. Действительно лучше, потому что так папа сказал. А как он говорит, так и правильно.

Д'Бол открывает глаза, увидев меня. Какая у него улыбка волшебная просто! А затем он видит папу, и взгляд его становится таким, что я опять всхлипываю. Но брат тут же начинает беспокоиться, а мама просто берет его руку, вкладывая в ладонь Аи, сразу же удивленно распахнувшей глаза.

— Доброе утро, доченька, — очень ласково произносит мама. — Доброе утро, сыночек. Аи у нас уже может ходить, чувствуешь?

— Чудо... — шепчет аилинка и, сразу поверив, поднимается в своей кровати, чтобы просто упасть на Д'Бола сверху.

— Дети, — папа столько вкладывает в одно только слово, что я сейчас расплачусь, несмотря на успокоительное.

А затем мама и папа помогают одеться брату и его Аи. Глядя на них двоих, я понимаю, что аилинка — действительно его. Это невозможно описать словами, так прекрасно они вместе смотрятся. Встав все рядом у длинного стола, мы смотрим на родителей, но они уходить не спешат, подводя нас к еще трем чудным кроватям. Только заглянув внутрь, я понимаю — иллианки же! Мне даже немного неловко становится, но... они же другой расы?

— Чужих детей не бывает, доченька, — будто поняв, о чем я думаю, произносит мама, и мне становится горячо. Щеки от смущения, кажется, огнем горят. Меня обнимают Д'Бол и Аи, отчего мне становится не так стыдно, а просто спокойно на душе.

— Сейчас проснутся наши младшие, — это папа произносит. — И мы пойдем знакомиться с братом и сестрой, согласны?

Он согласия нашего спрашивает! Не ставит в известность, как всегда было, а спрашивает! Это просто невозможно-волшебно, потому что так никогда не было. А мама, увидев наши поражённые лица, тихо объясняет, что теперь так будет всегда, потому что ничего важнее детей на свете не существует. А я...

Я вспоминаю сказку брата и тут вдруг понимаю — мы в нее попали. Д'Бол привел нас в свою просто волшебную мечту.

Д'Бол

Пробуждение выходит очень сказочным, хотя мне непросто — хочется обнять папу, не отпускать Аи, и еще Лиара же. Проснувшиеся малышки смотрят на родителей просто во все глаза, а они совершенно точно умеют обращаться с иллианками, потому что одежда явно подобрана специально для наших маленьких. Они полностью наши, потому что так он сказал, но я себя чувствую немного оглушенным.

Мы движемся к дверям, и тут... Навстречу с визгом просто выскакивают двое иллиан. Они буквально бросаются к нам, да так, что я даже не знаю, что мне делать, потому что маленькие же, но при этом буквально заливают все вокруг искрящейся радостью. Они прыгают, тянутся к нам конечностями, отчего мне вдруг хочется их обнять.

— Сестренки! Братик! — восклицают эти двое, и я, не в силах сдержаться, ловлю их, присев на корточки.

— Это ваши брат и сестра, — объясняет нам мама. — Лада и Вася их зовут. А вот это у нас... Впрочем, пойдемте-ка.

Она точно знает что-то очень важное, отчего мне становится любопытно. Да, думаю, всем любопытно становится, потому что мы просто переглядываемся, желая идти вослед, но потом Аи берет на руки Васю, а я, соответственно, Ладу. Они тяжеловатые, конечно, но не слишком, при этом ощущаются какими-то очень родными, а учитывая расу... Получается, действительно не бывает чужих детей...

Мы оказываемся в круглой такой комнате, полной непонятных предметов, похожих и непохожих на камни. Раз они здесь, значит, на них сидят? Или нет? Окон я не вижу, но комната хорошо освещена. Войдя внутрь, я замираю, не зная, что делать дальше. Лада в моих руках прижимается ко мне, сидя тихо-тихо, а Вася улыбается в руках моей Аи. Мама и папа сажают младших, сразу же сцепившихся щупальцами, на пол, который, видимо, мягкий.

— Располагайтесь, — предлагает папа, улыбнувшись нам. — Можете на пуфах, — он показывает на камни. — Или на полу сразу.

Мы с Аи опускаемся на пол, Лада и Вася уползают при этом к младшим, сразу же принявшись их гладить. Мама почему-то хихикает. Лиара садится рядом со мной, и мы все внимательно смотрим на родителей. Я знаю это слово, но еще меня мучает вопрос — как так вышло, что мы на одном языке разговариваем?

— Пока вы спали, дети, вас обучили языку, чтобы не мучить, — начинает говорить мама. Она совершенно необыкновенная химан, но рассматривать ее я буду позже, хотя раскосые глаза характерны, скорей, для аилин, чем для химан. — Но нам нужно поговорить прежде всего о ваших именах.

Аи замирает в моих руках, боясь вздохнуть. Я уже знаю почему — она рассказала мне, пока мы летели через дыру ту самую. У аилин имена дают как награду, поэтому Аи — это просто обозначение разведчика и детское имя, как и у меня. Именно поэтому она сейчас надеется получить настоящее имя, но просить об этом, как и я, не будет, потому что кодекс воина запрещает.

— А что не так с их именами? — не понимает Вася, гладящий, кажется, Ики.

— Ну вот Аи у нас, — показывает на мою самую-самую папа. — У нее имя детское, но это скорее, обозначение. А вот имена им дают как признание заслуг.

— Так нечестно! — заявляет Лада. — Она такая чистая, светлая! Папа, это надо исправить!

— Светлая... — он задумчиво смотрит на побледневшую от сдерживаемых эмоций Аи. — Хочешь быть Светозарой?

— Я... — мой мир аж задыхается от такого вопроса, но, с трудом взяв себя в руки, шепотом отвечает: — Да...

— Светозара, — пробую я на вкус это имя. — Ласковое имя, как ты.

— Светозара... — шепотом повторяет она, прижавшись ко мне, я обнимаю самую лучшую аилинку на свете, пряча ее, потому что очень ей поплакать хочется.

— Д'Бол, — папа улыбается и начинает рассказывать обо мне, с самого начала, с момента, когда я впервые открыл зажмуренные глаза его в руках.

— Ты защищал девочек, — глядя мне прямо в глаза, произносит мама. — Ухаживал за ними, был готов погибнуть, только бы они жили. Ты отказался от еды, отдавая все девочкам... Имя Александр означает «защитник», ну а так как ты пока ребенок, будешь Сашей?

Я церемонно склоняюсь перед ней, благодаря за такое доверие. У меня просто слов нет, чтобы выразить все то, что я чувствую. Я бы расплакался, наверное, но мне нельзя. У меня теперь есть настоящее имя, не детское, а значит, я должен вести себя сдержанней. Но вот сестренки, да и Светозара смотрят на меня так, что просто нет слов.

— Ты не перестал быть ребенком, сынок, —

как будто читая мои мысли, произносит папа. — Просто теперь у тебя есть настоящее имя.

— А я? — Лиара не может утерпеть, жалобно глядя на папу.

— И ты, конечно, — гладит он ее по голове. — Ты у нас будешь Ланой, чтобы тебе было проще запомнить.

— Лана... — сестренка пропевает это имя, начав счастливо улыбаться, как будто что-то плохое оставляет ее.

Я же чувствую себя будто обновленным. Кажется, кхрааги, боль и необходимость драться за глоток воды и кусок мяса были во сне, но я знаю, что это не так. В перечисленном мамой нет ничего для меня необычного, ведь быть именно таким меня учил Варамли. И пусть папа изменился, он все тот же, поэтому я улыбаюсь, ведь я хорошо выполнил его завет.

Мне кажется, это все, но теперь приходит очередь младших. Впрочем, их не просят сказать, а рассказывают уже нам о том, что иллианки использовали свои внутренние резервы, чтобы говорить с нами, а это сделало им плохо, поэтому сейчас они не будут напрягаться, а просто побудут малышками. И они понимают сказанное мамой, подняв свои щупальца.

— Раз мы даем сегодня имена, то и младшим нужны новые, правильно? — спрашивает их папа, на что те опять поднимают щупальца. Это у них согласие означает.

— Тогда вы у нас будете... — мама делает вид, что задумывается, а вот младшие замирают, раскрыв глаза так широко, что кажется, они сейчас выпадут. — Отрада, — гладит она Ики. — Это значит, что ты наша радость, — объясняет она малышке.

— А ты у нас Озара, — папа гладит Фии, отчего та тихонько пищит, показывая, как она счастлива. — Озаренная это значит.

— А ты будешь Олесей, — мама берет на руки Леи. — Пришедшей из темного леса, чтобы украсить нашу семью.

Сейчас будет рев, я это очень хорошо вижу. Новопоименованные сестренки начинают хором плакать, но я не чувствую боли в их плаче, тем не менее с тревогой взглянув на папу. Он делает такой знакомый, привычный, можно сказать, успокаивающий жест, и я понимаю: эмоции у них, они же маленькие. Я прижимаю к себе Светозару и Лану, которым это тоже нужно, осознавая, что прошлое теперь окончательно стало прошлым, ведь родители дали нам новые имена, но оказывается, это еще не все.

— Госпиталь, регистрация, — громко и торжественно произносит папа. — Заменяя временную, зарегистрировать детей семьи Синицыных...

Я слушаю, что он говорит, и только когда звучит подтверждение, до меня доходит: мама и папа нас официально, полностью назвали своими, дав имя клана!

Сорок восьмое космона. Пора домой

Лана

Мне не нравится имя «Лиара» и никогда не нравилось. Папе, кстати, тоже, но он согласился на него, хотя я не знаю, зачем маме нужно было называть меня «искателем знаний». Меня дразнили в школе, часто обижали, учителя на каждую неидеальную отметку обязательно проходились по моему имени, и вот сейчас, когда возникает возможность, я прошу избавить меня от него.

— Ты будешь Ланой, — говорит мне папа.

И я понимаю: папа знает, что меня дразнили, потому что новым именем совсем никак подразнить не выйдет. Оно воспринимается не древним словом, а просто именем. Я благодарна ему за это, но, конечно, плачу. Странно, что плакать никто не запрещает, хотя папа всегда таким был, но сегодня, кажется, плачут все.

— Вот, я же говорила! — сообщает Лада, гладя младших по головам, на что те очень счастливо улыбаются. — Мы будем их гладить!

— Пророчица моя, — хихикает мама, и я чувствую — она счастлива.

Я понимаю, что раз Маиры нет, то она умерла, поэтому опасаюсь спрашивать, чтобы не плакать от горя. Пока я не знаю точно, могу представлять, что подруга жива. Но вот Д'Бол... ой, Саша... он вспоминает, что нас больше было, обращаясь с вопросом к папе:

— А где Маира? — я вижу, он готов к плохим новостям.

— С Маирой плохо оказалось, — вздыхает папа, погладив по головам нас всех. Я уже ожидаю услышать страшную весть, но... — С ней и при ней делали очень страшные вещи, поэтому она спряталась внутри себя, став очень маленькой и не принимая мир.

— Она умерла? — негромко спрашиваю я.

— Нет, Ланушка, — отвечает он мне. — Она станет Ка-энин, утратив свою страшную память, и будет жить заново с младенчества.

Я расспрашиваю его о том, кто такие Ка-энин, и вот тут вдруг выясняется, что химан, то есть люди, умеют менять расу. Ну не просто так, но умеют, поэтому моя подруга станет маленькой девочкой иной расы, раз не принимает больше никого, вырастет и ни о чем больше не вспомнит. Немного жаль, что Маира не будет меня помнить, но зато она будет жить!

— Разумные подтвердили — это единственный выход, — заканчивает свои объяснения наш папа.

— А что это значит? — не понимаю я.

Я уже знаю, что разумными в сказке называются все-все вокруг, но как они могли подтвердить? И вот тут мамочка уже рассказывать начинает. Нам это, конечно, в школе еще раз расскажут, но я-то сейчас хочу узнать, и Саша тоже хочет узнать. Наверное, поэтому мамочка и рассказывает.

— Каждый разумный может обратиться к другим разумным, — объясняет мне она.

— И дети? — поражённо спрашивает мой брат.

— Конечно, — улыбается папочка. — Только дети предпочитают родителей спрашивать, но запрета нет.

Вот эта информация заставляет меня

застыть, открыв рот. Оказывается, любой разумный имеет право голоса, а глупых шуток в сказке просто не бывает. Я пытаюсь представить это себе, слушая родителей, и не могу. Оказывается, папа обратился к Разумным, и все-все ему подтвердили, что превратить мою подругу действительно единственный вариант. Но вот сам факт того, что взрослым химан, иллиан, аилин и кто знает еще кому есть дело до одного, пусть и ребенка, но одного-единственного... Это просто непредставимо, по-моему.

— А что теперь будет? — спрашиваю я опять же папу, потому что он меня никогда не обманывал.

— Теперь все плохое закончилось, — отвечает он мне, так знакомо прижав к себе. — У вас будет школа, сначала виртуальная, а потом, как втянетесь, так и в обычную пойдете, а у малышек — детский сад.

Я не могу не спросить, узнавая, что здесь в школе нельзя дразнить или издеваться — такое никому в голову не придет, а вот Д'Бол, ой, Саша, конечно, вообще не знает, что такое школа, но сильно удивляется оттого, что больно не будет. Я слышу его вопрос, понимая, какая на самом деле страшная жизнь у моего братика была, и после этого он... У него нашлось тепло для каждой из нас! Он, наверное, святой из древних легенд.

— Мы сейчас полетим... хм... Уля, как думаешь, домой или в Лукоморье? — интересуется папа у мамы. Здесь у нее такое ласковое имя!

— Дети, а что вы хотите? — спрашивает она нас. — Домой или сначала побыть там, где только мы и больше никого?

И вот тут я задумываюсь. Ведь мы уже были там, где больше никого нет... хочу ли я просто побыть с родителями? Но дома ведь никто этому не помешает, а мне очень любопытно узнать, как там все устроено. Я переглядываюсь с братом, увидев в его глазах согласие. Я знаю, что мама хочет дать нам привыкнуть, но боюсь, вдруг родители в том Лукоморье просто исчезнут и все окажется сном.

— Лучше домой, — твердо говорит Саша. — Узнаем, как в сказке все устроено, будем учиться, и младшим проще будет...

— Он всегда думает обо всех? — удивляется Вася, так зовут старшего из иллиан.

— Саша у нас такой, настоящий, — с гордостью произносит папа, и я вижу, как счастливо улыбается мой брат. Я его понимаю: от таких папиных интонаций я бы визжала и прыгала. —

Решено, летим домой. Так, рейсовый нам, наверное, не подойдет...

— Семью Синицыных ожидает «Марс», — говорит голос с потолка. Это у нас такое название семьи — Синицыны.

— Благодарю, — кивает кому-то папа.

Он поднимается на ноги, вместе с мамой собирая младших, а те иллиан, что постарше, к Саше подходят, протягивая руки. Это значит, они на ручки хотят, потому что им понравилось. Они тяжелые, наверное, как же Саша и Светозара их носят? Надо будет спросить потом, ведь брат берет Ладу на руки совсем без усилий.

— А утащите? — интересуется папа, причем он не шутит, а действительно беспокоится.

— Мы сильные, — отвечает ему аилинка. — Намного сильнее химан. А им хочется, потому что они чудо.

Я и забыла, кхрааги и аилинки действительно чуть ли не втрое сильнее химан, у них особенности расы такие, но Саша уже совсем на кхраага не похож, вот я и не подумала, наверное. Светозара ничуть не беспокоится, у нее сила воли стальная, я думаю, а вот мне не по себе: опять смена обстановки. Хотя я верю родителям, но внутреннее ощущение какое-то странное. Не то чтобы неприятное, а просто необычное, раньше такого не было.

Мне кажется, смена имени просто обнулила ту жизнь, где папа появлялся у нас очень редко, в школе издевались и даже побить могли, а еще клетку и ту жуткую, просто непереносимую боль, после которой я не могла ходить. Мне исправили тело, и я уже не так страшусь повторения, но вот полностью меня изменили сегодня. Папа словно зачеркнул прежнюю жизнь, обновив меня. И вот теперь я с новым именем готова сделать шаг в новую сказку.

Саша

У меня настоящее, не детское, имя есть!

Сначала я подумал, что Лиара погорячилась, попросив сменить ей имя, но затем увидел, как ее глаза полыхнули счастьем, — значит, что-то было связано плохое с ее прошлым именем. Это нужно обдумать, и, наверное, осторожно ее расспросить, ведь папа рассказывал, что такие вещи могут всплыть неожиданно, сильно испортив жизнь. Возможно, что-то в прошлом ее от собственного имени отвратило?

Сейчас мы идем на корабль, тот самый, что за

нами прилетел. Моя Аи, ставшая Светозарой, точно не испугается никого, а вот Лана может. Значит, нужно быть к ней поближе, чтобы успеть в случае чего. Кажется, я понимаю, почему старшие иллиане к нам на ручки попросились: наверное, боятся, что мы можем как-то не так отреагировать. Не знаю, верно ли я думаю, но все равно неправильно не отреагирую... хм... наверное.

Из коридора, светло-зеленого, что меня совсем не тревожит, а должно бы, ибо у кхраагов зеленый — цвет тревоги, мы попадаем в большую цилиндрическую кабину, ну и стоим в ней, потому что так папа сказал. Все-таки отчего меня не тревожит зеленый цвет? Возможно, причина в том, что я полностью стал химаном и теперь у меня восприятие цветовой гаммы такое же, как у них? Надо будет проверить.

Двери кабины разъезжаются, показывая нам совсем другой коридор, по которому мы продолжаем наше движение. Наверное, кабина была подъемником, раз коридор сменился. Только он какой-то очень мягкий, как раз для таких устройств — в пол не вжимало, ничего не давило и вообще никаких ощущений не было. Интересно бы узнать, как он устроен, а пока...

— Что это? — интересуюсь я, увидев перед собой вполне так земляную нору, существования которой на космическом корабле я вообразить просто не могу.

— Соединяющая звездолеты галерея, — объясняет мне папа, не оборачиваясь.

— Ее так для нас украсили! — гордо сообщает Вася, даря мне понимание: это для того, чтобы никто не забоялся. Но нас космосом не испугаешь, мы уже чего только не видели...

Впереди виднеются стены темного цвета. Нужно будет узнать, отчего зависит окраска стен, может, пригодится в ориентировании. Пока же нас встречает та самая самка химан, которая с мамой и папой была. То есть неопасная. Значит, нужно поздороваться, только я не знаю, как здесь принято здороваться с самками, поэтому наблюдаю за родителями.

— Здравствуйте, Мария Сергеевна, — произносит папа. — Мы вот с детьми на Драконию собрались.

— Домой, — кивает она, показывая нам спину. Ого, какое доверие! — Это правильно, капсулы виртуальности вам туда уже доставили, ваши родители занимаются.

— Ой, что нам ма-а-ама скажет, — смеется мама.

— Учитывая, что она уже неделю ждет? — улыбается ей папа, обнимая.

Наблюдая за маминой реакцией, я понимаю, что у нее с папой те же чувства, что между мной и Светозарой. Это должно что-то значить и иметь свое название. Надо будет спросить... Список всего того, что спросить надо, уже такой большой, что и не знаю, не рассердится ли папа, когда я начну вопросами его донимать.

— Не рассердится, — оглянувшись, сообщает мне Мария Сергеевна. — Для разумных нет ничего важнее детей.

— Значит, на Ш'дргмассгхре разумных не было, — делаю я простой вывод.

— У нас тоже не было, — замечает Светозара. — Значит... Не знаю, что это значит.

— Юность цивилизации, — подсказывает ей наш папа, заставляя меня задуматься.

Он так всегда делал — одним словом подсказывал путь решения. Если предположить, что наши цивилизации остались, образно говоря, в «детстве», тогда многое объясняется, ведь дети бывают жестоки, но в сказке же нет? Или все-таки да, и это надо учитывать? Понимая, что сам не разберусь, я поднимаю взгляд на папу, а он будто мысли читает, продолжая говорить:

— Юные цивилизации мы называем «дикими», сынок, — объясняет он мне. — И с ними Контакт запрещён. Догадаешься почему?

— Чтобы не напали? — с сомнением спрашиваю я и осекаюсь, потому что до меня доходит: — Я понял! Вы даёте им повзрослеть!

— Правильно, — кивает он, погладив меня по голове. — А мы разумные, это значит что?

— Правильное воспитание... — отвечает ему Светозара. — Чтобы не было жестокости и чтобы... — она всхлипывает.

— Ну другому ведь тоже больно! — восклицает Вася, одной только фразой подтверждая мои мысли.

Здесь, в сказке, взрослые любят детей, прислушиваются к их мнению, не лгут и учат тому, что больно бывает всем, при этом не причиняя боли. Действительно волшебство, как в древних дошедших до нас легендах. Это означает, что ни Лану, ни Светозару никто не обидит. Кстати, надо будет узнать, как называется правильно та, что теперь и есть для меня весь мир.

— Располагайтесь в комнате отдыха, — предлагает сопровождающая нас самка химан. — И включите детям фильм для малышей, пусть с толком время проведут.

— Да, имеет смысл, — кивает наша мама. — Спасибо вам, Мария Сергеевна.

И вот мы остаемся одни — ну с родителями, конечно — при этом я жду, что сейчас произойдет, ведь та самка точно начальница, а приказ надо выполнять. Вот я жду и вдруг оказываюсь будто на поверхности — вокруг столбами обнаруживаются деревья, так называются высокие растения на планетах химан. Я ошарашен, пожалуй, но на этом ничего не заканчивается — откуда-то появляется голос самки химан, незнакомый мне, но при этом полный тепла.

— Мы зовемся разумными, но наш разум не в звездолетах и синтезаторах, а в сердце каждого, — произносит невидимая самка. — Каждый день вы видите вокруг множество разумных. Среди них есть люди... — она делает паузу, а из-за деревьев показываются о чем-то разговаривающие химаны. — Есть Ка-энин... — снова пауза, и перед нами совершенно невиданная раса: у них на голове треугольные ушки, что не мешает им включиться в разговор с химан. — А также и другие расы...

Приоткрыв рот от удивления, я наблюдаю за

множеством представителей совершенно разных рас, некоторые из них даже в скафандрах, которые совершенно не мешают общаться друг с другом. На душе от этого зрелища вдруг становится как-то очень спокойно, будто маленький Д'Бол засыпает. Стоп, мне же имя дали, значит, маленькому Д'Болу тоже? Но он же маленький... Нужно обязательно спросить!

— Папа, а у меня внутри живет маленький я, который хороший, помнишь, ты мне о нем рассказывал? — интересуюсь я у папы. — А он теперь тоже Саша или еще Д'Бол?

— Конечно, он тоже Саша, — кивает мне он. — И ты его можешь выпустить, потому что теперь можно быть маленьким.

Вот это самое большое чудо, означающее — нет необходимости быть постоянно сильным и готовым к опасности. Интересно, у меня получится выпустить малыша?

Сорок восьмое космона.
Дракония

Лана

Пожалуй, я ошарашена. Все меняется настолько быстро, становясь просто сказкой, стирая прошлые ужасы, что я даже не знаю, как реагировать. Старших иллиан у нас забрали почти сразу после прилета, они со своими младшими отправились в «игровую комнату», а мы остаемся в гостиной... или столовой, я пока еще не поняла.

— Через час бабушки с дедушками приедут, — сообщает мне папа, заставляя с непониманием взглянуть на него. — Тогда и поедим.

— А что такое «бабушки» и «дедушки»? — интересуется Саша.

— Это родители родителей, — объясняет ему мама.

— Вы так долго живёте? — не выдерживаю я и вдруг узнаю совершенно невозможные вещи.

Оказывается, химаны здесь живут очень долго, так, что дети застают не только предыдущее поколение, но и то, что было до него. Для нас троих это просто шок. Ну с расой аилин понятно: они постоянно на войне, чуть реакция подвела — и вот уже неудачник становится блюдом на столе кхраага, но у нас почему так было? Я обращаюсь к папе, который знает всё, и вот тогда он предлагает Саше подумать, почему у нас не было «стариков». Так называются долго живущие химан в конце своего пути.

— Долгая жизнь — это опыт, — произносит мой брат, подумав. — Если убирать тех, кто видел своими глазами историю, то её можно... изменить?

— Да, сынок, — кивает папа. — С химан было не всё просто, но вот что именно не так было, мы уже не узнаем.

— В истории Человечества известны периоды и народы, пытавшиеся поступить аналогичным образом, — добавляет мама, что-то раскладывая на столе. — Вам будут об этом в школе говорить.

При слове «школа» меня передёргивает — вспоминаются душные классы и заучивание наизусть «основных принципов расы». При этом поговаривали, что некоторые учителя могли делать нехорошие вещи, но говорить на эту тему было запрещено.

— Что такое Человечество? — спрашивает Саша. — Я все-таки не очень хорошо это понял.

— Это люди, — объясняет ему мама. — Правда, уже не только они, потому что Человечество усыновило потерянных «котят».

— А люди — это химан? — интересуюсь уже я.

— По внешнему виду да, — кивает она мне, но дальше не объясняет, потому что раздается мелодичный звук, идущий, кажется, со всем сторон.

Я не успела рассмотреть наш дом, потому что меня папа обнимал. Отчего-то стало страшно в «электролете», поэтому просто зажмурившись сидела. На меня накатывает время от времени, и что с этим делать, я пока не знаю. Наверное, просто устала от всего, ну или...

— А вот и дедушки с бабушками добрались, — радостно улыбается мама. Я поворачиваюсь в сторону входной двери, готовясь ко встрече с химан... людьми, которых никогда не видела. А вдруг они меня не захотят? А вдруг...

— Не думай о плохом, — слышу я голос брата, меня обнявшего вместе с Аи... Светозарой.

Я поднимаюсь на ноги. Мы стоим, обнявшись все втроем, а затем я чувствую папины теплые руки, и мне вдруг становится спокойнее на душе. Но затем обнимающих нас людей вдруг становится больше. Я не понимаю, что именно происходит, чувствуя себя просто маленькой, от которой ничего не зависит.

— Устали дети, — произносит незнакомый голос. — Уля, надо дозированно информацию давать, ведь для них здесь совершенно все незнакомо, а цепляются они за Илью.

— Не подумала я, мамочка, — в голосе мамы я слышу вину, отчего раскрываю глаза пошире.

И вот затем мы оказываемся за столом. Я даже не фиксирую переход, потому что кажется, я просто закрыла глаза, открыла — и уже за столом. Папа внимательно смотрит на меня, и братик тоже, а Светозара выглядит спокойной, но очень бледной. Похоже, еще немного, и сознание потеряет.

— Так, стоп, — произносит папа. — Детей в спальню, пока в обморок не попадали.

— Илья? — удивляется мама, но из-за стола встает.

— Старшие наши дети в коллективе или не были совсем, или были очень давно, — объясняет он ей. — Поэтому у них шок.

— Правильно, дети, — кивает какой-то незнакомый химан, то есть людь.

А я уже почти ничего не соображаю. Слышу разговор, даже понимаю, о чем говорят, но подняться не могу. Ощущение, что свет очень плавно меркнет, как будто медленно темнеет вокруг. Наверное, мама была права, желая нас сначала поместить туда, где никого нет, а теперь, получается, поздно, потому что я умираю.

Мне становится очень холодно, а фигуры вокруг выглядят так, словно они обведены светлыми линиями на темном фоне. При этом мне кажется, что я куда-то просто плыву. Жалко, конечно, что в сказке удалось пожить совсем недолго, но, видимо, ничего поделать с этим нельзя. Пусть братик будет счастлив, а я...

Что-то громко шипит, как дверь каюты на корабле, и я вдруг понимаю, что холод уже пропал. Я обнаруживаю себя лежащей на диване или даже в кровати, при этом комбинезона на мне нет, а укрыта я покровом, названия которого не знаю. Я чувствую себя очень слабой, не понимая, что происходит, а рядом незнакомый химан водит вдоль моего тела прямоугольной коробкой.

— Не умирать! — приказывает он мне, обращаясь потом к папе. — Вы девочку не мнемографировали?

— Нет, — качает он головой. — Что-то сложное?

— Смотря с чем сравнивать, — в задумчивости качает головой незнакомец в салатовом костюме. — Очень похоже на блокировку памяти, принятой у Врага. Кроме того, впечатлений для девочки действительно многовато.

— Тогда имеет смысл в больницу? — спрашивает мамочка, в глазах которой даже не тревога — паника, а вот мне от этого слова становится очень страшно. Просто накрывает неконтролируемым ужасом, от которого я будто выключаюсь.

У меня перед глазами что-то очень страшное, я не могу это ни описать, ни даже назвать. Меня накрывает все большим ужасом, но тут вдруг все заканчивается. И хотя я понимаю, что меня, скорее всего, усыпили, чтобы я не так боялась, я не сопротивляюсь сну, в котором смотрю на белую комнату через мутное стекло.

Я вспоминаю — это больница. По крайней

мере, когда мне стало плохо на уроке, меня в больницу доставили, вот только я этого почему-то совсем не помню. Мне кажется, этого и не было, а стекло все мутнеет, отчего я даже разглядеть не могу, что там такое происходит. Что меня пугает? Что? Я пытаюсь всмотреться, но у меня не выходит.

Могли ли надо мной ставить опыты? Но зачем это нужно химан? Они же не кхрааги! Как я оказалась в больнице, что со мной было? Я ничего этого не помню, зато припоминаю, что все это было с мамой как-то связано. Но как?

Саша

Несмотря на то, что меня беспокоит состояние Светозары, да и Ланы тоже, я внимательно смотрю, куда и как мы летим. Замечать все детали меня папа учил, потому я и привык — никогда не знаешь, что пригодится. И Светозара, и Лана бледноваты, кстати, мне тоже не очень по себе, поэтому маленький Д'Бол, который теперь тоже Саша, остается внутри; чувствую я, что расслабляться рано.

Электролет, спускающий нас на планету, выглядит длинным, полупрозрачным, но при этом тоже округлым, как все у химан, живущих в сказке. Планета медленно приближается, накатываясь, и спустя некоторое время я уже вижу, как выглядят дома. Никогда бы не подумал, что резиденция клана может просто в воздухе висеть. Тут мое внимание отвлекает Светозара — она вздрагивает, поэтому я обнимаю ее, позволяя расслабиться. Мы в клане самые, получается, маленькие и должны делать то, что скажут старшие. Дети превыше всего у них, что означает — больно нам не сделают, но и все... Им-то виднее.

Мы оказываемся дома очень быстро. Резиденция тоже округлая снаружи, а внутри не похожа ни на что, поэтому я просто запоминаю, как она выглядит, не стараясь описать. Здесь есть несколько комнат, но нас усаживают за стол, чтобы покормить. Я бы на самом деле нас бы отпустил в спальню — бледнеют девочки. Особенно Светозаре не очень хорошо, но в чем дело, я не понимаю, а она не говорит.

— Младшие отправятся играть пока, — улыбается мама, и с ней никто не спорит, наверное, так принято.

Странно я воспринимаю окружающее пространство — как будто урывками. Но такое уже со мной бывало на тренировках, поэтому я просто беру себя в руки, стараясь участвовать в разговоре. Я совершенно не понимаю, о чем говорю, будто глядя на себя со стороны. Время от времени появляются прояснения, и я могу ответить на вопрос, но, кажется, каждое напряжение что-то выключает у меня.

И вдруг на меня накатывает ощущение, как перед тем самым рукавом, когда папа погиб. Голова становится ясной, я сразу же вижу, как бледнеет сестра, обнимая ее. Скорее всего, в разговоре задели какую-то нотку памяти, вот она и отреагировала. Но того, что с Ланой происходит, я не понимаю.

— Не думай о плохом, — прошу сестру, обнимая ее.

Светозара тоже обнимает Лану, а там и взрослые, но я чувствую стремительно утекающее время, поэтому поднимаю руку, чтобы привлечь папино внимание, и изображаю наш с ним знак «нуждаюсь в помощи». У нас были жесты, когда нужно что-то, а говорить нельзя — на обеде у вождя, например, или на тренировке...

— Устали дети, — произносит незнакомый голос. — Уля, надо дозированно информацию давать, ведь для них здесь совершенно все незнакомо, а цепляются они за Илью.

— Не подумала я, мамочка, — по-моему, голос мамы слегка виноватый.

Но несмотря на это, нас приглашают уже за другой стол, хотя какой в этом смысл, я не понимаю. Лана, кажется, сейчас отключится, она, по-моему, окружающее не воспринимает. Я меняю жест, осознавая: папа не понял, какая именно помощь нужна. Теперь мои пальцы изображают совсем другой жест — «опасность».

— Так, стоп, — произносит папа. — Детей в спальню, пока в обморок не попадали.

— Илья? — мама явно удивлена.

— Старшие наши дети в коллективе или не были совсем, или были очень давно, — спокойно объясняет он. — Поэтому у них шок.

И вот в этот момент Лана теряет сознание, а все начинают двигаться очень быстро. Мы в мгновение ока оказываемся в кроватях, папа вызывает лекарей, причем делает это необычно короткой фразой. Надо будет спросить, почему он позвал именно так, а пока не проходит и пяти минут, как в спальне оказывается незнакомый химан, одетый в тревожный зеленый цвет.

О чем они говорят с родителями, я не понимаю, прижимая к себе Светозару, которую немного трясет. Поглаживая ее по волосам, я добиваюсь более осмысленного выражения в ее глазах.

— Папа, со Светозарой плохо! — зову я папу, и в тот же миг лекарь оказывается возле нас.

— У детей единение, — коротко комментирует очень серьезный папа, а лекарь прикасается серебристой палкой к шее той, что и есть мой мир. Что-то шипит, Светозара вздыхает, открывая свои невозможно волшебные глаза.

— В госпиталь, немедленно, — решает лекарь, и в этот момент мое сознание гаснет.

Открываю глаза снова я в совсем другой комнате, сразу же проверив Светозару, а вот Лану нигде не вижу. Она же не могла умереть? Папу я тоже не замечаю, надеясь только на то, что с ним ничего не случилось. Стоит мне только представить, что его нет, как что-то принимается прерывисто гудеть, и вокруг становится людно.

— Что случилось? — строго спрашивает у меня лекарь, судя по тревожному цвету одежды. Я же закрываю собой Светозару, чтобы попало только мне за эту тревогу.

— Товарища Синицына позовите, — отвечает

ему второй лекарь. — Они намертво на отце фиксированы.

— С папой ничего не случилось? — кажется, я жалобно спрашиваю.

— Все хорошо, сынок, — слышу я папин голос и расслабляюсь. — Что с ними?

— Девочке нужен мнемограф, — отвечает тот лекарь, что просил его позвать. — Будем разбираться. Мальчик использовал свои ресурсы, чтобы оставаться в сознании.

Папа тяжело вздыхает и садится на нашу кровать, начав объяснения. У людей есть прибор, способный расшифровать картины памяти. Все, что человек видит и слышит, у него в памяти остается, но не всегда в активной форме. Люди это могут прочитать, но так как мы дети, в нашем случае не все так просто. Если коротко — нас нельзя, именно поэтому стало плохо девочкам.

— Светозара — разведчик, ее хорошо готовили, — произношу я то, что давно в голове вертелось, — но она оказалась в клетке, значит... могли предать?

— Могли, — кивает папа. — При этом ей некомфортно среди большого числа людей, нужно понять почему.

— А Лана? — осторожно спрашиваю я.

— С дочкой тоже непросто, — вздыхает он. — Как только все выясним, обязательно расскажем.

И видя мое наверняка скептическое выражение лица, папа начинает объяснять, что детей нельзя обманывать, скрывать серьезные вещи от них, потому что дети очень важны, а доверие — это триггер, оно или есть, или нет. Именно поэтому нам обязательно все расскажут, просто когда выяснят. А теперь нам со Светозарой надо поспать.

Я не собираюсь оспаривать папино решение, хоть и ругаю себя сейчас — надо было сразу о моих ощущениях рассказать, ведь взрослые могут просто среагировать не сразу, как и случилось сегодня. Додумать свою мысль я не успеваю, потому что засыпаю.

Сорок девятое космона.
Мария Сергеевна

Отпуская Синицыных, понимаю: что-то меня тревожит. Минут пятнадцать пытаюсь понять, что именно, лишь потом осознавая — дар. Оглянувшись на Танечку, замечаю ее напряженную позу, значит, не только у меня дар дает о себе знать. Игнорировать сигналы даров может только очень неумный человек, этому нас и в школе учат.

— «Марс», — командую я, понимая, что поступаю правильно, — оставаться на орбите!

— По запросу группы Контакта остаемся на орбите, — слышу я подтверждение корабельного разума.

— Вэйгу, внимание, — продолжаю не задумываясь. В нашей работе часто приходится реагировать быстро. — Аварийной группе — готовность приема экстренного борта.

— Маша, — связывается со мной командир звездолета, — что за аврал?

— Дар активизировался, — объясняю я. — Или ребята справятся сами, или...

— Понял, — отвечает он мне, сразу же отключившись.

А я беспокоюсь — дар все активнее говорит мне, что мы на самой грани застыли. Или доктора что-то пропустили, или же причины в прошлом детей. Только бы не с малышками — там мнемографирование почти невозможно, со старшими пробовать можно, и, насколько я понимаю, нужно. Значит, проблема в прошлом детей, аналогов у нас не имеющая.

— «Марс» — диспетчеру Драконии, — вызываю я главного дежурного в системе. — Все запросы щитоносцев Синицыных приоритетны.

— Диспетчер понял, — меланхолично отвечает мне офицер флота, которому просто скучно.

Мучительно долго текут минуты, заставляя нервничать все сильнее, и вдруг — сигнал с планеты: Синицыны запросили медицинскую помощь. Шевельнув пальцем, отдаю приказ об отправке экстренного транспорта к их дому. Я просто знаю, он скоро понадобится. Взглянув на часы, вижу, что прошло не более часа. Быстро они, можно сказать, но вот что именно это может быть, я себе даже не представляю. Что угодно может случиться, учитывая, что для детей здесь новое совсем все... надо было их все-таки на Кедрозор или даже на третью Минсяо, провести реабилитацию, убедить в том, что жизнь никогда не будет прежней и бояться уже не надо. Мне кажется, я знаю, что случилось, но уже поздно.

И будто вторя моим мыслям, на всю систему раздается сигнал тревоги, страшнее которого в нашем обществе сложно представить. «Опасность для жизни ребенка». Получается, дождались, а внизу сейчас наша аварийная бригада спешно укладывает детей в медицинские капсулы, чтобы как можно скорее поднять их на «Марс», благо госпиталь у нас укомплектован получше планетарного. Случаи бывают разные.

— Вэйгу, мнемограф разрешен, — вспоминаю я. — Под мою ответственность.

— Принято, — отвечает мне разум медицинского отсека.

Меня ведет дар, я действую просто по наитию,

стараясь даже не думать о происходящем. Опасность для жизни ребенка — очень страшные слова для любого Разумного, поэтому детей сейчас экстренно, остановив всю навигацию в системе, доставляют на «Марс». На мой коммуникатор приходит сообщение: проблема у девочек, а мальчик опять использовал ресурсы организма, вовремя не сказав, что ему нехорошо.

— Мнемографирование Ланы Синицыной экстренно, — сообщает мне Вэйгу. — Светозара Синицына на этапе подготовки.

— Сашу надо будет усыпить, у них единение, — напоминаю я ничего не забывающему разуму корабельного госпиталя.

— Учтено, — коротко отвечает он мне.

Я же быстро иду в сторону госпиталя — надо успокоить родителей детей. Ульяна еще и беременная, как бы на ней плохо не отразились такие стрессы. Хотя я и уверена, что Вэйгу обо всем подумал, но тем не менее мне действительно нужно туда. Илье совершенно точно не следует с ходу смотреть мнемограмму, кто знает, как он отреагирует.

В госпитале обнаруживается, что Ульяну успокоили уже без меня, а возле шара мнемографа стоит хмурая Танечка. Илья явно разрывается между детьми и женой. Беда с этим единением, просто беда. Я просто кладу ему руку на плечо, показав глазами на Ульяну, на что он кивает. Звонко щелкает распределитель лекарств, имеющийся в каждом отсеке. Щитоносец явно против, но старшему по званию и своей начальнице противоречить не хочет, потому подчиняется, устраиваясь рядом с Ульяной.

— Что тут? — интересуюсь я у сестренки.

— Грязь типа нашей, — эти слова, пожалуй, многое объясняют. Но не все, поэтому я включаю воспроизведение выжимки на экран.

Вэйгу определяет наиболее травмирующие воспоминания мгновенно, выдавая мне эпизоды в дозированной форме. Итак, девочку травили в школе, но не только словесно, при этом, когда ее отец отсутствовал, мать вела себя не вполне красиво, запугав ребенка. Но тут интересно еще и другое...

— Смотри, тут мать двоится, — показываю я сестренке. — Отчего так?

— Неполное совпадение образа, — задумчиво отвечает она мне. — Подменили, получается? Оппа... А вот откуда у нас ужас!

Я смотрю на экран, осознавая: такие воспоминания ребенку не нужны, но в любом случае останутся реакции тела. Потому что именно память ей как-то заблокировали, метод нам как раз совершенно незнаком, но это и понятно — чужая вселенная. А вот что делать с девочкой, школа которой на данном этапе не показана в любом виде, показана исключительно в виде индивидуального обучения? Одно ясно: кто-то хотел ее использовать как оружие против ее же отца.

Пожалуй, у нас новый вызов... Я задумываюсь, но долго думать мне не дают, позвав к «эльфийке». Тут сюрпризы тоже есть, они другие, но... Героическая девочка выкупила собственной жизнью младших представителей своей расы. Кхрааги необычного вида, но откуда-то мне все же знакомые, очень хотели получить именно ее. Вот мотив этого желания мне неясен, но, думаю, он уже неважен. Наложенной личности у нее нет, память четко прослеживается, при этом совершенно неясно, почему именно ее хотели захватить настолько сильно, что выполнили соглашение с ней, действительно отпустив малышей. Неожиданно, кстати...

— Может обнаружиться закрытая область, кстати, — замечает Танюша, увидев, чем я занимаюсь. — На кодовое слово, например. Тогда для мнемографа ее нет.

— Но в любом случае надо реабилитировать, — понимаю я. — Потихоньку, полегоньку... Что с Ланой делать будем?

— Трансляция, сестренка, — вздыхает она. — А пока — Лукоморье, другого варианта нет.

Другого варианта действительно нет, дети не выдержат обычной жизни, учитывая, что с ними делали. Значит, будем обращаться к Разумным, рассказывать историю Синицыных и надеяться на то, что всем миром мы решение найдем. Все-таки с такими вызовами мы еще не встречались.

Тем не менее, что-то мне в озвученной версии не нравится, поэтому я поручаю квазиживым проанализировать записи девочек, выдав обезличенные версии. Синицыных работа отвлечет от ненужных мыслей, а дети пока поспят. Странное ощущение, как будто что-то цепляет сознание, но сформулировать, что не так, я не могу. Следователи же показали себя хорошими специалистами, пусть работают.

Еще раз, что мы имеем. Есть две девочки — школьные подруги, одна замучена полностью, вторая вполне активная была, пока не попала в условия семьи. Возможно, какое-то слово активировало скрытую цепь ассоциаций. Такое вполне вероятно, но нужно уточнить. Мальчишка чуть что переходит в режим экстренности, используя свои внутренние ресурсы, отчего получает нервное истощение. «Эльфийка», с которой многое непросто, держится, что бы ни происходило, будто не воспринимает всерьез внешний мир.

Пока следователи работают, я продолжаю раздумывать о том, какие вызовы нам еще готовит Вселенная. Только разобрались с наследием Врага, так задача из другой Вселенной подскочила... Стоп!

— Таня! — зову я сестру. — Связь с Академией запроси, пожалуйста. У мальчика был контакт, кажется, с Ириной из наших, чтобы Учителей не дергать.

— Минутку, — отвечает мне Танечка. — Готово!

— Здравствуй, тетя Маша! — радостно улыбается мне Иришка. — Что случилось?

— К вам во снах пробивался мальчик Саша,

которого вы знали как Д'Бола, — объясняю я свой интерес. — Удалось установить, откуда и что там произошло?

— А, «крокодильчик», — улыбка становится шире. — Мы его между собой так прозвали, очень он похож был. Конечно, мы выяснили откуда, но эти миры для нас пока недосягаемы — закрыты по причине крайне агрессивных цивилизаций, развившихся из, насколько я поняла Стража, сосланных туда индивидов. Вот только Д'Бол сумел что-то изменить, так что, возможно, мы еще встретимся с выходцами оттуда.

Иришка рассказывает мне, что даже для творцов проникновение во вселенную, откуда явился Д'Бол, невозможно — только переговоры с неким Стражем. Мальчику, насколько она может судить, была уготована роль мученика, как и оказавшимся с ним девочкам. Вот только кто именно готовил и что теперь делать, совершенно неясно. То есть с подробностями творцы нам помочь не могут. Не настолько мы развиты, получается. Ну что же, есть куда расти...

— Командир, следователи просят в зал совещаний, — едва лишь я успеваю закончить разговор с Иришей, на связь выходит разум «Марса».

— Иду, — киваю, выходя из рабочей каюты.

Если не указан какой-то конкретный зал совещаний, то, видимо, основной. Это значит, что информация нуждается в визуализации. Тем лучше, потому что проводить трансляцию оттуда в любом случае проще, чем из рубки. В зале совещаний все устроено для трансляций, проще будет.

Я вхожу в помещение, оглядывая собравшихся: четверо квазиживых, моя группа в полном составе и Синицыны. Внимательные, сосредоточенные, на лице Ульяны, несмотря на то, что она, несомненно, все поняла, ни тени паники. Молодцы ребята. Но вот новости у нас, видимо, непростые. Поздоровавшись, сажусь во главу стола, выжидательно глядя на Синицыных.

— Все оказалось и проще, и сложнее, — грустно сообщает Ульяна. — Пересекающийся анализ трех мнемограмм детей позволяет вычленить следующие эпизоды: детство Маиры, в котором нет достоверных эпизодов...

— Постой, — останавливаю я ее. — Как так — нет?

— У нее нет памяти о детстве, все что есть — почерпнуто из игровых фильмов, — объясняет мне Илья. — При этом над ней производили какие-то нам непонятные эксперименты, но переусердствовали и просто отправили на уничтожение.

— То есть с историей Человечества все же перекликается, — понимаю я. В отношении Маиры будет Трансляция, у нас вариантов нет. — А с Лиарой?

— Судя по содержимому памяти на ключевое слово «больница», — Ульяна прижимается к мужу, — ее биологическая мать погибла от какой-то тяжелой болезни, но девочка это «забыла», поэтому роль матери исполнял кто-то другой, внешне похожий. С этим сложно — ее в убийцы готовили.

— Как в убийцы? — я удивлена, хотя, как именно, вполне понимаю. В истории Человечества, особенно в темных веках, чего только не было. — Кого она должна была убить?

— Отца, — коротко отвечает щитоносец. — И обвинить в этом Д'Бола. Она, кстати, пыталась, но уже на звездолете, при этом сама не понимала, почему так говорит.

Сказка получается довольно страшной. Тот факт, что общество химан могло быть неоднородным, меня не удивляет, но вот какова цель именно такого, мы можем только предполагать.

Учитывая рассказанное творцами, получается у меня, что Маиру пытались подготовить, но переусердствовали, тогда взялись за Лиару, которая практически сошла с ума от противоречия. То есть с девочкой все понятно: нужно стабилизировать ее внутренний мир, снять установки кодовых слов. Это мы, пожалуй, умеем. Но жестокость по отношению к детям, конечно, поражает.

— Что с Сашей и Светозарой? — вздохнув, перевожу я тему на других детей.

— Они связаны, — вздыхает Илья. — Единение же. Причем связаны с момента спасения, а вот то, как именно девочка оказалась в клетке, нам установить не удалось. Память о спасении малышей не соответствует контрольным меткам.

Это, пожалуй, приговор. Память — она не сама по себе, в мозгу человека (и не только человека) довольно много контрольных элементов, обеспечивающих связность мышления. Это значит, что на Светозару воздействовали, чтобы она считала клетку своим выбором ради великой цели, а на деле ее просто уничтожили. Вопрос только — зачем?

— Она была дочерью вождя, — коротко замечает квазиживая в форме медицинского отсека. — Думаю, причина в этом.

— Шантаж, — вздыхаю я, отлично понимая, что именно так могло быть. Но суть-то в том, что девочка готова жертвовать собой, и за это она заслуживает награды.

— С Сашей сложно, — произносит все та же квазиживая. — Он привык находиться в экстремальной ситуации, а гибель наставника, принятого отцом...

Она замолкает, продолжения действительно не требуется. Тут все ясно — детей нужно в тишину и покой, чтобы они медленно приходили в себя. Чтобы был лес, озеро, задушевные разговоры... В Темных Веках считалось, что из боя нужно именно покоем выводить, и я не считаю, что древние ошибались.

Приняв информацию, встаю на ноги, вызывая проекцию клавиатуры прямо перед собой. Что я хочу сделать, понимают, кажется, все, именно поэтому ничего не говорят. Я же готовлю запись трансляции, чтобы выдать ее часа через два, как раз в конце рабочего дня. Сделав шаг вперед, я оказываюсь в фокусе записывающего кристалла. Так как трансляция не экстренная, то время подготовиться есть.

— Разумные! — твердо глядя в зрачок аппаратуры трансляции, начинаю я свою речь. — Нам нужна ваша помощь!

Очень скоро мой голос прозвучит в каждом доме, на заводах, в больницах и орбитальных станциях. Он будет звучать в звездолетах и электролетах. И нам обязательно помогут, ведь мы разумные существа. Все мы.

Пятидесятое космона.
Кедрозор

Лана

Я открываю глаза, чувствуя себя так, как будто что-то забыла, но при этом на душе легко и спокойно. Я лежу в обычной комнате, только стены ее похожи на дерево, а через окно задувает легкий ветерок. Приподнявшись, выглядываю в окно, видя самый обычный лес, стоящий совсем рядом с домом. Ну, почти обычный, потому что деревья незнакомые.

— Проснулась, доченька? — интересуется мама, входя в комнату. Она совсем непохожа на ту маму, что была в прошлом, и это меня успокаивает.

— Да, мамочка, — улыбаюсь я ей, откидывая

одеяло и только сейчас обнаружив, что на мне длинная ночная рубашка надета. Странно, я и не помню, как спать ложилась, но этот факт меня не беспокоит.

— Тогда одевайся, — она показывает на аккуратно сложенные вещи: белье, платье очень красивое, цветочками и орнаментом украшенное, — и пойдем завтракать.

— Хорошо, мамочка, — киваю я, легко снимая рубашку безо всякого стеснения, это же мама.

Мама остается, чтобы мне с платьем помочь, а потом, достав откуда-то необычную расческу, начинает чесать мои отросшие волосы, рассказывая мне, что скоро поднимутся и Саша со Светозарой, а малыши давно на ногах, учат младших ходить. Так что они гуляют перед домом, потому что здесь нет совершенно ничего, что нам может угрожать.

— После завтрака пойдем к озеру, если хочешь, — продолжает мама. — Там посидим, а если будет желание, то и поговорим.

— Будет, — уверенно отвечаю я, потому что вопросов у меня много очень.

— Тогда поговорим, — улыбается она мне, гладя расчесанные волосы, на которые ложится очень красивый ободок. Вроде бы простой, но притягивающий взгляд.

Я уже готова, потому даю руку маме и, почувствовав своею ее ладонь, улыбаюсь, потому что счастлива. Я совершенно, абсолютно уверена: все плохое закончилось, поэтому чувствую себя спокойно. В предстающей передо мной комнате обнаруживается стол, сделанный, кажется, из дерева, и еще один, поменьше, на который, видимо, нужно садиться.

— Это называется «лавка», доченька, — говорит мамочка, помогая мне устроиться за столом. — Илюша, как там наши засони?

— Уже выходят, — улыбается папа, к которому тянется, кажется, все мое существо. И он понимает это, подходит и, присев на колено, обнимает меня.

Папу так зовут — Илья, хотя, кажется, раньше его звали иначе; но он был разведчиком, а теперь мы навсегда дома, поэтому имя у него другое. Это обычное дело у разведчиков, вот я и не удивляюсь. В ожидании, когда появится братик со Светозарой, я рассматриваю блюда на столе. Нечестно без него начинать есть, ведь он самый-самый, вот.

А блюда мне незнакомые, но мамочка обязательно объяснит. Здесь, в сказке, чего-то не знать совсем не страшно, потому что я ребенок, а дети превыше всего. Ну сказка же! Так вот, в большой тарелке лежат овальные желтовато-коричневые вкусные на вид небольшие лепешки. Еще в миске что-то белое, а рядом три блюдца с разноцветным содержимым.

— Доброе утро! — слышу я Сашкин голос, сразу же развернувшись.

— Здравствуйте, братик и сестренка! — радостно здороваюсь я с ними. — Давайте скорее, кушать же хочется!

Светозара немного смущенной выглядит, но очень улыбчивой. Как солнышко сияет, и ушки у нее торчком стоят, потому что она аилин, но улыбается она от счастья. У них с Сашкой единение — это когда души соединяются, поэтому их нельзя разлучать, а иначе Светозара плакать будет. А зачем нужно, чтобы такая хорошая девочка плакала, правильно?

Они усаживаются за стол, и мама озвучивает планы на сегодня. Конечно же, к озеру пойти все соглашаются. Наверное, потому что я делаю жалобную мордочку, от которой родители улыбаются. Ну хочется же!

— Это, дети, у нас оладушки, — ласково

произносит мамочка. — Их можно обмакивать в варенье, оно сладкое, и в сметанку.

— Сладкое? — переспрашивает братик, сразу же попробовав.

— Получается, Сашка никогда не знал сладкого? — поражаюсь я, глядя на его лицо. Он и ошарашен, и просто... ну как будто что-то волшебное пробует!

— В его детстве было мясо и немного овощей, — отвечает мне папочка. — Иногда — сладкий фрукт, но...

— Желающих много, а я был маленьким, — объясняет мне братик и, видя, что я не поняла, добавляет: — Кто первый схватил, тот и съел.

— Ой... — до меня доходит, и я пододвигаю уже притянутую к себе мисочку поближе к Сашке. — Ешь, братик.

— Тебе тоже надо, — улыбается он, и так тепло мне от его улыбки становится внутри, что никакая сладость с этим не сравнится.

Мы едим очень вкусные оладушки, запивая их киселем, это такое густое питье из ягодок. Мне нравится просто до визга. Но визжать я не буду, потому что рот занят, а Сашка о чем-то спрашивает папочку, на что тот немного грустно улыбается, и я прислушиваюсь, перестав на мгновение жевать.

— Память Ланы содержала очень страшные вещи, — объясняет папа, вздыхая. — Теперь все это ушло, поэтому дочку откатило немного по возрасту, но это и хорошо, ведь у нее должно быть детство, как и у вас.

— Тогда так действительно правильно, — кивает на мгновение ставший серьезным братик. — Пусть улыбается, ей подходит.

Совсем непонятный разговор, на самом деле. Если я что-то страшное забыла, то это и хорошо, потому что я люблю красивые сны, а не жуть жуткую. Я сосредотачиваюсь на еде — очень уж к озеру хочется, а Светозаре, по-моему, надо дерево обнять. Не мне одной так кажется, потому что она на лес с тоской какой-то поглядывает. Братик все видит, я уверена, поэтому незачем ей грустить.

Так и получается — едва мы только доедаем, Сашка берет Светозару за руку, чтобы на улицу вывести, ну и я с ними, конечно. Младшие на нас с визгом бросаются, и мы некоторое время улыбаемся, а потом уже Светозара к деревьям идет. У нее на лице такое счастье написано, что просто завидно немного, но завидовать плохо, поэтому я и не буду. Я лучше младшим собраться помогу, тем более что самые младшие потихоньку ходят, но к озеру, конечно, на родителях поедут.

Папочка с корзиной большой выходит, там, наверное, что-то интересное спрятано, но я послушная девочка, поэтому залезать в нее без спросу не буду. А затем родители собирают самых младших, а те иллиан, которые постарше, уже и сами идут. Вася и Лада такие хорошие, что хочется просто заобнимать обоих. Я до озера потерплю, а потом буду, конечно, потому что они же прелесть какие милые!

По дороге вижу висящие на ветках кустов ягодки, но, хотя здесь мне совсем ничего не угрожает, не срываю их. После завтрака просто не лезет ничего, наелась я. Вот и иду со своей семьей совершенно счастливая.

Саша

Будит нас папа, потому что Лана и младшие заждались уже. Он действительно наш папа, и не оттого, что похож на Варамли. На наставника, принявшего меня сыном, папа похож только внешне, есть множество мелких деталей, которые его отличают, но он папа. Лана, сестренка, Варамли видела редко, да и девочек интересует совсем другое, а вот я — совсем другое дело.

Папой Варамли стал только к концу... И то потому, что у меня не было опоры в жизни. Он чувствовал: что-то происходит нехорошее, дурное, и хотел, чтобы я имел хоть какую-то зацепку в жизни. Мне сегодня сон приснился, в котором Варамли много чего рассказал. Он как-то сумел записать свою речь в мою память так, что я не подозревал об этом. И вот сегодня я увидел сон, в котором Варамли был со мной честен. Я буду помнить его всегда, потому что, если бы не он, я бы погиб, причем совершенно зря.

Залюбовавшись Светозарой, я поднимаюсь, чтобы быстро одеться, помочь ей с необычным платьем, лишь потом двинувшись на выход. Лана ведет себя так, как будто она вдвое младше, и я не могу не спросить об этом, а папа мне сразу же объясняет, в чем дело. Малышку хотели заставить убить своего папу, обвинив в этом меня. По договору союзников, меня бы тогда казнили химан, и лишь когда было бы поздно, все бы открылось. Но у них не получилось ничего, и тогда они решили спровоцировать химан. По крайней мере, я так думаю, а как там было на самом деле, мы никогда не узнаем.

Завтрак удивительный. Невозможная просто сладость заставляет меня забыть все на свете, ощущая себя маленьким, но вовсе не беззащитным. Папа защитит, я уверен, и в этом тоже разница между ним и Варамли. Я понимаю, что условия у них разные, но маленькому Саше внутри меня это просто невозможно объяснить. Варамли я буду помнить всю жизнь, ведь он спас не только девочек — он меня спас.

Светозаре, оказывается, очень надо обнять длинный ствол растения, он называется «дерево». Она прижимается к нему, держа меня за руку, и в этот момент я забываю обо всем. Светозара прекрасней дневного светила, ее улыбка ярче звезд. И еще я чувствую, как расслабляется та, что и есть весь мир для меня. У мамы с папой, кстати, тоже единение, так что они нас очень даже понимают.

Как только Светозара заканчивает обнимать дерево, мы отправляемся к озеру, а я понимаю — мне с папой надо поговорить. Во-первых, выяснить, не игра ли это моего воображения, во-вторых, совета спросить. Ну и папа заслуживает правды. Да, Варамли показал мне, каким должен быть папа, совсем недолго он у меня был, но за это время успел дать мне смысл жизни. Даже зная, что меня могут убить в любой момент, он старался согреть меня. Я буду помнить его всегда.

Мы идем извилистой тропинкой мимо зеленых насаждений. Я опять не воспринимаю зелень сигналом опасности, а вот к ягодам с осторожностью отношусь, хотя Светозару ничего не останавливает — она будто светится счастьем, словно прошлое ее внезапно отпускает. Вполне возможно, кстати, ведь и мое прошлое не совсем, как оказалось, соответствует тому, что я помню. Иначе когда бы Варамли успел записать для меня довольно длинную речь.

Мама уводит Лану и младших к озеру, а папа поворачивается к нам со Светозарой. Он показывает мне на кусок ствола дерева, лежащего так, что на нем можно устроиться, а сам садится на остатки дерева — то есть оно было срезано, и то, что осталось, служит ему сидением, потом узнаю, как это правильно называется. Сейчас, кажется, и будет разговор, который мне так нужен после сегодняшнего сна. Этот сон меня внутренне успокоил, так что сегодня я, наверное, выпущу своего внутреннего Сашку, чтобы он мог быть счастлив.

И чтобы больше никогда не думалось об опасности вокруг, потому что ее здесь быть просто не может.

— Ну, рассказывай, — предлагает мне папа, и я снова вижу разницу. Для Варамли я был скорее ребенком, а вот папа ко мне относится как к равному.

— Мне Варамли приснился, — произношу я, но это его ничуть не удивляет — он все так же серьезно меня слушает. — Он сказал, что записал свою речь мне в мозг, и она в нужный момент «активируется».

— Это было логично, — кивает папа, пересаживаясь ко мне, как будто чувствуя, что мне нужна его поддержка. — На самотек некоторые вопросы он оставить не мог, да и принял тебя сыном.

— Да... — киваю я, прижимаясь к его плечу. — Знаешь, я понимаю, что ты не Варамли, но ты папа. Это...

— Не надо, сынок, тебе сложно, — останавливает он мои мучительные попытки найти объяснения. — Я чувствую, что ты имеешь в виду.

С другой стороны ко мне прижимается моя Светозара, даря уверенность в себе. Я уже более спокойно закрываю глаза, принявшись цитировать Варамли, потому что точно знаю, что его речь никогда не забуду. Он правильно поступил — услышь я все это на звездолете, кто знает, как бы отреагировал.

— Д'Бол, я сумел записать это сообщение для тебя, — я стараюсь повторить даже интонации, видя перед собой образ Варамли. — Ты был приговорен с детства. Неизвестно, откуда взялось твое яйцо, но клан Дрг'шрахст точно установил, что ты сын своего отца, поэтому он был вынужден взять тебя в дом. С детства у тебя проявлялись странные способности предсказания будущего, особенно при болевой стимуляции, но твой отец посчитал, что ты слишком опасен. Ты должен был стать знаменем кхраагов, чтобы им было за кого мстить, но я постарался сделать все возможное, чтобы ты выжил, и, раз ты слушаешь мое сообщение, мне удалось.

Я повторяю длинный рассказ Варамли о том, как он поначалу хотел с моей помощью изменить общество кхраагов, но затем понял, что я просто расходный материал, ведь меня должны были убить во время Испытаний. Варамли в этом сне рассказал мне, что именно происходило и почему он хотел, чтобы я жил. Он был героем, настоящим, а я поначалу — инструментом, только потом став сыном. Варамли сам научил меня думать, наверное, поэтому я воспринимаю сон без истерики. К тому же у меня есть мама и папа, сестренки, брат — чего мне еще желать?

— Варамли был профессионалом, — кивает папа, выслушав меня. — А вот факт того, что твое яйцо неизвестно откуда взялось, как раз объясняет дар. Точно выяснить у нас не получится, но у меня есть кое-что для тебя.

Он протягивает мне полупрозрачный стеклянный шар. Стоит мне взять его в руки, и я вижу там объемную фигуру Варамли. Его жесты, его взгляд, его улыбку. Папа подумал об этом, ведь он такой, каким я себе его представлял в своих детских мечтах. Он дал мне образ Варамли, чтобы я мог вспоминать того, кто согрел меня в холоде клановой резиденции, кто спас мне жизнь и погиб для того, чтобы я жил. Именно поэтому я не имею права хандрить.

— Спасибо, папа, — благодарю я его от всей души. — Спасибо.

— Тебе это нужно, Саша, — я ожидаю услышать слово «малыш», но он зовет меня по имени, показывая свое отношение — на равных. И вот это, по-моему, просто бесценно.

Не знаю, что нас ждет дальше, но сегодня,

можно сказать, я обрел покой внутри, достаточный для того, чтобы выпустить из-под защиты себя-маленького. Ведь мы живем в сказке, и Варамли наверняка хотел, чтобы я был счастлив. Поэтому ради его памяти я буду счастлив. Ну, еще потому, что у меня теперь есть семья, очень хорошо мне показывающая — я больше никогда не буду один.

Пятьдесят первое космона.
Лукоморье

Илья

Сын выяснил важные для него вопросы и отпустил себя. Вчера это заметно не было, а вот сегодня... Сегодня очень даже. Все-таки между мной и Варамли разница огромная, хотя внешнее сходство психику детям и спасло. Легче приняли, лучше поняли, вот и хорошо. Кроме того, сына очень хорошо умеет анализировать, значит, скорее всего, пойдет по стопам родителей. По-моему, хорошая идея, ведь ему действительно нужно быть защитником.

Лану откатило по возрасту чуть ли не до Лады, младшие дети играют в своем дружном коллективе. В отличие от старших детей, младшим желателен коллектив, это нужно учесть. Ведь самые наши пока младшие совсем не помнят ничего из того, что с ними случилось, — просто обычные дети. Уже по примеру старших начали руки формировать. Раса у них совершенно точно одна, и это отдает загадкой, ведь, выходит, они дети не этого мира. А это означает, что проход оттуда сюда возможен.

Ладно дети, а если взрослые кхрааги нарисуются? Надо этот вопрос с Марией Сергеевной провентилировать, потому что такие сюрпризы Человечеству, да и всем разумным не нужны. Не очень я хорошо понимаю концепцию иной вселенной, поэтому просто учитываю, что подобное возможно.

Любимой моей до родов еще месяца три, так что времени у нас достаточно. В принципе, сейчас старшим можно дать начальные понятия и постепенно их социализировать. Лана боится людей и самого понятия школы, а Сашка просто этих понятий не знает, да и Светозара тоже. Ну, начнем...

Сегодня сразу после завтрака я собираю старших детей на поляне перед домом, где удобные бревна лежат. Младшие резвятся, ползая по траве, Вася, по-моему, счастлив. Есть в нем задатки учителя, уже сейчас это заметно, да и у Ладушки нашей тоже. Младшие им в рот смотрят и любят так, как никого и никогда. В целом это очень даже хорошо.

— Давайте поговорим, дети, — предлагаю я старшим.

— А о чем? — сразу же интересуется Ланушка, на мгновение, кажется, испугавшись.

— О нашем мире, — объясняю я ей, стараясь говорить как можно мягче. — Человечество пришло в этот мир, уйдя от своих врагов, и сумело развиться, обретя разум. Материнскую планету мы называем Праматерью.

— А что случилось с врагами? — сразу же спрашивается Сашка, не зря у него имя такое.

— Они самоуничтожились, сынок, — мягко отвечаю я ему. — Но вот в память о Праматери у нас в сутках двадцать четыре часа, а в неделе семь дней: понедельник, вторник, среда, четверг, пятница, суббота и воскресенье. Названия эти исторические, и сейчас уже не значат ничего.

— У нас пять было, — припоминает Лана. — И у аилин тоже, а у кхраагов восемь, кажется.

— Восемь, — кивает сын. Он хочет перечислить, но я его останавливаю. Не нужно это вспоминать, прошло и прошло.

— В месяце у нас десять недель, — продолжаю я объяснять устройство календаря. — В школе вам об этом еще расскажут, но сейчас мы просто разговариваем о том, как устроена эта сказка.

Для них Человечество действительно сказка, а для нас — обычная жизнь. Теперь и для них будет просто жизнью пространство Человечества. На сегодня у нас запланирована встреча с квазиживыми Лукоморья, на людей совсем не похожими. Посмотрим на реакцию. Если дети не могут вообще никого принимать, значит, поживем тут подольше, а если боятся, то проблема решаема.

— Значит, мне сейчас меньше лет? — интересуется у меня Саша.

— Нет, дети, — улыбаюсь я, доставая припрятанные коробки. — У меня для вас есть подарки.

Уля занимается тем, что надевает коммуникаторы на младших, а я — на старших наших детей. Отраде, Олесе и Озаре достаточно и того, что мама надела, а вот старшим я объясняю, что это такое, для чего нужно, как можно позвать на помощь, как умный прибор следит за их здоровьем, ну и обычные функции — время, разговор, навигация...

— Вы не можете потеряться, — объясняю я Лане. — Любой взрослый обязательно поможет.

— Дети превыше всего... — шепчет Светозара, завороженно глядя на изображение виртуального помощника, выполненного в образе, насколько я вижу, Альеора — это представитель наших друзей, на «эльфа» визуально похожий.

— Дети превыше всего, — киваю я, погладив всех троих, закопавшихся в настройки детских коммуникаторов. — В этом суть Человечества.

— Сказка... — тихо произносит Лана, обнаружив, как связаться с каждым из нас.

Пожалуй, правильным решением было выдать им коммуникаторы именно сейчас. День рождения троих младших я установил на один день, а вот со старшими сложнее, но это мы выясним. Для Светозары и Сашки это празднование вообще первым в жизни станет, поэтому надо к нему хорошо подготовиться. Детей у нас неожиданно очень много оказывается, как у Винокуровых почти, но тут выбора действительно не было, да и не бывает чужих детей, поэтому все правильно.

— Мр-р-р, — откуда-то со спины раздается басовитое мурчание. — Какие дети хорошие нынче в Лукоморье...

Я ожидаю реакцию отторжения, может быть, страха, но Вася с Ладой показывают пример, и через мгновение большая кошка оказывается облеплена ребятней, свалившей ее наземь. Рысь урчит, но и расспрашивает наших детей, а я наблюдаю. Получается у меня, что можно уже потихоньку пробовать детский сад для младших и Детский Центр для старших. Школу, пожалуй, нет еще, а вот детский центр...

Если некоторое время пожить в Лукоморье, то младшие могут бывать в детском саду на Драконии — тут недалеко, где-то час лету. А старших отвезем на экскурсию в Детский Центр и посмотрим. Все-таки кажется мне, что коммуникатор на руке дает им какую-то гарантию, позволяющую отринуть страх. Не спешу ли я? Надо будет связаться с «Марсом», спросить специалистов. А пока...

Уля усаживается рядом, прижавшись ко мне, а я вижу, как дети играют с расспрашивающей их рысью, совсем ее не пугаясь. Клыки ее они видели, но отчего-то не допускают и мысли о том, что от них может быть плохо. По-моему, это необычно, поэтому и надо специалистов спросить.

— Тут нет никого, — негромко произносит Уля

моя любимая. — Дети отпустили себя, убедившись, что вокруг нет зла. Значит, сейчас они ничем от обычного ребенка не отличаются. Значит...

— Детский Центр, — озвучиваю я свои мысли, на что любимая просто кивает.

Это действительно очень хорошая мысль — в Детском Центре они смогут встретиться с другими детьми, познакомиться, поиграть, увидеть, что сказка Лукоморьем не ограничивается. Так им будет проще принять новую жизнь. Особенно Сашке, от настроения которого сильно, насколько я вижу, зависят девочки. Да, надо пробовать!

Саша

Мне кажется, что-то произошло. Не в тот момент, когда я примирился с собой, замечая несовпадения папы и Варамли. И не в тот, когда понял, что маленький Сашка на свободе. А тогда, пожалуй, когда на моей руке оказался небольшой браслет, символизирующий защиту. Мне больше не нужно быть сильным и готовиться защитить близких, как и самого себя, за мною стоит Человечество. С ходу понять и принять это нелегко, а вот Лане и Светозаре как раз наоборот.

Мне не очень просто осознать, что со мной происходит, потому что обычно я делал что нужно и что мне было сказано, а вот такого, как сейчас — свободы, покоя, тишины — никогда не было. И наверное, с одной стороны, это меня успокаивает, а с другой немного скучно становится.

Я думаю, папа это все хорошо понимает, потому что у нас сегодня экскурсия. Может, и не стоит так все сразу, но мне интересно. А особенно ценно то, что он объясняет нам всем, и даже младшим, что именно нас ждет. Наверное, папа не хочет, чтобы мы пугались, но учитывая, что нас как раз никто и никогда не спрашивал... Это просто неописуемо.

На поляну перед домом садится электролет. Я уже знаю это название, потому что хорошо слушать умею. Электролет — полупрозрачное удлиненное судно, на космический бот похожее, могущее передвигаться по планете. На орбиту он тоже умеет, а там нас ждет рейсовый на Драконию. Это планета так называется, на которой мы потом будем жить, если согласимся, а если нет — то можно и на Кедрозоре, так мама сказала.

Конечно, постановка вопроса часто в тупик ставит, потому что у людей — здесь так химан называются — нет привычки ставить перед фактом. Детей обязательно спрашивают о согласии, перед этим подробно рассказав, что, куда и зачем. Могли ли мы себе совсем недавно такое представить? Ведь только сейчас я понимаю, что здесь нет «я лучше знаю» и «это для твоего блага». Ребенок имеет право решать сам, что для него лучше, даже капризничая, хотя... Вася и Лада не капризничают, а наши младшие просто этого не умеют.

— Рассаживаемся, дети, — просит нас мама. — Рейсовый через полчаса уходит.

— А если бы я закапризничала? — не может не поинтересоваться Лана, хотя ее капризничающей я себе представить не могу. Видел один раз, как это делают дети химан, когда... Ладно, лететь пора.

— Тогда мы бы подождали следующего, — спокойно отвечает ей папа. — Выяснив, почему нашей лапочке хочется капризничать.

Все, у сестренки ступор. Она такое себе вообразить не может — фантазии не хватает. Я, кстати, тоже, но у меня просто примера не было. Светозара моя хихикает, прижимаясь ко мне. Мы уже внутри сидим, что слышать родителей нам совсем не мешает. Как это сделано, я себе и не представляю, но, думаю, рано или поздно узнаю, конечно.

— Навигатор, движение на орбиту к рейсовому на Драконию, — командует папа и откидывается на спинку кресла.

— Кому ты это приказал? — не понимаю я произошедшего.

— Навигатору, — не очень понятно объясняет он. — В системе всем управляет умный прибор, водить электролет руками, как тебе звездолет пришлось, никому не нужно.

— То есть это прибор, который умеет сам? — мне просто не верится, но папа не трогает пульт, а мы медленно набираем высоту.

— Да, — кивает мне он. — Человек может ошибиться, не среагировать вовремя, навигатор ничего этого не может, поэтому так безопасней.

Этот факт заставляет задуматься. Если бы «Варамли» вел такой аппарат, то мне было бы проще с сестрами и Светозарой. Почему тогда кхрааги не подумали о нем? А может, просто создавать не умели? Впрочем, они остались в прошлом, а мы сейчас летим в «Детский Центр».

Что это такое, я не очень хорошо понял, кстати, но это потому, что просто нет аналогов.

Мы оказываемся довольно быстро на орбите, пристыковавшись к очень похожему на электролет кораблю. Лететь тут совсем недалеко, не больше часа, тем не менее нас встречают, сразу же провожая в отдельную каюту. Я вижу, что больше всего пассажиров просто сидит в креслах в большом салоне, и не понимаю, зачем нас в отдельное помещение проводят.

— А почему, папа? — я показываю на большой салон.

— Потому что среди нас маленькие дети, — объясняет он мне. — Они могут испугаться, чего-то не понять, могут захотеть поесть, попить, в туалет, понимаешь?

— Для их комфорта? — это очередное откровение заставляет меня просто застыть на месте.

Здесь, в сказке, и вправду не от кого защищаться и нечего пугаться — взрослые действительно такие, какими хотят казаться. То есть всё нам сказанное — не просто слова, а принятая здесь традиция, обычай, если перевести на знакомые мне понятия. Правило не одного клана — всей расы. Это почти невозможно с ходу понять, но никто понимать и не заставляет, вот что непривычно...

Звездолет необычной формы действительно находится в пути где-то около часа, судя по коммуникатору, а затем мы движемся уже к другому электролету, присланному специально за нами. Еще недавно я подумал бы, что это случилось из-за высокого положения отца, а сейчас понимаю: за нами прислали электролет только потому, что в нашем клане много детей.

Именно из-за моего несколько оглушенного состояния я не замечаю, как мы оказываемся около красивого белого шара. Идеальной формы, он имеет еще несколько шаров, пристыкованных к нему белыми же коридорами. Нас не торопят, позволяя рассмотреть его со стороны, лишь затем мы двигаемся внутрь.

Младшие сразу же уносятся играть, да так быстро, что я и остановить не успеваю. Но, по-видимому, это и не нужно, потому что наши родители абсолютно спокойны. А вот что делать нам?

— Да, любимая, это проблема, — посмотрев на замерших посреди небольшой площади нас, сообщает папа. — Но мы ее сейчас решим.

Он кого-то вызывает через свой коммуникатор, и спустя минут десять подходит необычайно серьезная девочка, на вид чуть постарше Светозары. Она приближается к нам, но делает это очень медленно, как будто напугать боится, после чего вдруг разулыбавшись, представляется:

— Привет, меня Вика зовут, а вас как? — очень задорная у нее улыбка, отчего хочется улыбнуться ей в ответ.

— Лана, Светозара и Саша, — называю я сначала девочек, а затем и себя.

— Мне сказали, что вы не умеете играть, — старательно сделав строгое лицо, в которое совсем не верится, потому что глаза улыбаются, произносит Вика. — Это надо исправлять! Айда за мной!

Я оглядываюсь на родителей, но, увидев такую родную папину улыбку, расслабляюсь — будь что будет.

Пятьдесят восьмое космона. Лукоморье

Илья

Пожалуй, идея с Детским Центром себя оправдала. Саша со старшими девочками отпустили себя. Неделю мы уже ежедневно летаем на Драконию, но спать дети предпочитают в Лукоморье. Я уже раздумываю над вариантами, а Уля уговаривает меня не торопиться. И она, конечно же, права, ибо дети за завтраком переглядываются, явно что-то задумав.

Технически обеспечить такой дом, как здесь, на Драконии можно. Этот вопрос я уже, как древние говорили, провентилировал. Если им комфортнее жить «на земле», устроить это возможно часа за два. Вопрос только в посадочной площадке для электролета, но и он решаем. На Драконии им будет комфортнее — младшим с детским садом, старшим со школой и друзьями, а то, из-за того, что мы на другой планете, им встречаться не слишком удобно. Но это мои мысли, а вот что они сами по этому поводу думают...

— Папа, — отложив ложку, которой до сих пор ела вкусную «гурьевскую по-винокуровски» кашу, обращается ко мне Лана, — мы тут подумали и решили, что можем уже вернуться в тот дом.

— А нам можно будет иногда... в лес? — тихо добавляет Светозара.

— Хоть каждый день, — улыбаюсь я детям. — Но можно ведь жить и в таком доме, если хотите.

Сашка прижимает к себе милую свою девочку, без которой жизни себе просто не представляет. Единение — оно от возраста не зависит. Второй раз этот дар у людей встречается, поэтому они есть друг у друга, и это навсегда, насколько мне известно. Они о чем-то тихо переговариваются, а затем Светозара кивает, прикрывая глаза. Наслаждается она объятиями, не было у нее ласки в детстве, знаем мы уже все...

— Спасибо, папа, — Сашка очень серьезен. —

Но если можно час-два проводить в лесу, то мы лучше со всеми жить будем. Милой моей просто нужно до совершеннолетия быть единой с природой.

Это мне тоже известно: аилин живут в лесах до четырнадцати лет, им это физиологически необходимо. Над Светозарой проводили опыты для того, чтобы она могла жить вовне, но психологическая привязанность осталась, так что в этом проблемы нет. Поставим лифт, дом наш недалеко от леса расположен — просто передвинем, проблемы в этом нет.

— Младшим очень в садик хочется, — замечает Сашка, улыбаясь с надеждой смотрящим на нас. — А нам учиться надо, ведь мы не знаем почти ничего.

— Ну, если сильно хотите, тогда собирайтесь, — хихикает Уля, встречая сначала недоумевающие, а потом и счастливые взгляды. Младшие визжат от радости.

Я их вполне, кстати, понимаю — в детсаду очень интересно, а Вася с Ладой такую рекламу устроили, что младшие девочки, можно сказать, спят и видят, как поскорее там оказаться. Поэтому вызываю наш «Эталон», уже умельцами с Главной Базы вполне для детей модифицированный. Полетим своим транспортом, он и к дому присоседиться сумеет, так что не будет пересадок и гуляний. Как раз к локальному обеду подоспеем, надо маму и тещу предупредить.

Расширенный пассажирским отсеком звездолет на гравитационных двигателях устраивается на поляне перед домом. При этом он больше не выглядит иглой, но это не так важно — когда мы с детьми, скорость не так важна, а так как пассажирский модуль может быть сброшен, то и «Эталон» ничего не потерял — вместо просто курьерского стал многоцелевым. По-моему, это хорошо. Старшие дети пообщаются с дедушками и бабушками, оценят свою готовность, да и коммуникаторы их нам все расскажут, так что, пожалуй, тут можно расслабиться.

— Саша, бери девочек — и на борт, — прошу я старшего сына, а сам иду помогать младшим.

— Озара, не уползай, — улыбается Уля шалящей младшей. — Мы летим домой.

Младшие шалить научились — это очень хорошо. Становятся постепенно просто детьми, прошлая память их совершенно точно отпустила, а особенностей расы мы не знаем, поэтому пока не дергаемся. Если что, коммуникатор предупредит, приборы у детей настраивали профессионалы своего дела.

Вот наконец все устроены в пассажирском отсеке, при этом вещи в основном у младших — листочки, шишки, сучья какие-то, то есть обычные детские сокровища. У старших только одежда, и вся она уже упакована нами, благо это быстро делается: содержимое шкафа помещается в упаковку и сохраняется в том же виде, что и в шкафу, так что можно дома не привыкать заново и не искать вещи в новых местах. По-моему, мудро.

— Навигатор, — я задаю программу умной машине, — движение к Драконии обычным маршрутом, на борту дети.

— Движение к Драконии, стыковка с домом Синицыных, — подтверждает мне мозг звездолета. — Время в пути — полтора часа.

Это хорошо, быстро прибудем. А пока надо детей от дум отвлечь да с младшими поиграть, чтобы им не было скучно. Хотя младшие, кажется, уже играют, а вот старшие мои задумчивые сидят. Лана жалобно отчего-то смотрит, знать, старые демоны полезли.

— Что случилось у моей хорошей? — интересуюсь я у прильнувшей ко мне дочки.

— Тревожно отчего-то, — тихо произносит она.

— «Эталон», — сразу же реагирую я, — местоположение!

— Подготовка ко входу в субпространство, — отвечает мне мозг корабля.

— Отставить подготовку, лечь в дрейф, — приказываю я. — Расскажи, что тебя тревожит? Мысли? — обращаюсь я уже к Лане.

— Уже не тревожно, прошло, — признается она, а я осознаю: это может быть проявление дара, они по-разному активизируются.

— «Эталон», сообщение диспетчерской Кедрозора! — обращаюсь я к кораблю. — Остановить навигацию в системе — возможная активация дара у ребенка, «Марс» на связь.

Начинается работа — Мария Сергеевна отзывается моментально, я ей рассказываю об ощущениях ребенка, в результате блокируется навигация и на Драконии. Любой сигнал нуждается в проверке, поэтому сейчас диспетчеры обеих систем работают, проверяя стационарные каналы субпространственных переходов, затем посылается автоматический зонд, но стоит только, не говоря об этом, направить «Эталон» к переходу — Лана начинает плакать.

— Давайте на Гармонию, — решает наша начальница. — Там разберемся.

Переход в столичную систему никакой реакции у дочки не вызывает, что заставляет задуматься. Ну а пока нас приглашают к Винокуровым. Я же расспрашиваю сына со Светозарой об их ощущениях, но выходит у меня, что Лана реагирует не на переход, а на Драконию, причем на Детский Центр такой реакции не было. Дело, по-видимому, именно в переезде.

— Сынок, как ты думаешь, — обращаюсь я к Сашке. — В чем может быть причина?

Саша

Папин вопрос меня в тупик ставит. Учитывая, что я сейчас вижу, сосредоточиться на нем нелегко, ведь просто из-за тревоги сестры остановили движение в двух системах и взрослые люди ради одного ребенка ищут причины, которых может и не быть. Мало ли отчего Лана встревожилась! Но вот сама суть — взрослые не отмахиваются, а немедленно реагирует — она дороже всех слов. Для Человечества дети действительно превыше всего.

— Возможно, дело в направлении, а не в

движении? — подумав, предполагаю я. — Может быть, тот дом на Драконии что-то напоминает сестренке, то, чего она и сама не понимает?

— Мы летим на Гармонию, — сообщает мне папа. — Нас Винокуровы пригласили. Дом там побольше нашего, но если дело именно в Драконии, то тревоги не будет.

Я наблюдаю за успокоено улыбающейся Ланой и понимаю: надо с младшими поговорить. Пересев к ним, встречаю внимательный Васин взгляд. Я думаю, как объяснить им, что, возможно, мы не сможем на Драконии, раз Лана так тревожится, но младший мой брат, переглянувшись с Ладой, не дает мне и рта раскрыть.

— Детские сады везде одинаковые, — говорит он мне. — Разницы особой нет, а раз сестренке тревожно, то мучить ее не надо.

— Как ты все понимаешь? — я обнимаю его, а Светозара в это время занимается поглаживанием младших.

— Спокойнее на душе стало, — вдруг признается она, а я втыкаю вопрошающий взгляд в отца.

— Мы вышли в системе Гармонии, — правильно понимает он мой невысказанный вопрос. — Тревожно?

— Наоборот, — отвечает ему Лана. — Спокойно стало, как будто домой прилетела.

— Вот как... — задумывается он, что-то прикидывая. — Не волнуемся, родители все решат.

Я это как раз очень хорошо понимаю после произошедшего. И Светозаре, и Лане от мысли именно переезжать было некомфортно, при этом развлекательный центр они вроде бы нормально воспринимали. Или... А ну-ка...

— Милая, — обращаюсь я к той, с кем неразделим уже. — А в Детском Центре ты же себя нормально чувствовала.

— Ну... — она опускает голову. Та-а-ак. — Немного было не по себе, но я думала, это от большого количества людей.

Значит, нужно понять, чем Дракония отличается от Гармонии. В первый раз мы же тоже все среагировали, а тут второй раз и тоже чуть не случилось. Значит, проблема именно на домашней планете родителей. И в чем она состоит? Знаний у меня не хватает, но на руке есть коммуникатор, через который я вызываю хранилище знаний Разумных. Можно, конечно, сразу спросить квазиживого, но тут нужно очень четко сформулировать, что нужно, а я еще и сам не знаю.

— Светозара, поможешь? — интересуюсь я у своей самой милой.

— Конечно, — кивает она. — Что делать надо?

— Планеты сравнивать, — хихикаю, обнимая ее.

Что именно может вызвать эту тревогу — совершенно неизвестно, но варианты есть. Надо сравнить флору и фауну, а затем... Какая-то мысль не дает покоя. Я замираю, сосредотачиваясь, как меня Варамли учил. Папа с мамой занимаются переговорами, но не советуют — ждут вопроса, за что я им благодарен. Они-то ответ знают, но мне интересно самому его найти.

Итак, что мы имеем... Сравнивая две планеты, чувствую: что-то не то делаю. Проблема должна быть в памяти Ланы, а жила она на Омнии — столичной планете химан. Может быть, что-то из-за строения планеты? Климата? Никак не могу понять, что есть такого необычного в Драконии, чего нет ни на Кедрозоре, ни на Гармонии. Уже потихоньку начинаю чувствовать отчаяние, когда Светозара приглушено охает.

— Что такое? — интересуюсь я, не понимая, что ее так смутило.

— Напоминает планеты кхраагов, — показывает она мне на свой экран, где отображается магнитное и гравитационное поле. — Точнее... На Врх'сдагхру.

— Стоп, — я напрягаю память, но в ней нет такой планеты. — У кхраагов есть только Врх'сдагрим, К'хритсдрог, Дрог'схвар, З'рах'шк'др и Ш'дргмассгхра, никакой Врх'сдагхры нет.

— Ты не знаешь? — удивляется она. — Врх'сдагхра — это пятая планета К'ргсв'дахры, — уточняет Светозара. — На ней особый режим, поэтому она очень интересна всем.

Я действительно не знаю такой планеты, но подозрения у меня есть, поэтому я привлекаю папино внимание. Мне нужно узнать: нет ли у нас изображений тех, кто напал на сестренку и Маиру. Если есть, то я смогу понять, почему Дракония может вызвать такую реакцию.

— Есть изображение, сын, — кивает папа, доставая свой наладонник — это плоский прибор, состоящий, кажется, из одного экрана. — Смотри.

Я внимательно вглядываюсь в изображения, одно из них даже узнав. Понимая, что те, кого содержала память девочек, никак не могли действовать самостоятельно, осознаю — нас с Варамли обманули. Причем обманул военный вождь клана, но вот зачем это было сделано, как-то ускользает от понимания.

— Самки, — констатирую я. — Если над девочками издевались на их базе, тогда Врх'сдагхра — это планета самок, и нам на Драконии лучше не жить, сестренка просто подсознательно реагировать будет.

— Ясно, — кивает папа, с кем-то выходя на связь.

— Самки кхрааг? — переспрашивает Светозара. — Тогда возможно, у них должно быть свое общество... Ну обычно их рядом с мужчинами нет. Но как так вышло, что ты не знаешь?

— Меня в жертву готовили, — объясняю я. — Вот убил бы я вас, а меня в качестве мести, по задумке... Не знаю кого.

Милую тоже могли мучить на той самой планете, она просто не помнит, но именно в этом причина ее реакции. Поэтому на Драконию нам нельзя — девочки будут плакать и от них это ничуть не зависит. Надеюсь, родители найдут выход, ну а нет — попробуем приспособиться.

— Так, дети, — спокойно сообщает наша мама. — Мы переезжаем на Гармонию. Пару дней поживем у пригласивших нас Винокуровых, а тем временем для нас соберут новый дом.

И снова мы все замираем на месте от этого чуда. Просто чтобы девочки не плакали, родители с ходу меняют всю свою жизнь. У них же и работа, и друзья, и родители, а они просто с ходу бац — и переезд. Мгновенно принятое решение, готовый план, и никто никого ни в чем не обвиняет! Интересно, я когда-нибудь к этому привыкну?

— Готовимся к переходу в дом, — произносит папа. — Не пугаемся, все хорошо.

Не думаю, что мы можем теперь чего-то испугаться, даже если народа будет очень много. Вопрос только в том, как нас примут? Ну мы, получается, напрашиваемся в гости... Или нет? Не знаю, но и выяснить это неоткуда, так что подождем. Своих защитить я всяко смогу, поэтому бояться мне нечего. Не хотелось бы, чтобы пришлось именно защищать...

Пятьдесят восьмое
космона. Гармония

Илья

Очень хорошо Варамли обучил логике принятого сыном Сашку. Пожалуй, мы бы копались намного дольше, пытаясь понять, почему именно девочки отреагировали так. Но теперь все понятно, хотя существование планеты, о которой не знал Сашка, зато знали враги кхраагов — это симптоматично. Логика, в принципе, ясна — спрятать самок; так наверняка задумывалось изначально, но затем, учитывая, что кхрааги изначально преступники, несколько извратилась.

Винокуровы нас принимают радостно, младшие сразу же уносятся в комнату отдыха, а старшие наши дети... расслабляются. Вокруг такая атмосфера поддержки, уверенности, что они и не могут агрессивно реагировать. Квазиживая Вика сразу же обращает внимание на наших старших детей, увлекая их разговором, а Уля хочет, чтобы ее обняли. Все-таки тяжеловато нам с таким количеством детей, но тут вся семья действует, как единый организм.

— Илья, — обращается ко мне Наставник, он отец Марии Сергеевны. — У нас есть к вам с Ульяной и детьми предложение.

— Какое? — сразу же заинтересовывается любимая.

— Вам тяжело с восемью детьми, а скоро их станет еще больше, — спокойно произносит все отлично понимающий Наставник. — У нас есть опыт.

— Тяжело, — киваю я, потому что против истины не пойдешь, а у него опыт просто огромный.

— Мы предлагаем вам такое решение, — не стараясь нас подавить авторитетом, но довольно увещевательным тоном произносит Наставник. — Пристраиваем еще один модуль к комплексу, а жить будем все вместе. Если почувствуете, что хотите сами — легко перевести модуль куда угодно, а если нет...

Это очень щедрое предложение. Он предлагает нам, по сути, не теряя свою семью, влиться в его. А учитывая, что Винокуровы — рекордсмены Человечества по детям, то и Уле помогут, и детям, и очень быстро среагируют на любые проблемы. В комплексе Винокуровых есть и медицинский отсек, и капсулы виртуального обучения, так что... Но не предаем ли мы тем самым своих родителей?

— Не предадите, — слышу я голос Марии Сергеевны, отвечающей на мои мысли. Ну да, она же телепат. — Папа, а под нами же лес...

— Что ты хочешь предложить? — интересуется Наставник.

— Модуль не напрямую присоединить, а на лифт, — объясняет она своему отцу. — Девочкам очень нужно на травке посидеть, светило мы не закрываем, будут жить внизу, а учиться и все вместе сидеть с нами. И им хорошо, и адаптируются...

— Очень хорошая мысль, — кивает он. — Что скажешь, Илья?

А я себя чувствую, как в детстве. Вокруг взрослые мудрые люди, готовые принять на себя часть проблем, находящие решения и не покушающиеся на мою самостоятельность. Родители-то тоже могут, но у них именно так не получается. Все-таки, не зря Винокуровы лучшими зовутся, не зря...

— Это самый лучший вариант, — честно отвечаю я. — Я все думал, как Светозаре обеспечить, у нее хоть и психологическая только зависимость, но...

— Но она есть, — кивает Мария Сергеевна. — И Лане тоже нужна тишина, так что так и устроим.

Мне показывают жилой модуль пока на наладоннике — у младших свои комнаты, у старших тоже, общая столовая, синтезатор и лифт. А к родителям можно летать на выходных — «Эталон» на парковочной орбите стоит, кушать не просит. Пожалуй, этот вариант самый лучший, потому что дети к летающим домам непривычны, а тут у них... Даже несмотря на то, что модуль все равно парит, не нарушая целостность почвы, да и свет «транслирует» на нижний сегмент, как и все дома Человечества, чтобы не ранить природу.

— Через два часа все будет готово, — сообщает мне Наставник, с кем-то очень быстро связавшись. — А пока... Знаешь что, ну-ка брысь в Детский Центр всей толпой!

Я сначала не понимаю, что значит «всей

толпой», но затем до меня доходит — большой экскурсионный отобус намекает на множество детей, вмиг в него набившееся. Все-таки отец нашей наставницы — личность совершенно легендарная, слов на ветер бросать не привык, так что, думаю, мы нашли самый простой выход. Точнее, Наставник нашел, но при этом нет ощущения, что решают за меня.

Я двигаюсь с Улей к отобусу, понимая, впрочем, что теперь-то точно все плохое заканчивается. Просто ощущение — мы в надежных руках. И хотя мы с Улей взрослые, ответственные, но иногда, как оказалось, и нам нужно себя почувствовать детьми. Наставник очень хорошо понимает это, а Уленька моя, кажется, смущена.

— Ты чего? — интересуюсь я.

— Тепло вдруг стало, — признается любимая. — И спокойно как-то...

Родители у нас самые лучшие, и она, и я знаем это, но они просто сделали шаг назад, когда мы пустились в самостоятельное плавание. А мы, оказывается, далеко не всезнающие и временами даже не взрослые. Двадцать лет есть двадцать лет, и она, и я это понимаем, но вот почувствовать нам это пришлось впервые.

Отобус отправляется в Детский Центр, а я

понимаю: нас любят родители и поддержать готовы, но вот у Винокуровых как-то иначе получается. Раз — и уверенность в себе возвращается. Необычное ощущение, честно говоря.

На Гармонии Детский Центр иначе устроен, и только здесь я вижу, как на самом деле Светозаре и Лане нужно просто на травке полежать. Сашка этого никогда не знал, но и он немного меняется — будто исчезает готовность к чему-то. Неужели достаточно просто покоя? На Кедрозоре они себя иначе вели, совсем иначе, почему тогда здесь так?

— Сына, ты расслабился, — я присаживаюсь рядом с Сашей прямо на траву. — Что случилось?

— Милая моя успокоилась, — объясняет он мне. — На Кедрозоре было как-то иначе...

— На Кедрозоре мы в гостях были, — подхватывает Светозара, счастливо улыбаясь. — А здесь — дома. Понимаешь, папа, я чувствую себя дома, как будто и не было ничего...

— Это, наверное, нечестно, — негромко произносит Лана. — Но когда мы тут, мне спокойно очень. Даже дома так не было...

— Ну почему нечестно? — улыбаюсь я, не забыв погладить детей. — Сейчас для нас готовят дом...

И я рассказываю им о том, что выйти из дому, чтобы полежать на травке, можно будет в любой момент, а подъемник, по типу корабельных, обеспечит связь с основным домом. И они слушают меня так, как будто я что-то очень необычное рассказываю, просто нереальное. Неужели для них это такое чудо?

Они обязательно привыкнут. Привыкнут к тому, что слова ребенка достаточно для тревоги, привыкнут и к тому, что дети действительно очень важны, ведь их до сих пор удивляет тот факт, что никто не стремится нажать авторитетом или обмануть. Они обязательно привыкнут, и будут принимать окружающую действительность как должную, ведь мы разумные существа. Все мы.

Саша

День случился очень сложным. Только утром мы были еще на Кедрозоре, а затем вдруг оказались на Гармонии. Очень быстро день пролетел, поэтому, когда мы, наконец, оказываемся дома, я просто выдыхаю, стараясь не думать ни о чем. Ужинаем мы «у себя», потому что все очень устали, да и папа так сказал. Просто прощаемся со всеми, и в широкой кабине отправляемся домой.

Несмотря на то, что мы здесь никогда еще не были, я расслабляюсь. Дом совсем не похож на резиденцию кхраагов, он вообще ни на что не похож, но вместе с тем тут очень уютно. Светозара сразу после ужина, пока родители укладывают младших, вытаскивает меня на улицу. Несмотря на то, что мы находимся почти прямо под основной резиденцией, над нами сверкают звезды, их просто огромное количество, а еще трещат какие-то ночные звери. Она обнимает меня, усаживая на траву, и я чувствую такое умиротворение, что просто не объяснить.

Разговаривать совсем не хочется, желание только одно — наслаждаться этой тишиной. Я понимаю свою Светозару, ведь иначе не может быть — у нас не любовь даже, а единение, хотя что это, мы полностью пока не понимаем. Странно, что нас никто не тревожит, не зовет в дом, и я благодарен родителям за это.

Завтра младшие отправятся в детский сад, наставницы уже предупреждены, а мы... Мы будем пробовать школу. Можно, конечно, отложить вопрос, но это неправильно — нам спокойно и комфортно здесь, поэтому вполне можно попробовать виртуальный класс. Нам всем все равно начинать с самого начала, поэтому хотя бы сможем подготовиться. Официально школа дней через десять-двенадцать начнется, первого новозара, послезавтра наступают каникулы, а завтра мы просто будем осознавать, какой вариант для нас лучший — виртуальный или со всеми.

В эти мгновения мне кажется, что кхрааги были просто сном, хотя это, разумеется, не так. Еще мне очень интересно, как развивались события после нашего ухода, но выяснить подобное, мне кажется, невозможно. Поэтому я смотрю на звезды, точно зная, что там, среди них совершенно точно нет зла для нас. Два десятка рас, называющих себя разумными... А мы зовем их друзьями, и у всех них дети превыше всего. По самой своей сути цивилизации не думают даже причинить вред или даже боль ребенку. Наверное, в этом и есть настоящий разум.

— Еще полежим или пойдем? — негромко спрашиваю я задремавшую милую.

— Если еще полежим, то уснем, — я вижу в темноте ее сияющую улыбку. — Так что пойдем.

Мы поднимаемся на ноги, разворачиваемся, не размыкая объятий, и через пару шагов оказываемся в доме, где нам улыбается Лана, ну и мама с папой, конечно. Наверное, именно так я себе после рассказов Варамли представлял семью. Настоящую, в которой нет места боли и слезам.

— Пойдем спать? — спрашиваю я немедленно кивнувшую сестренку.

— Добрых снов, дети, — почти хором желают нам родители.

Разумеется, у нас еще омовение перед сном, но оно привычно, поэтому времени тратится на него совсем немного, а затем мы оказываемся в своих кроватях, стоящих так, чтобы нам со Светозарой было комфортно. Кошмаров уже нет, но нам удобно спать, касаясь руками. Папа говорит, что это неудивительно, а мама просто улыбается.

И вот наши глаза закрываются, я чувствую — мы одновременно засыпаем. А в следующее мгновение происходит неожиданное. Оказавшись в знакомом учебном классе, в котором давненько уже не бывал, я обнаруживаю рядом со мной удивленно оглядывающуюся Светозару и... Лану. Увидев меня, девочки немедленно бросаются ко мне, чтобы пообнимать, а вокруг стоят... Я теперь знаю, как они называются — Разумные.

— Здравствуйте, разумные! — традиционно

для Человечества здороваюсь я. — Здорово вас всех видеть!

— Юный творец привел семью, — нас обнимают знакомые щупальца.

— Здравствуй, Краха! — улыбаюсь я. Я уже знаю, что эта иллиан из расы Учителей, их все так называют, и она самка. — Очень рад тебя видеть! Познакомься, это Лана, она моя сестра, а это Светозара, она моя... всё.

— Единение, — кивает мне иллианка, изобразив щупальцами улыбку. — Что же, если творцов у нас стало побольше, то мы можем перейти к уроку.

— Краха, — девушка, так самки повзрослее называются, с треугольными ушками на голове, обращается к иллианке. — А мы можем пробиться в их бывшую вселенную?

— Уже да, — кивает наставница. — Только нужно учитывать, что в разных вселенных время течет неодинаково.

Иллианка рассказывает нам, что течение времени зависит от очень многих факторов, и хотя страж того мира, откуда мы вырвались, дал согласие помочь взглянуть на жизнь кхраагов и всех остальных, это не значит, что мы кого-то знакомого увидим. Как именно течет время там по отношению к нам, мы не знаем. Может быть, там прошла секунда, а может — и целый век.

Перед нами появляется вращающийся шар, в котором я вижу то самое белое пятно в обрамлении чего-то непонятного. Картина приближается, показывая мне белого цвета воронку, а вот вокруг нее... Как будто огромная космическая станция в форме бублика.

— Это и есть Страж, — объясняет нам Краха. — Именно они изгнали из своего общества всех тех, кто не хотел жить в мире с другими, хотя происходит эта раса из совершенно неведомых глубин пространства. Ни мы, ни Человечество до такого уровня развития не дошли.

— Приветствую тебя, наставница разумных, — я слышу этот очень знакомый голос. Именно он выдавал себя за Варамли когда-то давно. — Ты хотела взглянуть на произошедшее, но с момента перехода малыша, стремившегося к тебе, прошло очень много времени.

— Мы осознаем это, Страж, — сделав непонятный жест, произносит Краха.

И тут, как вспышка — планета в окружении полуразбитых звездолетов, в которых я узнаю «Врх'ср», «З'дрог», еще чуть дальше висят почти целые «Тар'сахр» и флагманский «Тар'храк». Все корабли выглядят так, как будто побывали не в одном бою против значительно более сильного врага. Но тут планета начинает накатываться на нас, и я вижу самок. Очень мало самцов кхраагов, гораздо больше с тревогой глядящих в небо самок, охраняющих кладку.

— Это последние оставшиеся в живых кхрааги, — произносит тот же голос. — Скоро их полностью уничтожат химан, готовые вероломно напасть на своих союзников аилин, чтобы не повторить историю. Готовые предать, они всех подозревают в том же.

И вот тут к нам подходит Лана. Она протягивает руку, почти касаясь шара, делая при этом такие движения, как будто гладит. Она словно и не здесь находится, при этом по ее щекам текут слезы. Я удивленно оглядываюсь на наставницу, смотрящую сейчас очень серьезным взглядом. Что происходит?

Пятьдесят девятое космона. Лана

Открывшийся дар творца — это здорово. И даже то, что открылся он только сейчас, когда я оказалась дома, среди любящих и понимающих людей, никого не удивляет. Наверное, и меня этот факт удивлять не должен, потому что я же не знаю о норме, принятой здесь...

Человечество совсем не похоже на химан. Они открытые. Честные, да и отношение к детям никого не может оставить равнодушным. По крайней мере, я совсем не ожидала того, что их девиз — не просто слова. У нас было много таких слов, но на поверку они сводились к тому, что ребенок должен. А тут — все совсем иначе. И вот это отношение заставляет чувствовать себя важной.

Папа Илья совсем непохож на папу Варамли, разве что внешне, где-то внутри я понимаю это, но он действительно папа. Варамли я видела очень редко, ведь у него было важное дело в разведке. Если сначала я изменение поведения и имени объяснила себе работой папы, то теперь я понимаю. В тот момент мне было очень нужно, чтобы принявший меня папа был изначально не посторонним, а вот теперь... Я многое понимаю, хотя прошло совсем немного времени.

Он и мама любят нас так, что у меня просто слов нет, чтобы это описать. У химан к детям никто так не относится. А тут нет установленных жестких правил, а те, что есть, они как бы сами собой разумеются. Мне дают возможность читать что угодно, только предупреждают, если информация для меня сложна. Не запрещена для детей, а сложна для понимания! И объясняют еще, что нужно изучить, чтобы ее лучше осознать. Здесь нет однозначно закрытых от детей тем. Если что-то может повредить ребенку, его об этом предупреждают. Здесь нет развлекательных фильмов, завязанных на низменные инстинкты, при этом мама даже вопроса моего не понимает!

Для Человечества физическое единение —

это вершина любви, и наружу оно не выставляется. Это не запретный плод, потому что процесс оплодотворения — не закрытая информация, но он никого не интересует, ведь воспитывают здесь совсем иначе. Есть ленты о героях, о прошлом, о чем угодно, но как-то так получается, что нет героев-убийц, они совсем другие. Наверное, мне это сложно с ходу понять, но я очень стараюсь.

И вот ночью, оказавшись рядом с братом и его Светозарой в том самом классе, я сначала не понимаю, что происходит, но мне объясняют: у меня дар открылся. Отчего, почему — этого никто не знает, но теперь я могу менять мир или меняться самой, или... Мир менять мне не хочется совершенно, как и себя менять, но это только примеры, а вот дальше... Большой шар, в котором проступает изображение, знакомое брату и непонятное мне.

— Это и есть Страж, — произносит высокая иллианка, которую здесь зовут Краха. Необычное для них имя, насколько я помню школьные уроки. — Именно они изгнали из своего общества всех тех, кто не хотел жить в мире с другими, хотя происходит эта раса из совершенно неведомых глубин пространства. Ни мы, ни Человечество до такого уровня развития не дошли.

— Приветствую тебя, наставница разумных, — услышав этот голос, я вздрагиваю, давя в себе желание заплакать — ведь он уговаривал меня предать. — Ты хотела взглянуть на произошедшее, но с момента перехода малыша, стремившегося к тебе, прошло очень много времени.

— Мы осознаем это, Страж, — изобразив щупальцами что-то, мне непонятное, произносит Краха.

Сашка подается вперед, а я чувствую что-то странное, глядя на шар, в котором плавают полуразбитые звездолеты, кажущиеся древними. Не знаю, откуда у меня такое ощущение, но оно говорит мне, что этим кораблям очень много лет. Привлекает меня, впрочем, что-то другое и совсем незнакомые по виду кхрааги, которые сейчас отчего-то меня совсем не пугают.

— Это последние оставшиеся в живых кхрааги, — произносит будящий страшные воспоминания голос. — Скоро их полностью уничтожат химан, готовые вероломно напасть на своих союзников аилин, чтобы не повторить историю. Готовые предать, они всех подозревают в том же.

И вот тут я чувствую это — где-то там есть

кто-то очень мне близкий. Я не отдаю себе отчета в том, что делаю — шаг, еще шаг, но тот, кто беззвучно зовет меня, кажется, не приближается. И столько тоски в его неслышной мольбе, что я просто не могу удержать себя в руках — я тянусь рукой... чтобы успокоить? Погладить?

— Что ты чувствуешь, Лана? — спрашивает мне иллианка.

— Как будто зовет кто-то, — пытаюсь я объяснить. — Он хороший...

Я понимаю, звучит это совсем по-детски, но просто не могу найти слов, чтобы объяснить. Хочется рассказать о том, что кто-то неведомый очень близок мне, так близок, что просто невозможно терпеть разлуку. Я уже открываю глаза, но Краха, видимо, понимает, о чем речь.

— Это может быть очередным случаем единения, — замечает она. — Учитывая, как мучительно девочке объяснить свои ощущения.

— А может и не быть, — улыбается незнакомая мне химан... ой, то есть человек.

— Здравствуй, Ирина, — улыбается ей Сашка. — Познакомься, пожалуйста.

— Да мы уже знакомы, — хихикает Ирина. — Ты понял, что произошло? Твою сестру позвал кто-то, близкий по духу. Как ты думаешь, кто это может быть?

— Близкий по духу? — удивляется он, но ничего не говорит, раздумывая.

— Постарайся потянуться к нему, увидеть, — предлагает мне иллианка.

И я действительно изо всех сил стараюсь, но вижу пока лишь серое марево. Я не хочу сдаваться, а лишь увидеть того, кто меня зовет и кто настолько близок мне. Саша о чем-то говорит со взрослыми, а меня обнимает Светозара. Она тоже что-то чувствует, разглядывая изображение в шаре.

— Подумай, это не может быть кхрааг? — спрашивает она меня. — Может аилин? Химан? Иллиан? Ирридан?

— Не знаю, — всхлипываю я, потому что никак не могу понять.

— Спокойно, не плачем, — командует Ирина. — Рано или поздно увидим. Но тут проблема совсем в другом. Кто догадается, в чем?

— Они в разных вселенных, — произносит незнакомый мне аилин. — Мало увидеть, нужно еще синхронизовать. Если это единение, то они неизбежно придут в одну точку пространства-времени, а вот если нет...

Я понимаю, что это значит. Если вдруг тот, неизвестный — половинка моей души, то мы будем вместе рано или поздно, а вот если нет... Тогда наша встреча может быть почти невозможной. А как это узнать? Мне очень важно знать! Ведь там, в этом шаре, кто-то зовет именно меня!

Проснувшись, я долго смотрю в потолок, но затем встаю, потому что у меня есть вопросы. Кроме самого главного — кто меня зовет, еще несколько имеется. Я умываюсь, натягиваю на себя платье и выскакиваю в общую комнату. За столом меня уже ждут Саша со Светозарой, а младших нигде не видно.

— Доброе утро! — радостно здороваюсь я с мамой, потому что папу не вижу. — А где младшие?

— В детском саду они, — улыбается мне она. — Садись кушать, у вас пробная школа через час.

— Ой, — реагирую п, падая за стол. — Я и забыла. Приятного аппетита!

— И тебе, сестренка, — отвечает мне задумчивый Сашка. — Спасибо.

Ем я вкуснейшую кашу быстро, потому что час всего остался, а нам нужно подняться, приготовиться... там же нужна подготовка какая-то? Я не помню уже, хотя нам объясняли. Но в голове у меня именно то, что я в шаре увидела — планета, корабли вокруг нее и ощущение страха. Откуда у кхраагов страх, я понять могу, но вот тот факт, что там есть кто-то близкий...

— Саша! А почему кхрааги иначе выглядели? — интересуюсь я.

— Это самки, — коротко отвечает он. — Наверное, это планета самок.

— Совсем не похожа, — качает головой Светозара. — Да и туманность...

— Мы сегодня были в Академии, — объясняет брат нашей маме.

— Дар открылся, — понимающе улыбается она. — И вы решили посмотреть на то место, откуда попали сюда?

— Да, мама, — киваю я, но снова обращаюсь к Сашке: — А почему корабли такими древними выглядели?

— Если я правильно помню... — он задумывается на мгновение. — Звездолет нужно обслуживать каждый месяц, чтобы внешняя чешуя не изнашивалась. Они были в бою и не одном, но тот же «Шар'храк» не протянул бы сто лет, значит...

Мама с интересом прислушивается, но молчит, не мешая брату сделать логичный вывод, я тоже молчу, потому что понимаю уже, что он хочет сказать. Ведь тот страшный голос сказал, что они последние... И если корабли не обслуживались, а надо было, то вполне могут выглядеть потасканными. Ну, по-моему.

— Значит, верфей у кхраагов нет и доков тоже, — заключает Сашка. — То есть год прошел, может два, но не сто лет, точно. Доела? — интересуется он у меня.

Я киваю, потому что сама не заметила, как съела все, что было на завтрак приготовлено. Попрощавшись с мамой, мы втроем движемся к подъемнику. Мария Сергеевна называет его древним словом «лифт», ну а нам привычнее так, потому что люди не используют древние слова в повседневной речи.

Подъемник быстро возносит нас в основной дом, где нас встречает улыбающаяся тетя Вика, она квазиживая. Что это, я, на самом деле, еще не понимаю, хотя папа объяснял, но, думаю, в школе расскажут. Она приводит нас в отдельную комнату, в которой стоят капсулы наподобие медицинских.

— Раздеваться не надо, — напоминает нам она. — Разве что считаете, что лежать будет некомфортно.

— Ясно, — кивает Сашка, а Светозара вылезает из платья. Подумав, я поступаю также.

— Перед вами будут два сенсора — синий и красный, — продолжает инструктировать нас Вика. — Синий — нужна пауза, красный — что-то случилось. Никто ругать за остановку занятия не будет, вы помните?

— Помним, — улыбаюсь я, совсем не смущаясь брата. Он какой только меня не видел...

— Тогда укладывайтесь, — она делает такое движение рукой, как будто погладить хочет, но останавливает себя. А почему, непонятно. Я, например, не против того, чтобы погладили.

Стоит улечься в капсулу, и я оказываюсь в классе. Только он необычный — вместо рядов парт, такое ощущение, что все по кругу сидят. И спиной к учителю, и боком, и вообще, как получится. Я даже замираю на мгновение, а затем в классе становится многолюдно — разумные самых разных рас переговариваются, занимая свои места.

— Привет, меня Виили зовут! — повернувшись на звук, обнаруживаю очень похожую на аилин девочку. — Ты тоже на пробный урок?

— Привет, я Лана, — улыбаюсь ей, чувствуя, как отпускает напряжение. — Да, мы хотим узнать, будем ли бояться или нет.

— Ой, здорово! Я в системе Тукана родилась, и детей вокруг совсем не было, — искренне делится со мной Виили. Кажется, у меня новая подруга.

Но тут звучит негромкая музыка, Виили осекается, падая за стол и утягивая меня за собой. В отдалении я вижу и Сашку со Светозарой, а вот затем... Я такой школы не знаю совсем. Тинь Веденеевна, так учительницу зовут, очень по-доброму к каждому из нас относится, и она не ведет урок, а будто разговаривает со всеми и с каждым из нас.

— Скоро наступит месяц новозар, — говорит она. — Всего месяцев, как вы знаете, у нас десять. Давайте повторим их названия?

Я просто не замечаю прошедшего времени, но затем понимаю, что, наверное, останусь в виртуальной, чтобы с Виили не расставаться, потому что я очень ценю дружбу. Стоит только прозвучать сигналу на перемену, которая здесь обязательно есть, даже если не нажать кнопку, моя новая подруга продолжает фразу оттуда, где остановилась со звонком:

— Представляешь, мы теперь на Гармонии живем, а все вокруг незнакомое такое... — она вздыхает.

— На Гармонии? — переспрашиваю я. — Вот здорово! Давай будем вместе в школу ходить?

У меня действительно новая подруга, с которой мне очень спокойно и легко. Наверное, я не буду бояться школу — очень уж на душе спокойно. С этими мыслями я прощаюсь с Виили, не забыв обменяться с ней контактами коммуникаторов, а затем оказываюсь в капсуле. Я улыбаюсь, ощущая себя совершенно счастливой. Такой школы я действительно не знаю. Если еще и в реальности также будет, то я постоянно счастливой сделаюсь. Вот бы еще найти того, кто зовет меня из шара...

Я не знаю, как это возможно, но очень хорошо осознаю: я все-все сделаю, только чтобы тот, кто зовет меня, оказался рядом. И еще — я верю, взрослые помогут, потому что мы разумные существа, все мы. А суть разума, его Критерий — это «дети превыше всего». И я знаю — так правильно.

Через десять дней мы пойдем в школу, а до

тех пор мне уготовано радоваться своему детству днем и изнемогать от тревоги ночью, но вот сейчас мне так хочется, чтобы тот, кому я так нужна, оказался рядом! Чтобы мы ходили в школу вместе и не думали о плохом. И так будет, я уверена!

Наверное, если все получится, конечно, пройдет совсем немного времени и где-то в глубине пространства снова зазвучит торжествующий голос: «Приветствуем братьев по разуму! Мы идем с миром!»

А ты, зовущий меня из иной вселенной... Я дождусь тебя, кто бы ты ни был...

Оглавление

Седьмое шр'втакса. Наставник Варамли	1
Восьмое шр'втакса. Д'Бол	15
Восьмое шр'втакса. Наставник Варамли	29
Десятое шр'втакса. Д'Бол	43
Десятое шр'втакса. Наставник Варамли	57
Одиннадцатое шр'втакса. Д'Бол	71
Одиннадцатое шр'втакса. Наставник Варамли	85
Двенадцатое шр'втакса. Д'Бол	99
Двенадцатое шр'втакса. Наставник Варамли	113
Тринадцатое шр'втакса. Ш'дргмассгхра	127
Тринадцатое шр'втакса. Д'Бол	141
Все то же шр'втакса. Пространство	155
Четырнадцатое шр'втакса. Пространство	167
Тот же день. Пространство	181
Пятнадцатое шр'втакса. Пространство	195
Шестнадцатое шр'втакса. Неведомое	209
Шестнадцатое шр'втакса. Испытание	223
Сороковое космона. Форпост	237
Сороковое космона. Дети	251

Сорок первое космона. Мария Сергеевна	265
Сорок восьмое космона. Минсяо	279
Сорок восьмое космона. Пора домой	293
Сорок восьмое космона. Дракония	307
Сорок девятое космона. Мария Сергеевна	321
Пятидесятое космона. Кедрозор	335
Пятьдесят первое космона. Лукоморье	349
Пятьдесят восьмое космона. Лукоморье	363
Пятьдесят восьмое космона. Гармония	377
Пятьдесят девятое космона. Лана	391

www.ingramcontent.com/pod-product-compliance
Lightning Source LLC
LaVergne TN
LVHW022232080526
838199LV00105B/239